鬓已星星听雨声

人生哲思感言集

樊希安 著

四川人民出版社

图书在版编目（CIP）数据

鬓已星星听雨声：人生哲思感言集 / 樊希安著 . —成都：四川人民出版社，2024.6
ISBN 978-7-220-13664-1

Ⅰ.①鬓… Ⅱ.①樊… Ⅲ.①随笔－作品集－中国－当代 Ⅳ.①I267.1

中国国家版本馆CIP数据核字（2024）第098126号

BIN YI XINGXING TINGYUSHENG ：RENSHENG ZHESI GANYANJI
鬓已星星听雨声：人生哲思感言集

樊希安　著

出 版 人	黄立新
策划统筹	石　龙
责任编辑	彭　炜
版式设计	李星瑶
封面设计	李其飞
责任印制	祝　健
责任校对	林　泉
出版发行	四川人民出版社（成都三色路238号）
网　　址	http://www.scpph.com
E-mail	scrmcbs@sina.com
新浪微博	@四川人民出版社
微信公众号	四川人民出版社
发行部业务电话	（028）86361653　86361656
防盗版举报电话	（028）86361653
照　　排	四川最近文化传播有限公司
印　　刷	四川机投印务有限公司
成品尺寸	145mm×210mm
印　　张	10.5
字　　数	210千
版　　次	2024年6月第1版
印　　次	2024年6月第1次印刷
书　　号	ISBN 978-7-220-13664-1
定　　价	58.00元

■版权所有·侵权必究

本书若出现质量问题，请与我社发行部联系更换
电话：（028）86361656

序言

人生是分阶段的。人处在不同阶段，对人生有不同的感悟。我很喜欢宋人蒋捷的那首《虞美人·听雨》：

少年听雨歌楼上，红烛昏罗帐。壮年听雨客舟中，江阔云低、断雁叫西风。 而今听雨僧庐下，鬓已星星也。悲欢离合总无情，一任阶前、点滴到天明。

这首词说的就是不同阶段的人生感受，形象，生动，又有点凄清无奈。人生就是如此。

倏忽间，我已年过花甲，正在向"奔七"迈进。十七八岁参军，今年六十八岁了。工作满五十年，写作也满五十年，到了"夕阳无限好，只是近黄昏"的阶段。我喜欢写作，愿意把人生的感悟记录下来。今年春天更是"老夫聊发少年狂"，从四月初到十一月下旬的几个月时间里，共写作130篇人生感悟，涉及家国情怀、励志奋斗、婚姻家庭、品德修养、健康养生、世态百象等诸多方面。在朋友圈和公众号发了之后，不少读者希望辑成一册，以便阅读。我自然愿意把步入老年的人生感受，和大家交流探讨。现今"鬓已星星也"，人生感受自然和青壮年时期不同，而且是"我手写我口"，是个人独特的人生体验。书名为《鬓已星星听雨声》,说的便是个人"听雨"的感受。如有说得不对的地方,还请大家批评指正。

  此番辑录成册,仍以我在个人公众号上发表时的顺序为序,未加调整和归类,这也是野蛮生长的产物,尽量保持了原生态样貌。

  是为序。

樊希安
2023年11月22日夜于北京

目录

1. 一切正常 001
2. 误会真的有 003
3. 感觉靠不住 005
4. 开卷有益 006
5. 喜鹊与乌鸦 008
6. 盐是熬出来的 009
7. 酒是酿出来的 010
8. 取名很重要 011
9. 善于从两面看问题 012
10. 好人处处有 013
11. 恒念物力维艰 014
12. 不读书并不犯法 016
13. 读书是一种个人行为 018
14. 看手机也是阅读 019
15. 读书的好处 021

16. 活着就是胜利 ······ 022

17. 家庭影响不可低估 ······ 024

18. 凋零非干花期事 ······ 026

19. 蝎子的命运 ······ 029

20. 尊重常识 ······ 031

21. 良言一句三冬暖 ······ 033

22. 人生何处不相逢 ······ 035

23. 人生交友"三不交" ······ 037

24. 我叫"不紧张" ······ 039

25. 两只乌龟的选择 ······ 041

26. 聪明与诚实 ······ 043

27. 不可随意"苟简" ······ 045

28. 睡地板的老板 ······ 047

29. 一丝不苟和一字不苟 ······ 049

30. 大气候与小气候 ······ 051

31. 人到无求品自高 ······ 053

32. 专业的事让专业人干 ······ 055

33. 大命由天，小势可为 ······ 057

34. 活到老，种到老 ······ 059

35. 谁让"江州司马青衫湿" ······ 061

36. 欲成大事择其大端 ······ 063

37. 一条标语修改的启示 ······ 065

38. 装不装摄像头还真是个问题 ······ 067

39. 谁背书包上学堂 069

40. 有意思和有意义 071

41. 有一种心理很奇怪 073

42. 不争者长寿 075

43. 家家有本奋斗史 077

44. 为儿应知为娘心 079

45. 天下最亲是娘亲 081

46. 存大志向，干小事情 083

47. 君子绝交不出恶言 085

48. 脊背上的灰——自己看不见 087

49. 老年人的加减乘除 089

50. 谨防"入局" 091

51. 警惕被"套票"套牢 095

52. 哥已不再是当年的哥 097

53. 致敬张光年 100

54. 读书宜趁早 103

55. 铁道游击队精神的第一要义 105

56. 笔耕五十载弹指一挥间 108

57. 不审势即宽严皆误 111

58. 立场与客观事实 113

59. 端午节不宜祝福 115

60. 利益与原则 117

61. 读书延年 119

62. 妲己和我非同乡 121

63. 顺着一口井挖下去 124

64. 因材施用 127

65. 让子弹飞一会儿 130

66. 婚姻好坏成毁人生 132

67. 高枝枝是渺小的 135

68. 宁受屈辱不丧国格 138

69. 善树 140

70. 小舅的悲哀 142

71. 心静自然凉 145

72. 敬惜字纸 147

73. 金鱼胡同与金银胡同 150

74. 君子与淑女 152

75. 多一事不如少一事 154

76. 量力而行 156

77. 伤心凉粉 159

78. 把解决问题放在首位 161

79. 初思一念与三思而后行 163

80. 用牙与平衡 166

81. 医者仁心 168

82. 偶然与必然 171

83. 一般与特殊 174

84. 书是用来读的 177

85.	人间最美烟火气	180
86.	气是杀人贼	183
87.	保安、作家及其他	186
88.	有志者事竟成	190
89.	刺激也是一种动力	193
90.	勿用老眼光看事物	197
91.	看海心胸也宽广	200
92.	家里君子兰开花了	203
93.	《天伦之旅》与天伦之思	206
94.	人老先从哪里老	211
95.	照片与药片	214
96.	体检归来话体检	217
97.	生命诚可贵	221
98.	房不怕住牙不怕用	223
99.	"你好！""你好！"	225
100.	对宠物也不能惯着	228
101.	笨蛋与"笨蛋"	230
102.	物有所值心方平	232
103.	丰宁买杏上当记	234
104.	统一店铺招牌为哪般？	236
105.	白开水的味道	240
106.	战友战友胜似兄弟	244
107.	"说出来骂出来"就好吗？	248

108. 我长得像曹德旺？ ………………………………… 251
109. 窥一斑而知全豹 ………………………………… 254
110. 可大可小的鱼 …………………………………… 258
111. 胆小鬼永远难成气候 …………………………… 261
112. 读书破万卷，下笔如有神 ……………………… 264
113. "酱香拿铁"的启示 ……………………………… 267
114. 请喝一碗"摔碗酒" ……………………………… 270
115. 选一条正确的道路很重要 ……………………… 273
116. 勿干出力不落好的事 …………………………… 277
117. 杂议"民国女子择偶标准" ……………………… 281
118. "办不成有办不成的办法" ……………………… 286
119. 立冬的问候 ……………………………………… 290
120. 评选"书香门第"好 ……………………………… 292
121. 观深圳中心公园非典纪念雕塑有感 …………… 295
122. 木头三年也成精 ………………………………… 298
123. 寒衣节有感 ……………………………………… 302
124. 读书改变什么？ ………………………………… 305
125. 试冬 ……………………………………………… 308
126. 过度努力也是"病" ……………………………… 310
127. 见识 ……………………………………………… 313
128. 幽默 ……………………………………………… 317
129. 汉人 ……………………………………………… 320
130. 平视 ……………………………………………… 323

1. 一切正常

人年纪大了，想法也变了，对事物的企求，也变得淡然了。

我今早去吃早餐，路上碰到一个朋友，她问我：樊老师，你最近怎么样啊？我一下不知该如何回答，是说好、很好、不好，还是说忙、不忙、闲着？我认真琢磨了一下，说：一切正常。这位朋友说，正常最好，一切正常，就说明身体及各方面状况变化不大，处于良好状态。我对此深以为然。仔细想想，"一切正常"和"岁月静好"是同一个意思。说岁月静好，显得有诗意，有文化，有品位，但我一介草民，说一切正常，似乎更接地气，也符合语言场合，更能表明一个老者的心态。试想想，你若问一个年轻的创业者，他回答一切正常，就有点画地为牢不求上进的意思了。但实际上，一切正常并不颓废，并不保守，它是对事物运行的常态描述，包含着对美好生活、美好事物的向往与追求。岁月静好，谁不向而往之呢？

如我辈者，一切正常，说明到了"望七"年纪，血压、血糖、心率等身体指标，以及精神状态都还处于平稳状态，虽然某些指标达不到健康标准，但稳定下来，能接受能承受。所谓身体状况大体可以，就是腿不能疾走如风，但还可以散步；脑不能聪慧如昨，但也没到呆傻的程度；眼不能力透纸背，但放大了字号，也能看看手机，一切的一切都还维持着。这种正常，不正是我等老友企盼的吗？

对一个家庭而言，一切正常，也是再好不过的了，说明婚姻关系还在延续，家庭关系还在继续，儿子创业，孩子上学，老爷子晨练，一切既定的事务，都在运行中，而且呈螺旋式上升，逐步达到更美好的状态。身为家庭一员，谁没有如此美好的期盼呢？

一个单位也是如此，一切正常，说明一切工作、一切事务，都按正常秩序进行。没有发生消防等安全事故，单位领导没有被"双规"，领导的照片还挂在原来位置，也没人因对待遇不满而跳楼、坠楼，等等。一切照常，是一种祥和，反映着企业发展的正常状况。这样的企业，才能行稳致远。

对国家来说，一切正常，就是既定方针不变，不折腾，不翻烧饼。治大国若烹小鲜，谨慎为之，让老百姓安居乐业。国家保持正常状态，安定团结，稳字当头，这都是题中之义。稳步发展、稳步前行，国家好，老百姓也从中受益。

说一切正常，一切照常，不是不要创新、不要改革、不要变化。地球在变化中，一切事物都在变化中。一个人并不关注，或感觉不到地球的运转，他感觉到的是春夏秋冬，日落日出，认为这就是日常，就是正常、照常，他所处的环境以及他个人都在变化中，但这种变化是平稳的，不易觉察的。我回答"一切正常"，实际上我也在变化中。一切正常，并不反对改变，它的要义是尊重客观规律，一切都顺应事物固有的规律运行。顺之者昌，逆之者亡，这一点是毫不含糊的。

2. 误会真的有

人活了一大把年纪，便积累了许多人生感悟。比如，人这一生，在为人处世中，在社会交往方面，确实会发生一些误会。有些误会知道了，便过去了；有些尚不知，还在被误会着，徒生一些烦恼，不得开心颜。试举一例。

今年清明前回乡，参加高中同班同学聚会，我见到了暌违五十年的崔家斌老师。崔老师是我在西留高中读书时的老师，当时主管全公社教育工作，也参与高中的管理。他在解决我入学的问题上，与任立诚校长、王少光老师起了重要作用，我内心甚为感激，与之交谈颇为亲切。出于好奇心，我问他一件事，说有同学告诉我，当年黄庄公社去西留高中我们班选通信员，听说初选时有我，因他力推另一同学，把我挤掉了。我当时并不知此事，现在听说了，有些将信将疑，想请他证实一下。崔老师大呼"冤情"，解释说，选通信员确有此事，是公社秘书董立钦找的他，他找任校长和王少光老师商量，列了几个人选，开始确实有我，但他们反复商量和掂量后一致认为我学习基础好，应有更大发展前途，不该中断学业，去做打水、扫地、传话的工作，于是另择他人。如果他们真选我去公社当了通信员，非埋没我前程不可。一番话，说得我内心热乎，也深以老师们当年的考虑为然。如果我去公社当了通信员，势必走另一条人生道路。我的同班同学去当了通信员，虽然干得很出色，结局也很好，但终归没像我满世界闯荡，天南地北地跑，最终走上了文学创作道路，有了一个不一样的人生。

  这个例子表明，误会在日常生活中是经常发生的。冯骥才有篇小说，说有个老太太家庭和睦，经常领家里人打麻将。一天，她手指上心爱的戒指丢了，怀疑东怀疑西，心气也没了，人气也散了，最后撒手归西了。结果，金灿灿的戒指，竟被发现落在地上的砖缝里。误会误人误事，由此可见一斑。朋友，你身上或身边，有没有一些误会发生呢？

3. 感觉靠不住

我从外地出差回来,想去浴池洗个痛快澡。欲外出时,觉得天有点凉,于是拿出衣柜里叠放整齐的棉袄。穿上暖融融的,心想,洗过的棉袄就是好,穿在身上感觉真好,真舒服。出差之前,我对妻子说,棉袄今年不再穿了,你帮我洗洗收起吧。看来,她是洗过了。洗完澡回家,说给妻子听,妻子说,我这阵子忙别的,想等过段时间和其他棉服一起洗,你这件棉袄,我还没有洗哩。

我听后哑然失笑,也引发一点感想。看来,感觉有时是靠不住的,那只是感觉罢了,就像我这次一样。我们平常感觉良好的东西,不一定是真的好,凭感觉办事,是靠不住的。你感觉路很平很直,却被绊得摔了一跤;你觉得手气很好,却输得底掉;你感觉那个人不会坑你,他却是坑你最厉害的;你觉得朋友很多,其实没有几个;你觉得一切安好、毫无危险时,说不定已到"盲人骑瞎马,夜半临深池"的境地了。凭感觉办事,早晚要吃亏,智者不可不察。

4. 开卷有益

今天，我将在深圳环境水务集团作两场关于全民阅读的报告。早起围绕读书有一点感想，和朋友们分享。

在古代，书按材质分为简书、帛书、纸书等。简书是竹片、木片编的，一卷一卷放着，开卷就是展开书卷读书的意思。

确实，只要读书，就有收获，就有益处。这里读书和收获，都是从广义说的。书指一切可阅读的东西，有古代的，今天的；有国内的，国外的；纸本、电子阅读器、手机等介体，都在此范围内。有益不是具体的，不是特指的、专项的，而是指能从总体上提高知识素养的，它如春起之苗，不见其增，可见其长，硬要立竿见影、立马见效是办不到的。

开卷有益是肯定的，但益大益小是不同的，既看你读的什么书，也看你用的力大小。我们一般推荐多读经典，因为国内外经典，是经过历史检验的，是读者公认的，一个人时间精力有限，多读经典，更有益效。但每人情况不同，全凭个人选择。专业人士会多读专业书，退休人员读闲书居多。对作家来说，读什么书都有用，都不白瞎。我忝列作家，是什么书都读的，什么资料都搜集的。这两天读报，读到朱枫烈士工作生活的一些细节，又丰富了我的认知。朱枫女士是我们三联书店的前辈，后来从事地下情报工作，因身份暴露，于1950年6月10

日牺牲在台湾马场町刑场。我去实地凭吊过她，也写过纪念文章，我做三联书店总经理期间，她的骨灰由台湾运回大陆安葬，三联书店出过《朱枫传》，我审稿并读过两遍。新资料使我了解到，她为支持出版社出版革命书籍购买特殊用纸，献出其外婆、母亲传下的三克拉钻戒。此钻戒原先是存在上海商业储蓄银行里的，她从银行取出心爱之物变卖，解决了出版印刷的燃眉之急。我还了解到组织上把她安排在中共华中局在沪贸易机构联丰棉布号和鼎元钱庄管理财务，兼管情报部门财务，她以上述公开身份从事地下工作。她去台湾从事情报工作，是以看望女儿、赴台探亲的身份……这些资料都进一步丰富了我的认知，增加了我对朱枫烈士的景仰之情。

总之，开卷有益，只要读书就有收获。凡是读书的行为都值得肯定，热爱读书的人都值得尊重，值得点赞。又一个世界读书日就要来到，让我们更加努力地到书海中遨游吧！

5. 喜鹊与乌鸦

  我早上出门乘地铁，路上看见两只喜鹊，在树上喳喳叫。我拿手机给它们拍照，它们也不飞走，还在那里摆着姿势。上了地铁，我还在想：我将有什么喜事，撞什么大运？不是说"喜鹊叫喜事到"吗？但又一想，心情淡然。去年我遇到喜鹊次数还少吗？在新办公地点，在公园，在路上，至少有十多次遇到喜鹊，但有什么好事吗？倒是遇喜鹊一次，更加失望一次。年度计划中的事，几件都落空了，眼瞅唾手可得的东西，不翼而飞了。我也遇见过几次乌鸦，说乌鸦不吉利，倒也没发生什么坏事。更为奇特的是在新办公地点，既能见到喜鹊，也能见到乌鸦，它们轮番在我眼前闪过，你说，对我是福是祸呢？祸兮福所倚，福兮祸所伏，可否视为鸦兮鹊所倚，鹊兮鸦所伏？人生难道不是这样的吗？时好时坏，运来运去，用平常心对待吧，关喜鹊、乌鸦何事？

6. 盐是熬出来的

又一次到自贡市考察，又一次到自贡盐井历史博物馆参观，我感慨最深的是，盐是熬出来的。制盐工艺分为以下几个步骤：

首先是提清化净，工人将卤水排入圆锅中烧热后，把黄豆豆浆按一定比例下锅同煮，一边煮一边清理分离出的杂质，以提高盐质。一锅卤水要经过七八个小时的熬煮，待水分蒸发后结成盐晶体；其后过滤掉杂质、定型、下渣盐、铲盐；最后是淋盐、验盐、晒盐，时间需要4—5天。从盐井中提出卤水，到制造出成盐，熬是必不可少的过程，只有经过熬煮，自贡的井盐才称其为盐。说自贡是自流井，实际上，盐不是流出来的，而是熬出来的。这增长了我的知识，开阔了我的眼界，也引发了我的联想。

其实，人也是熬出来的，艰苦的岁月需要熬过，素常的日子也需要熬过。在苦熬中成熟、收获，学生熬成了教授，打工仔熬成了企业家，秘书熬成了老板，写"豆腐块"的熬成了作家，媳妇熬成了婆婆。经得起熬，耐得起磨，才能苦尽甜来。幻想一夜暴富、一举成名，或者天上掉馅饼，都是不可行的，甚或还会走上邪路。要耐得起寂寞，耐得住苦熬，像自贡的井盐一样熬，方是成功之道。

7. 酒是酿出来的

到四川宜宾，我参观了五粮液酒文化博览馆、五粮液鹏程广场和亚洲最大酿酒车间，了解了酒的起源和酿造，增长了见识，思想上也有收获。

酒是酿出来的，这是常识，谁人不知，还用我叨叨？但按传说，酒是因偶然因素发明的。说杜康去山上干活，把带去的午饭冷藏在树洞里，结果忘了是哪棵树，几天后一棵树的树洞里竟有异香，原来是饭食发酵了，受此启发杜康发明了酒。这是个传说，最多说明酒的起源。实际上，是我们古代先人逐渐摸索到了酿造技术，酿出了美酒。即使现在采用现代蒸馏技术，蒸馏之前的各道工序，也与古法大体相同。

说酒是酿造出来的，旨在强调，酿酒有多道工序，耗费许多人力物力。酿是一个过程，不是一蹴而就的，不是意念使然的，更不是不劳而获的。就像我们渴望的美好生活，也是酿造的，也是需要付出艰辛，有一个过程的。个人的幸福生活，靠个人奋斗，不能靠别人施舍，施舍是靠不住的。别人的幸福，也是别人奋斗出来的，不要光看人家吃猪肉的快乐，不想人家养猪的艰辛。临渊羡鱼不如退而结网，自己也去撒网捕鱼。喝着自己酿造的美酒，才是真正的幸福生活。

8. 取名很重要

　　五粮液得名之前叫杂粮酒，是用高粱、大米、糯米、小麦、玉米酿成，1909年改名五粮液后名满天下、光耀五洲。关于名称改变，这里还有故事。1909年秋，宜宾团总雷东垣设宴款待当地各界名流。"利川永"坊主邓子均携酒赴宴，席间酒坛一开，顿时香气扑鼻，盈屋绕梁，入口更是浓香甜净，众人赞不绝口，纷纷问起渊源和酒名。邓子均曰，此酒源自宋代姚子雪曲，传承千年，因用五种粮食酿成，名曰杂粮酒。在座在籍举人杨惠泉笑道：如此佳酿，称杂粮酒，过于凡俗，称姚子雪曲，又曲高和寡，道有五行，儒有五常，神有五帝，人以五谷为养，此酒既以五种粮食精华酿成玉液，何不更名"五粮液"？众皆以为妙，邓子均当场采纳，从此"五粮液"芳名流播、享誉天下。

　　无独有偶，宜宾燃面很有名气，也得益于起了个好名。何谓燃面？当地朋友解释说，该面干硬，味浓油重，加上花生碎等，点之可燃，故称燃面；也喻示食之有劲，身上像有团火燃烧。名称形象有趣，引人生好奇之心，欲啖之一试。只是不知取名者何人，埋没了这个人才。

　　做实务，办企业，出产品，取名实在重要，须慎思再三，不可随意为之。既取好名，又名实相符，岂有不兴旺之理？以上两例可供借鉴。

9. 善于从两面看问题

在自贡燊海井参观，我得益颇多。这口井，是第一口用传统方法钻凿过千米的盐井，现在仍在运营。这口井的主家，门口安着高门槛，足有一尺多高。讲解员解说，门槛安得高，是主家怕财流出去。又补充道，有领导来参观时，听了介绍，说过一句话：门槛高，财也不容易流进来。众人闻之皆笑。任何事物都有两个方面，善于从两面看问题，认识就会更全面，谋划就会更周到。

我们日常做事情，制定政策，都会择其大端，择其要者，抓主要方面，或曰抓主要矛盾，容易忽略另一方面，或是次要方面，因此考虑问题就不够周全。任何事物都有两个方面，我们既要看正面，也要看反面，从正反面比较中择其要者，取其利重者，同时对另一方面带来的不利影响，或负面因素也要预估，把不利因素降到最低。不可执其一端，产生严重的片面性；更不能不顾事实固执己见，一意孤行，那非出大问题不可。就像烙饼，看煳没煳，要看两面。只看一面，非煳不可。

讲解员又说，门槛高，还有两个作用，一是高门槛挡着，让小脚女人进不来；二是可以在招工时，试一个人的身体状况，让老残病弱者进不来。我笑道，原来这是招工时"面试"用的，门槛的作用，可概括为"一挡住两个进不来"。是不是这样，不必深究，也超过了我们论题的范围，就此打住。

10. 好人处处有

我住在成都望江宾馆，要去附近不远的半岛春天酒店，却迷了路。问一位五十岁左右的女士，女士说，你们走错啰，半岛酒店在那边。又热情地说，我带你们过去。快到时，给我们指了路，让我们走过去，没想到，前面路分岔，我们又走错了。女士紧赶过来，说前面就是，一直把我们带到。我说谢谢，她说不用谢，我是来这里散步，怎么走都是散步，没关系的。说得我们心里热乎乎的。

在成都遇到好心人，让我想起多年前的一件事。1986年夏天，我第一次来成都，是从北京飞成都双流机场。下了飞机去开会的地方是新华东路四川省级机关党校，只能坐从机场去市区的公交车，车上人多拥挤，在飞机上认识一个家是成都的女士，她帮我拿东西，下车拥挤，人挤散了。因是在飞机上发的盒饭面包等物，可要可不要，我也没在意。没想到，那位女士根据我说的去四川省级机关党校开会，专程来到党校，从花名册上查到我的名字和住房，把东西给我送来了。因我去了青羊宫游玩，她等不到我，留下东西，还留下一封短信。这很是让我感动，把这件事记了几十年。

无数事实证明，天下还是好人多。我们遇到过坏人、歹人、恶人，但好人更多，生活中处处有好人。我们应当坚信这一点，自己也要努力做一个好人，成为在社会上散发光和热的人。

11. 恒念物力维艰

"一粥一饭,当思来处不易;半丝半缕,恒念物力维艰。"这句格言,许多人耳熟能详。我国是农耕社会,绝大多数人是从农村出来的,深知种粮之不易,吃饭之艰难。人们互相问候,都先问:吃了吗?因此对前句"一粥一饭,当思来处不易"印象深刻,对浪费粮食深恶痛绝。而对后一句"半丝半缕,恒念物力维艰",似乎体会不深,浪费现象还比较严重。

从字面上看,半丝半缕,是讲穿的,但恒念物力维艰,又有广义,是指物之得来不易。广义的物,可以指金木水火土等物质形态,又可细化为具体的东西。比如,金又分金、银、铜、铁等;木又分树林、木材、木制物等;水又分河流、海洋、地表水、地下水等;火统指可燃物,如煤炭、石油、天然气等;土指土地。这些东西,或天然生成,或后天加工制成,都来之不易,堪称"物力维艰"。因对其产生过程不太详知,因此不像对粥饭那样知道爱惜,在日常生活中浪费还比较严重,如用水的浪费、用电的不知节约、土地的荒废和闲置等,这些现象颇令人痛心。

强调"恒念物力维艰",旨在认识资源的宝贵和一些物质的不可再生性,引起广泛注意,在日常生活和施工生产中,注意节水节电和节约一切可节约的东西,使人类的用度细水长流，永续利用，为人类永久的幸福生活提供物质保障。我们都是地球人，为了地球村资源不枯竭，应从一点一滴做起，从今时今刻做起。让我们自觉行动起来吧!

12. 不读书并不犯法

近十年来，我和原国务院参事王京生、张抗抗一起，以深圳市全民阅读为基地，以深圳市全民阅读立法为样板，在全国力推全民阅读立法，提出相关建议。有的人对此有误解，说：我不读书犯法了吗？要受到法律惩罚吗？要判刑吗？这是对全民阅读立法的本义产生了误会。全民阅读立法有其特殊性，规范的不是人与人之间的关系，而是规范个人和政府之间的关系，要求政府必须采取措施，保障人民群众阅读的权利，是从法律层面对政府提出要求，使人民群众的阅读权利得到保障。事实证明，深圳市和其他省市全民阅读条例的颁订，倡导全民阅读第十次写入政府工作报告，都对深入开展全民阅读活动起到了重要推进作用。

不读书不违法，也不缺德，因为读书完全是一种个人行为，不应上升到法律高度，也不应从道德层面去评价。读书不读书，不在"社会主义荣辱观"的评价范围，这是肯定的。但读书，有利于个人遵守法律，有利于个人道德素质的提升，这是肯定的。因此，大力倡导读书，对社会文明进步是有益的，是需要长期坚持的。一个人不读书虽然不犯法、不缺德，但也不能以不读书为荣。有人说过，没有文化的军队，是愚蠢的军队。推而广之，一个不爱读书的人，也聪明不到哪里去。又有某名人说过，一天不读书面目可憎。一个人愿意糊涂下去，愿意面目可憎，虽是个人选择，但也殊为可怜。书犹药也，尚可医之。

13. 读书是一种个人行为

有一位老师问学生：同学们，你们为什么要读书呀？有位同学站起回答：为中华民族崛起而读书！老师肯定了这位同学的远大志向，同时指出，读书是一种个人行为，是为了提升自己的素质，掌握人生本领，改变个人命运，创造幸福生活。人人重视读书，公民素质全面提高，文明素养提升，才能使中华民族真正崛起。老师说的一番话，格外有道理。

读书事关个人修为，是一种个人行为。读书不是摆样子，不是给别人看的。读不读，怎么读，读什么，什么时间读，完全由个人选择。如果千篇一律，格式化要求，那就会弄虚作假，效果也不会好。

每逢世界读书日到来，各地都要搞一些盛大的读书活动，彰显读书的重要性，展示阅读成果，营造阅读气氛，这是应当充分肯定的。但阅读本质上是个人需求、个人偏好、个人行为，不宜进行运动式、大轰大嗡式的推行，这样容易流于形式，效果不好不说，还容易引人反感，产生逆反心理，反倒不美。总之，读书还是要尊重个人意愿，给读书人一方净土，让他们安心在书田耕耘。没必要的耳提面命，花样翻新的各种形式主义，可以休矣。

14. 看手机也是阅读

有个朋友问我，你成天在全国到处推广全民阅读，现在不是人人在看手机吗，还推广什么呀？这个问题问得好，引发了我的思考。

我们必须承认，看手机也是阅读。因为手机现在成了人们生活的必需品，离人最亲最近。大多数人每天早上做的第一件事，就是打开手机；每天晚上最后告别的，也是手机。看手机已成为人们的一种生活方式。手机可以让人了解大量信息，处理事务，还具有阅读功能。因此，可以说，看手机也是阅读。但是，我们不能仅靠看手机来阅读，也要静下心来，用传统的方式去悉心读书。两者结合才会收效良好，相得益彰。

道理很简单，许多时候，我们看手机只是"看"，不是读，是了解各种信息资讯，不是读书。在日常生活中，我们是不会把看广告栏上的内容当成读书的，了解资讯无关读书，二者要区分开。其次，手机阅读是浅表阅读，偏重娱乐方面，基本是"浅尝辄止"的，很少就某一问题深入探究，得到的收获较为肤浅。还有，手机阅读属于网上阅读，内容良莠不齐，不像传统出版物那样经过出版单位三审三校，质量上有可靠的保障。故此，在肯定手机阅读的同时，我们还要倡导读纸本图书，读典籍。书本里有丰富的经验、深厚的学问、历史的回响、哲学的思辨、文学的营养、专业方面的基础知识等，是别的阅读品和阅读方式不可替代的。

我们倡导读书，不是倡导看手机，看手机是不用倡导的，许多小孩子都会使用手机。我们倡导的是传统的读书方式，是引导人们到书海中遨游，去丰富自己的人生，提高自己的素养，品尝读书的快乐。

无论是手机阅读、网上阅读，还是传统的纸本阅读，我们都提倡阅读经典。经典是人们公认的名著，经受了时间的检验，可以在人生时间有限的情况下，提高性价比，获取更大的收获。对名著和经典要早读多读，不要到垂垂老矣，才后悔某本名著尚未读过，留下终生遗憾。

15. 读书的好处

外出搞讲座，读者朋友希望我谈谈读书的具体好处。

我认为，读书能够提升个人能力、眼界及综合素质，还能成就事业、改变命运，并使人保持宁静致远的心境，以及奋发有为的情怀和锲而不舍的奋斗精神。

具体好处有以下几个方面：一是读书可以治愚化顽，让人走出愚昧而变得聪明，使其智力得到开发。二是读书可以增长才能，学以致用，学了管用，学到了知识，掌握了技巧，谋到了职业，改变了个人命运。三是能提高个人品质，提升个人能力、综合素质和文明素养，使人有内在的定力和沉稳的品格。四是读书能提高创新能力，使自己站在前人肩膀上，有所发现，有所发明，有所创造。五是使人形成一种谦虚谦和和虚怀若谷的品格，读书越多就越知道人外有人，天外有天，不自高自大。六是读书给人生带来乐趣，使人的生活充满情趣，活得健康、快乐、有意义。

大量事实证明，大多数事业成功的人、有出息的人，都是喜欢读书的人。古今中外，通过读书成才、取得成就、逆转命运的人很多，我们身边也不乏这样的事例。

著名作家林海音牢记国文老师对她说过的一句话：记住，我们是吃饭长大的，也是读书长大的！这句话，我们也要牢记，既要吃饭也要读书，从书中获取精神营养，养成健全人格，努力裨益于社会。

16. 活着就是胜利

近日读报，才弄清一件事，"活着就是胜利"这句话，是不久前去世的翻译了《呼啸山庄》的百岁翻译家杨苡先生说的。我对此有些怀疑，因为几年前有一个外地退休老领导来京，就说过这句话，而且后面还跟一句"喘气就有效益"。因此版权归属之争不甚分明。

活着就是胜利，这句话甚有道理，在一定语境中，可谓是真理。因为只有先活着，才能奋斗，才能谋划，才能成事。我的老乡司马懿装风痹病迷惑对手，等待时机，最终以高龄发动高平陵之变，夷平政敌，为晋奠基，即一例。

活着就是胜利，对已退休的老年人，更具号召力。有人提出如下奋斗目标：稳70岁，保80岁，争90岁，创100岁。大家共同努力，坚决不许掉队。活着就是胜利，喘气就有效益。只要活着，就能领取退休金和得到相关待遇，自个儿得益，也能惠及亲友子孙，这个账，是很容易算过来的。所以，必须尽最大努力活着。

对老年人来说，活着是首要的，但还要争取活得健康，活得快乐，不能满足于好死不如赖活着，要确立生活目标，加强锻炼身体，充实精神生活，享受个人爱好，树立健康情趣，头疼赶紧吃药，有病尽快就医，活得幸福、快乐，有乐趣，有滋味,有尊严。如果活得质量极差,那活着就不是胜利,而是痛苦和麻烦了。

活着就是胜利,是老年人的专利,年轻人不能共享。年轻人活着努力奋斗才会胜利,如果年轻人也迷醉于活着就是胜利,那就是啃老和躺平,社会就没有希望了。

17. 家庭影响不可低估

新冠疫情期间，曾有一段时间，盛行吃桃罐头，因为古传桃木有避邪之功，桃木之果有驱邪之用。桃和逃同音，吃桃能逃，暗合人们的心理，一时间桃罐头大销。

我未能免俗，一次在超市购得两瓶桃罐头。买是买了，却没有派上用场，未等吃罐头，瘟神已去，怕放坏，两个月前吃了一瓶。吃完后，觉得罐头瓶弃之可惜，便认真清洗，作存放凉白开之用。两个月过去了，虽经多次清洗和水入水出，但喝凉白开或用瓶中水服药时，都有淡淡的桃罐头味，细品就是桃子的味道。这唤起我对桃子的记忆，也引发了我对一个人受成长环境尤其是家庭环境影响的思考。

假如把罐头比作家庭环境，一个孩子在什么罐头中密封，就有什么罐头的气味。罐头有桃子的、橘子的、山楂的、梨子的，有鱼肉的、猪肉的、牛肉的，有各式各样材质的，在什么环境中，就会散发什么气味，而且经久不衰。这和家庭环境的影响有相似之处。一个孩子在什么环境中成长，就会受到什么影响。每个家庭是不同的，没有高低贵贱之分，但一个家庭对孩子的影响，却是有优劣高低之分的。所谓"近朱者赤，近墨者黑"，"蓬生麻中，不扶自直"，讲的就是这个道理。有两口子经常在家设局打麻将，其孩子在回答老师提问五加八等于几时，张口就说："五八一十三，两把就抓干。"家庭环境影响可见一斑。因此，注重家庭教育的人，会比较注意家庭对孩子的正面影响。一些有教育经验的人观察孩子，也会注意到他的家庭背景。

　　也许有人会说，你这个比喻并不恰当，桃子罐头的气味，主要是由桃子决定的，与瓶子无关。确实是这样，但是，正是块块桃肉作用了环境，影响了环境，才产生了环境的影响力。一个家庭中每个人的行为，尤其是父母的行为，对家庭环境影响很大，以至产生较强的正能量或负能量，也是肯定的。说到底，我们每个家庭应创造良好的家庭氛围，让青少年健康成长，家长们应承担起这个责任。

18. 凋零非干花期事

五一假日，就近去大兴兴旺公园游玩，信步牡丹园。往年五一前后，花正开得茂盛，姹紫嫣红，魏紫、赵粉次第开来，盈目喜人，今年此时却是一副惨败之相。有知情者言，牡丹花凋零谢落，非干花期，而是不正常天气所致。前几天突然降温，还下了冰雹，降温冻死了花瓣，冰雹砸烂了花朵。"你看，花朵还是鲜红的，却提前凋零了。"他人言之有理，持之有据，我内心赞同这一分析和结论。但我想的却是：这是自然界的灾害骤降所致，那么，社会上突然有灾害降临，当事者应如何面对，其间有无高下优劣之分呢？我们以苏轼、黄庭坚为例。

苏轼一生经历坎坷，熙宁四年（1071年），苏轼上书谈论新法的弊病。王安石颇感愤怒，于是让御史谢景温在神宗面前陈说苏轼的过失。苏轼被授为杭州通判。熙宁七年（1074年）秋，苏轼调往密州任知州。熙宁十年（1077年）四月至元丰二年（1079年）三月，苏轼在徐州任知州。元丰二年四月，四十三岁的苏轼被调为湖州知州。上任后，他即给神宗写了一封《湖州谢上表》，这本是例行公事。但苏轼是诗人，笔端常带感情，即使官样文章，也忘不了加上点个人色彩，说自己"愚不适时，难以追陪新进"，"老不生事或能牧养小民"。这些话被新党利用，说他"愚弄朝廷，妄自尊大"，

"衔怨怀怒"，"包藏祸心"，还讽刺政府，莽撞无礼，对皇帝不忠，如此大罪可谓死有余辜。他们从苏轼的大量诗作中挑出他们认为隐含讥讽之意的句子，一时间，朝廷内一片倒苏之声。"乌台诗案"后，苏轼被贬为黄州团练副使。元丰七年（1084年），苏轼离开黄州，奉诏赴汝州就任。由于长途跋涉，旅途劳顿，苏轼的幼儿不幸夭折……面对逆境，苏轼没有被打倒，他选择坦然面对，用乐观、豁达的态度，活出了自己的精彩人生。

前时去宜宾，听了关于黄庭坚在宜宾的传说。宋绍圣初，黄庭坚出任宣州知州，后改任鄂州知州，又被贬为涪州（今重庆涪陵区）别驾、黔州（今重庆彭水县）安置（指定地区居住），再安置到戎州（今四川宜宾市）。当时的戎州是一个多民族聚居的地方，风景优美，黄庭坚到戎州后，寄情于戎州山水。在戎州城岷江北岸天柱山下，巨石中裂形成天然峡谷，清泉从石缝中流出，可使酒杯缓缓移动。黄庭坚便在此模仿王羲之"曲水流觞"之举，"鳖池九曲，为流觞之乐"，这里就成了遗留至今的宜宾著名人文景点流杯池。在戎州期间，黄庭坚创作诗词近100首，其中咏酒（或借酒抒怀）的诗有10首；词27首，其中咏酒的词就有15首。元符三年（1100年），宋哲宗病逝，宋徽宗即位后，起用黄庭坚为监鄂州税，签书宁国军判官、舒州知州，又以吏部员外郎召用，黄庭坚都推辞了，最后出任太平州知州，但上任刚九天就被罢免。后因受政敌陷害，黄庭坚被送到宜州（今广西宜山）管制。崇宁四年（1105

年），黄庭坚客死宜州，终年60岁。

从苏轼、黄庭坚一生的经历看，他俩一生都多次遭遇逆境，甚至可以说，他们一生都是在逆境中度过的。这种逆境不是自然灾害造成的，是社会灾害造成的，是政治对手造成的，是敌对势力造成的，他们是被加害者、被排斥者、被流放者、被贬用者。在突然袭来的祸灾面前，他们选择了坦然面对，随遇而安，选择寄情山水或酒食，潜心在艺术的道路上跋涉，留下了双峰并峙的诗词书法的艺术高峰。可以说，他俩是在逆境中成功的典范。

猝然临之而不惊，无故加之而不怒。这两种境界，一般人是达不到的。意想不到的灾害来了怎么办？没啥好办法，惊过之后，就是坦然面对，泰然处之。对待疾病的态度，有人说过，既来之则安之，好好养病。对无故加之的社会性灾难、人为造成的困境，也只能以这样的态度对待。这样做，损失可能会少些，或许还可借机调整方向，另辟蹊径。总之，天无绝人之路，未来怎样，那就要看每个人的选择和造化了。

19. 蝎子的命运

节假日期间,我去某公园游玩,发现一风景独特处,树茂草绿,视野开阔,酷似国外某处风景。站立良久,观之,欲坐而无凳,便想自制坐处。不远处有废料场,观之有旧砖废水泥块等。欲取旧砖,掀开一看,竟有蝎子和其他爬虫,手一抖,令手中砖落,砸中蝎子,重伤。怕它咬我,又补上一脚,应是一命呜呼。想看殒命蝎子时,它已被我踢入草丛。又想:它还能活过来吗?一时间心中戚戚然,为我无故伤了一条性命。再无心看风景,也无心制什么坐凳,心里甚是后悔,为无故伤生而懊悔。

蝎子何辜?它远离游人,自个儿在砖缝小窝中生存,可谓无忧无虑,与其他同类相亲相安,对外界没有加害,也没有提防,哪会想到我这个突然从天而降的侵略者呢?我无故,不,是为了个人有个坐处,就破坏了它的家园。当它惊恐,不知所措,在大难临头欲正当防卫时,我施以砖击,造成重伤,怕其报复咬我,又加之一脚,使其永世不得翻身。它有何辜,我有多狠!当然,这一切都是在瞬间发生的。等我知道自己错时,已后悔莫及了。

尽管事出有因,但我不能原谅自己。因为在我加害它之前,它和我毫无关系。是我的起心动念,毁了它的家园,毙了它的性命。它是无辜的。当然我也不是刻意为之，但就在这不经意的遭遇中，我铸下了大错。也许有人会替我辩解，说你也不是故意的，况且，这些小生物早晚是要死亡的。我不敢苟同。虽然我不是故意的，但你死我活的后果却发生了。这小生物即便要死，也不该死在我手里，没有这个必要，也没有这个道理。它丝毫没有侵犯我，连瞪我一眼都没有，如有，睚眦必报，也说得过去。这些都没有，它的死是我过度反应造成的。

  我心情沉重地走在回家的路上，一次又一次地后悔自己的作为，一念又一念地悲悯蝎子的命运，一遍又一遍地为天下苍生祈祷。

20. 尊重常识

常识，就是已确定的对日常事务的认知。常识是确定的、公认的。比如一节课45分钟时间的设置，这是符合人们注意力集中度长短规律的。北京人民大会堂的台阶，为什么走起来特别舒服，是因为它按每个台阶高12厘米设计，正符合人腿抬高和用力的舒适度。按照标准的说法，普通的知识叫常识。常识是一个生活在社会中的心智健全的成年人所应该具备的基本知识，包括生存技能（生活自理能力）、基本劳作技能、基础的自然科学以及人文社会科学知识等，一切基于敬畏自然。这说得有点复杂。其实，常识就是人所共知的知识和常理。比如，肚子饿了就要吃饭，天冷了要加衣服，下雨了要躲避，这就是常识。中国二十四节气，也是常识。一切基于敬畏自然，这句话说得好，常识就是在人们认识自然、与自然斗争、与自然共存中产生的。

尊重常识，就是遵从自然规律，遵从社会发展规律。一句话，主观愿望要符合客观实际。这道理人们都知道，但在日常生活中，违背常识的事，还是时有发生的。比如，20世纪30年代初，李立三就因"左"倾冒险错误，做过违背常识的事情，在形势条件根本不具备的情况下，要求攻打长沙，饮马长江，在各大城市搞暴动，夺取全国胜利，以致革命力量几乎损失殆尽。第五次反"围剿",有人主张"御敌于国门之外",与敌人拼消耗,这是犯了战略性错误,也是犯了常识性错误。毛泽东在总结以往经验教训后,提出"打得赢就打,打不赢就走"的方针,这既是常识的回归,也是真理性的发现。真理是朴素的,有时,真理就是常识。不尊重常识,就是与真理作对。

尊重常识,应该体现在一切工作中,一切生活中。尊重则顺,反之则逆。在生活中,不尊重常识、不撞南墙不回头的人,还是有的。不尊重常识,可能是无知,或存在认识上的盲区;也可能是任性,喜率性而为。若是个人,危害不大;若是领导干部,那是危险的,后果也是严重的。因此,我们强调尊重常识,是有现实意义的,对每个人也是有益处的。君以为然否?

21. 良言一句三冬暖

五一节后上班，我下楼去吃早餐，推门看见两个正在打扫卫生的楼栋管理员。其中一位说，你过节过年轻了，我都没认出来。另一个说，可不，我看也年轻了。我说，谢谢，你们俩更年轻，是真年轻，让咱们都年轻！三人大笑，说，咱仨这不是互相吹捧吗？尽管知道自己不年轻，知道人家是在说好话，但我内心还是挺高兴的。为人家的表扬，为由善意形成的和谐人际关系，也为楼道里荡漾的笑声。笑一笑十年少，心情畅快多了。

古人云，良言一句三冬暖。说人好话，表扬人的话，人总是爱听的。不光小孩子爱听，大人也爱听；不光领导爱听，群众也爱听。只要不是有意阿谀逢迎，不是包藏取利之心，更不是口蜜腹剑，不是好话说尽坏事做绝的阴谋家行为，在日常与人交往中，多说好话，多说体贴人的话，是能给人温暖的，也是可以拉近距离、和谐人际关系的。不管认识不认识，不管是萍水相逢还是莫逆之交，不管是家里人家外人，不管黄皮肤黑皮肤，与人相交时，多说好话，多说表扬人的话，多说顺耳之言，多看别人的优点和长处，总是没错的，也是会收到好效果的。这和政治立场、原则、对错无关，却和人性相关。因为人性是相通的，人类的喜好是一致的。说白了，人都是喜欢听好话的，任谁都一样。只要不违背做人原则，不是非不分，不美丑不辨，不认贼作父，不假模假式，多说些好话有何妨？不需要任何投资，却能收到投资得不到的效果，何乐而不为呢？

与"良言一句三冬暖"相对的，是"恶语伤人六月寒"。我今天早上，坐公交车就遇到一例。一位女士用手机刷卡到站下车，不知何故，刷了几次都没刷上，耽误车开了，她自己也很着急，这时一位大妈说话了：刷不上？早干什么啦！看，前面灯又闪了，大家都急着上班，你快别刷了，下去吧！一连说了好几遍，我听着都觉刺耳。那刷卡的女士更不好意思，说，我不下去了。又坐了两站才下车。我当时在现场，我不能说大妈说得没道理，但态度太蛮横了，话说得也硬了些，几近"恶语"，让人听着很不舒服，连我都觉得刺耳，何况刷卡的当事者。若那人是个不讲道理的蛮横之人，岂不争吵起来？这种事情日常生活中并不少见，如果人人注意一些，对别人体谅一些，即使不能好言与之，也不会恶语相加，如此，和谐社会岂不更加和谐？

节后上班，偶遇一正一反两件小事，心有所感不吐不快。愿朋友们勿怪我言多聒噪耳。

22. 人生何处不相逢

我一个朋友，给我讲了一件他亲历的奇巧事。他在国家某部门工作，20世纪80年代，一次随领导去甘肃刘家峡水库考察。一天晚饭后无事，自个儿在水库边溜达，面前突然来了一只船，从船上下来一个人。他看来人面熟，来人也看他面熟，两人突然惊呼对方的姓名，原来是两位战友在这里巧遇了。他俩是我们同一个部队的，同被部队派到贵州日报学习半年，天天吃住在一起。回部队后各奔东西，先后转业，我朋友在北京，他那战友转业回甘肃老家去了，做梦也没想到，两人会在这里遇上。而且，这位战友一般也不到这里来，今天是出来打鱼跑到这里，竟在水库边见到几十年未见的战友，你说奇巧不奇巧？

我再讲述一件我亲历的奇遇。我和战友蒋常红是同一年当兵的，一起分到部队警通连通讯排，因爱好写作，我俩同时被部队送到贵州日报学习半年，回到部队后，先后被选送到吉林大学读书，他在历史系，我在中文系，同住吉大七舍，常在一起交流，情同手足。回部队后，因部队撤销改编，便各奔东西。他转业回甘肃老家，我转业到长春，分手后再难见面。1988年6月，我去南方几省考察期刊，从九江上庐山游览，在仙人洞排队照相，我看到前面有一个人的背影，似乎很熟悉，等他转过身，让同来的人给他照相时，我一看，呀，竟是蒋常红。我上去和他握手，两个人激动得不得了。分手近十年，竟在"天生一个仙人洞，无限风光在险峰"的"仙人洞"见面了，天下何其之小，巧遇何其之巧。简单问候之后，三言两语说了各自情况，就急忙随各自的团队走了。他是在党校学习，随队出来考察的。以后再也没见过面，通过几封信，知道他在地方干得不错。约十年后，得到消息他去世了，是在甘南藏族自治州副州长任上去世的，因肝病所致。我很为他惋惜，想起他，就想起那次在仙人洞的奇遇。

还有一次，我为在烟台筹备一个会议，途经蓬莱阁，前去游玩。在通往"八仙"馆的台阶上照相，人多拥挤，半天找不到空，我扒拉边上的一个人，说，借借光，让我们照一下。那人一回头，竟喊我"姐夫"，原来是长春来的一个亲戚，他们也是来蓬莱阁游览的。我们俩在一起合了影，作为这次巧合的纪念。

人生何处不相逢，这些巧事，不少人也都遇到过。文学作品中说"无巧不成书"，"三言"中有《蒋兴哥重会珍珠衫》，说的也是巧合之事，虽然是文学作品，也是来源于生活。其实，这种巧遇并不神秘，也没有谁在冥冥中导演，只是人生偶遇小概率事件而已。

23. 人生交友"三不交"

过了大半辈子，逐渐形成了交友的"三不交"原则：一是坏人不交，二是不孝敬父母的人不交，三是悲观失望戾气过重的人不交。

先说坏人不交。坏人当然不能交。因为，跟好人学好人，跟着巫婆会跳神。问题是，"坏人"这两个字并不写在坏人脸上，有些坏人，也不是一下子变坏的，认识坏人需有一个过程。一旦认识到看错了人，交错了友，就要注意改正，注意划清界限。所谓坏人，就是品质不好的人、坑蒙拐骗的人、乘人之危的人、落井下石的人、过河拆桥的人、认贼作父的人、恩将仇报的人，等等，这样的人不能交。即使交了，如发现有这些品质问题，也要断交。

不孝敬父母的人，不能交，坚决不交。这个道理很简单。一个人如果不孝敬父母，连父母的养育之恩都不懂得回报、感恩，你还能指望他对朋友好，能对友人之恩施以回报吗？孝敬不孝敬父母，是最能看出一个人品质的试金石。我原先很崇拜一名演员，后听说他不孝敬父母，我对他的好感立马消失，也根本不屑于和这样的人交友。

不和悲观失望戾气过重的人交友，是不愿自己受到过多负面情绪的感染和影响，从而看不到光明和前途，使自己心绪变得很糟糕，进而缺乏奋斗的精神和力量。生活中确有一类人，天天怨天怨地，怨气冲天，怨点背，怨社会，对社会和个人前途悲观失望，戾气过重，评价别人总是贬低，看负面信息过多。他们对待工作，把困难看得过重，爱散布悲观情绪；对社会前景和人类前途看不到光明，眼前一片黑暗；对朋友和与之社会交往的人，鼓劲的话少，泄劲的话多，不是给"车胎打气"，而是"拔气门芯"；交谈中，总是编排别人的不是，发泄对领导和同事的不满，而且唠叨不休。我对这种人敬而远之。他们看问题存在片面性，而且情绪化，若长期与之交往，会让自己的情绪受到负面感染，对人生和前途失去信心。我自己也受到过挫折，也悲观过，失望过，曾就想不开的社会问题，去请教过我的老师公木先生。公木先生对我说，人生、社会发展、人类命运，都会遇到这样那样的困境，但要坚信，道路是曲折的，前景是光明的。你看那黄河从青海巴颜喀拉山发源，一路奔腾下来，遇到过多少险阻，形成多少道湾滩，最后不还是一路东流去，奔流到海不复回吗？先生的开导，给我的教诲，让我也始终相信，个人经过奋斗，一定能改变命运。我相信，广交朋友必有好处，赠人玫瑰，手留余香；我坚信国家的前途和命运，一定会更美好，困难和挫折是暂时的，只不过是黄河的一道湾而已；我坚信，人类的前途和命运，也会越来越美好，因为世界上有那么多善良聪明且有正义感的人。我不愿和悲观失望戾气太重的人交朋友，是因为我想做一个"阳光老男孩"，以乐观畅达的态度，欢快地度过余生。

24. 我叫"不紧张"

有一次参加面试，我当评委。当问到一位来应试的大学生时，我问：同学，你叫什么名字呀？那同学回答说，老师，我叫不紧张。他说完，评委们都笑了，知道他还是紧张了。好在这个同学反应够快，他接着说，老师，我刚才一紧张，把名字说错了，我叫某某某，来应试之前，我妈叮嘱我别紧张，刚才进来时，自己在心里告诫自己"不紧张"，一着急，就把这当成自己名字了。多年过去了，想起这件事，还觉好笑，也悟出一个道理，有时候精力不能过于集中，太集中了就会出差错，要适当适时转移。

人在社会上生存，无论是谁，在命运攸关的重要关头，或是面临重大利益调整和个人得失时，不紧张是假的。但心理素质好的人，会转移和排解，不至于紧张出错、进退失据。在日常生活中，工作过于紧张，注意力集中一段时间之后，就应有意放松休息，或去干另一件事情，如有的人会去打乒乓球、打扑克、跳舞、做工间操，这都是很好的分散注意力的方式，转移注意力就是缓解紧张、放松休息。写作累了，读读书，走出去散散步，使脑子得到休息，不少作家都有这方面的体会和经验。

人生还会遭遇许多挫折，人这一辈子就是过五关斩六将的过程，有时有斩获，有时被斩获。有人说过，人生不如意事十之八九。生老病死不说,三灾八难断不可少,失业,失去亲友,朋友散了,老婆跑了,孩子没上成重点高中,庄稼被冰雹砸了,喝口凉水呛着,差点要了老命,等等,这些事时常发生。没有这些事,人们就不会祈求平安。天天祈求平安,也照样会发生不平安的事。不管发生什么样的事,都要慢慢排解掉负面情绪,否则,轻者会久久闷闷不乐,重者会得抑郁症。因此,生活中因不快造成的郁闷和紧张要学会排解。排解的办法之一,是转移注意力,或离开原有环境,或离岗休息。再就是要想开些,再想开些。失去的已然失去,被骗了也只能自认倒霉,做生意赔了,庆幸人还在,青山还在,尚可一搏。即使至亲的人去世,也得往开里想,天下没有不死之人。所谓万寿无疆、永远健康,都只是美好祝福。有生就有死,这是定律,我们在亲人离世后,做不到庄子那样鼓盆而歌,那也要学会慢慢放下,因为这是没有办法的事,只能认命。如此而来,一切不快和紧张都会逐渐消去,便有了一个云淡风轻的喜乐人生。

25. 两只乌龟的选择

有位成都的朋友告诉我，他家数月前在市场上买了两只乌龟，是为了逗儿子玩。前不久，去给两只乌龟放生，一只乌龟到了水里，一口气游走了；另一只乌龟游了游便回头看，终于又游了回来。把它再放进水里，它游了一阵，又游了回来，表示出不愿离开之意。他们把这只乌龟带回好生养着，放在沙发前桌子上的一个容器里。乌龟很懂事，也知道跟人看电视，电视一开，它就把头伸出来看。关了电视，它就把头缩回去休息。朋友说：他现在遇到了难题，本想养养再放生，怕它到时不肯离开，还要跟回家看电视，这可咋整？

我相信这个故事，因有视频为证，内中有放生后乌龟又奋力游回来的镜头。我想说的是，两只乌龟的选择都没有错。一个向往大洋，去过自由自在的生活；一个愿意回来居家，食佳肴，卧长桌，看电视，那都是它们基于自身需要的选择，不存在孰高孰低，没必要过分解读。就像人生有许多选择一样，很难做价值判断和说选择结果的好坏。"出水才见两腿泥"，许多事情很难一下子分明，况且判断的标准不同，看法也不同。有人把当官看得很重，但老百姓却说：当官不为民做主，不如回家卖红薯。扯远了，我的意思是，我们应尊重每个人发自内心的选择，不附加更多的政治意义、社会意义和道德意义，鼓励其在遵规守法中自由发展。

  另一点感想是，乌龟素称灵龟，还是聪明、有灵性的。古人用龟甲占卜，大概就是相信龟有通灵作用。从朋友的那只"回头龟"看，它对养它的人生出了一定感情，这是不难理解的。在甲午海战中邓世昌沉入水中，他养的爱犬跳入海中舍身救主共同赴死便是一例。我也在书中看到过，一只乌龟被放生，几十年守在放生人家门前的江里，从没离远过，后来在有人捕鱼时又被捞了上来，让人惊叹。我们强调人与自然和谐，包括尊重自然生物。丰子恺先生倡导"护生"说，我们当勉力为之，从自身做起。

26. 聪明与诚实

中国著名翻译家、外国文学研究专家、文化史学者、诗人杨宪益，和三联前辈范用等人是好朋友，他也是三联书店的老作者，在三联出版过《译余偶拾》等作品。最近读报，看到杨先生一则逸闻，让人好笑之余，又有所思。

杨宪益家境优渥，在家中又是独子，聪明而又顽皮，小时爱搞恶作剧。一次考代数，有同学做不出某些题，他就把答案写在纸条上，并粘在老师的后背上。老师监考，在教室里走来走去，答案都被大家看到了。后来老师发现了，找他谈话，他供认不讳。老师不仅没有惩处他，反而夸赞他诚实。

杨老前辈确实聪明，能想出这么一个常人想不到的办法。我们上学考试时作弊，是互传纸条子，或把答案写在手心里，伸手让别人去看，杨先生高我们一等，这就看出智商的高下。当然，这只是趣闻，考试作弊的行为还是不可取的。你得承认，在人群中，确有聪明、不够聪明、不聪明之分，这是先天智商决定的，也有后天实践锻炼的因素。无论何因，人的智商是有差异的，有的人聪明一些，有的人就笨一些，这是客观存在的。有人总结说，聪明人一看就会，比较聪明的人一学就会，笨的人学也学不会，这是从实践中总结出来的。但聪明也好，笨也好，都不涉及人品，是聪明度和能力高下的问题。况且，聪明的人不努力，也不会有好结果。笨的人努力，也会有好收成。笨鸟先飞，说的就是这个道理。而且，鸟还不一定笨呢。

而诚实却是道德评价，是对一个人人品的认可。评价某人诚实，这是一个基本评价，也是一个很高的评价。在人群中，因为人品修养程度高低和得失利害使然，确有诚实与不诚实之区别。有的人为人诚实，有的人基本诚实，而有的人根本不诚实，甚至撒谎成性、谎话连篇，这种人是让人厌恶的，让他们去办媒体或把持某个单位，会是什么样子，是可想而知的。所谓诚实，就是实事求是，有一是一，有二是二，不撒谎，不骗人，不吹牛。在日常生活中，诚实守信是连在一起用的。诚实者必守信，守信者必诚实。"诚信"是写入"社会主义核心价值观"的，是需要我们人人努力谨守，化作自己的实际行动的。

27. 不可随意"苟简"

一天外出散步，随意行走，一家饭店的招牌吸引了我，赫然几个大字："小白蝎子馆"。不禁哑然失笑。这是在北京大兴街头，显然这是一家羊蝎子馆，店主的招牌"苟简"了，让人不知所云，或知其所云，却是闹了一个笑话。须知在生活中，在中国语言文字的应用上，除了约定俗成外，是不能随意"苟简"的。

我第一次知道"苟简"，是在吉林大学的课堂上。给我们讲古汉语的许绍早老师，是王力先生的大弟子，肚里有学问，讲课有水平，能把古代汉语讲得和现代汉语一样晓畅明白，我们佩服得不得了，都爱听他讲课。他说，所谓"苟简"，就是言语表达部分缺少了必要的成分，随意减少抹去一个句子的组成部分，使之产生歧义，甚至产生相反的意思、相左的效果。他举了许多例子来证实他的论点，生动有趣，令我印象深刻。查词典，知"苟简"语出《庄子·天运》："食于苟简之田，立于不贷之圃。"后逐渐引申有简略之义，意指草率简陋。有人误认为"苟简"或可为"苟减"，这是不正确的。

仍回到这块招牌，小白蝎子馆是什么意思呢？我刚调北京时少见多怪，竟不知羊蝎子为何物。后被请吃两次，方知羊蝎子就是羊的脊椎骨，因为形状跟蝎子相似，所以被称为羊蝎子。名字很怪，却是不少人喜欢吃的地方特色美食。羊蝎子是特定词，不能"苟简"，"苟简"后就成了蝎子店，让人以为经营的是蝎子，而在其他地方，确实有经营蝎子的，叫油炸蝎子，这样就容易把二者混淆。在日常生活中，在人际交往中，因为"苟简"闹笑话的不少。如"馒头办""破协办"（破产企业协调办公室），闹了不少笑话。

我刚从部队转业到地方时，先在宣传部门，后宣传部门成立"五四三"办公室（五讲四美三热爱办公室），调我去工作一段时间，后来这个机构改了名，简称不好听，一些人就以此取笑我，我心里不很舒服，但也只能笑脸相对。后来取了更合适的名字时，我就离开了。有时候，人们"苟简"是故意搞笑，是闹笑话取乐而已，不必介意。但做生意做买卖，事关身家性命，岂容大意乎？岂可随意乎？至于人们日常交往中必不可少的礼节，也是不可以"苟简"的，但这是另一个话题了。

28. 睡地板的老板

我结识了一个温州朋友，是一个女士，因为拙作《黄金团》写到温州人，她便求一本看看。来取书时，聊了一会儿天，她说，你应该写写温州女人。我问：温州女人有什么特点？她说，能吃苦，不矫情，经得起折腾，受得了挫折。我请她一一道来，边听边开眼界，长了见识。

她说：温州女老板不少，个个都能吃苦，白天当老板，晚上睡地板。白天当老板忙活，看着光鲜亮丽，回到家里，关上门，啥苦都能吃，衣食简陋，睡地板是常有的事。温州女人不矫情，不娇气，无论当多大老板，有多少亿资产，干啥仍然都是亲力亲为。许多人没有专车司机，都是自己开车到机场接人送人，搬运行李。也不雇什么秘书助手，生意都是自己亲自谈。女人见面绝少谈美容等享受，不比爱马仕包有多少，谈的都是生意经和子女教育的话题。温州女人上得厅堂，下得厨房，样样干得来。一个几亿身价的女老板，去别人家做客，看见茶几螺丝掉了一个，便找来工具几下就安了上去。温州女人受了挫折决不言败，而是总结教训，东山再起。某女老板被骗子"套路"了五千万元，又一点点从头干起，现在买卖做得风生水起，她几百万元的单子要做，十几元的单子也做，成了很有名的生意人和企业家。

我问：温州人为什么能吃苦，温州女人为什么能耐劳？答曰：是受温州的地理条件和传统文化所决定与影响的。温州七山二水一分田，自然条件差，人们自小就知道，只有勤劳刻苦才能生存下去和获得幸福生活。温州有永嘉学派，提倡道器结合，着眼于生活实践，向实践要真知，通过实践出成果，从不说空话、套话、没用的话。

朋友的话，让我认识到，温州人是独特的，温州女人是独特的，她们不同于北京女人、上海女人、杭州女人等，但不同的女人同样证明一个道理：幸福生活是奋斗出来的。只不过，不同的人有不同的奋斗方式而已。多大的老板，也是从"睡地板"起家的。

29. 一丝不苟和一字不苟

一丝不苟，指连最细微的地方也不马虎，形容办事认真细致，一点儿不马虎。出于清代吴敬梓的《儒林外史》："上司访知，见世叔一丝不苟，升迁就在指日。"流传下来，一丝不苟就成了一个形容办事认真的褒义词，常常见诸报端，也由书面语变成了口头语。

今天我讲一个"一字不苟"的真事。由深圳著名女歌唱家徐霞统筹，由我作词、洪科作曲，由深圳青年歌唱家杨乐演唱的歌曲《鹏城飞歌》，近日新鲜出炉了。这首歌词的雏形来自拙作长篇小说《鹏城飞歌》的"序曲"，我发自内心地赞美深圳，由衷地感叹她改革开放以来的翻天巨变，赞扬她在改革开放中起到的排头兵作用。随着大湾区建设拉开序幕，我决定写一首歌唱赞美深圳的歌词，《鹏城之歌》应运而生。"你是传说中古老的大鹏，你是天地间出色的精灵。改革开放赋予你生命的活力，一声春雷唤醒你冲天飞腾。"这是歌词的头一段。其中还有一段："时间就是金钱，效率就是生命。这一声声啼鸣，敲击着沉睡的窗棂。"歌词由洪科战友谱曲，经申报，获得深圳龙岗区文化建设项目资助，在徐霞女士的统筹下，由杨乐女士演唱，交了一份堪称完美的答卷。但在听了样唱、看了确定的简谱之后，我却发现错了一个字，"敲击着"变成了

"敲击出",虽然并无大错,但语意不明。这个错误和杨乐无关,应是我们在传送样稿时有误,是我们词曲作者的责任。但既然发现了,我还是指了出来,看有无补救措施。杨乐很干脆,她说:我录音时是按照原歌谱唱的"敲击出",如果您觉得有必要改成"敲击着",我也电话请教了邹老师和徐霞姐,可以重新补录这句的。最终,杨乐和邹老师费心补录,使歌曲臻于完美,没留遗憾。这种"一字不苟"的精神,值得赞美。换言之,要出精品,就得有精益求精的精神。徐霞、杨乐之所以成为深圳的著名歌唱家,这和她们精益求精的专业精神是分不开的。我和她们合作很愉快,也从她们身上学到了一些新的品质。

毛泽东主席教导我们,世界上怕就怕"认真"二字,共产党就最讲认真。我想,讲认真也应成为每个人的品质,因为只有认真,人这一辈子才能做成几件事。

30. 大气候与小气候

今年北京天气有点怪，不仅春天倒春寒，入夏时还热不起来，可正呼怡人之际，天却突然大热，5月15日、16日气温突然升高，飙至36摄氏度，一时间热浪滚滚，虽间有雷阵雨，温度也降不下来，反增闷热。这让我这个不怎么怕冷却很怕热的人有点受不了。突然而至的热，让我很不适应，头脑昏沉，精神不爽，注意力不集中，编稿编不下去，写稿不能卒篇，痛苦也哉！

痛苦归痛苦，但还是得尽量适应。本不喜空调，吹空调爱肠胃感冒的我，也只得打开空调，任空调劲吹，以把室温降下来，也使白日头脑清醒，午休和晚上能够顺利入眠。"大气候"来了，谁也逃不脱，不是"人在屋檐下，不得不低头"，而是"身在此山中，云深不知处"，天上悬挂火辣辣的太阳，热度时时攀升，谁能不生活在炎热的天空下？但"小气候"也是可以营造的，聪明的古人躲在山洞中、树林里、绿荫下，现在的人借助空调，使自己有一个凉爽的空间，这就是营造"小气候"。借助现代科学技术，是很容易办得到的。我打开空调，室内就凉爽起来，虽然也不是很舒适，但两害相权从其轻，只好如此，只得如此，只能如此。我对所穿衣服也做了调整，把短袖上衣穿在身。我调整了步行锻炼的时间，由上午散步改为早起散步。这样一来，我就适应多了。适者生存，我得存活下去。

　　想想，许多古人、今人，都是懂得这个道理的。我在东北工作过，冬天冷得很，但很少见到冻伤者，这是因为人们在严寒冬天，注意营造温暖的"小气候"。在连队，每个宿舍都有汽油桶改装的大煤炉，还砌有通热的火龙墙，冬天外面严寒骤降，大房间的通铺却是暖洋洋的。我也下乡搞过调研，住在吉林省汪清县罗子沟招待所，躺在烧热的火炕上真是舒服，不仅暖和，还治好了腰酸腿疼，让我记忆犹新。

　　芸芸众生，不可能与大自然抗衡，谁也没有这个本事，让夏天不热、冬天不冷，但人也不是消极的、被动的。人是万物之灵长，在"大气候"来到时，营造"小气候"是办得到的，也彰显了人的聪明。一点感悟，也许是"多余的话"。

31. 人到无求品自高

"事能知足心常惬，人到无求品自高。"这副对联出自清代纪昀《阅微草堂笔记》卷十五载陈伯崖楹联，用于教育人要学会知足。意思是：凡事能知足，心里就会常常感到惬意；人到了没有欲求时，品德自然高尚。人到无求品自高，就是从这副对联简化来的。

说实话，我对人到无求品自高，是持怀疑态度的。因为人活在世上，怎么能不求人呢？我们老家话说，谁也不能在屋檐下打井，人求人是必须的。有人说过，人是社会关系的总和。形象地说，人就像蜘蛛挂在网上，不是蜘蛛网，而是关系网，在这个网上生活着，与各种网绳建立联系，或被求，或求人，从生到死都是如此。

但凡活着，就会求人，求人就一定品位不高？也不一定。我看好朋友聂雄前的散文集《鹅公坪》，其中有篇写到，他父亲为了给雄前哥哥要一个工农兵大学生指标，求人巴结人六年，结果也没有如愿。我看了心情沉痛，却没有觉得他老父亲品位不高。品位高不高，不是看求不求人，而是看为什么事求人，怎么求人。为儿女前途求人，为亲人看病求人等，不丢人。人们有时不光求人，还求神拜佛呢，尽管有时行为殊多可笑，但其心可鉴。

人做不到不求人，但尽量少求人还是做得到的。但凡自己能干的、能办的、能解决的，就不要去求人，牢记我们是主张自力更生的。要做到尽量不求人，还需有两个条件：一是物质方面，人已退休，有退休金拿着，生活有保障，不用再去打工、操劳，也就不用看别人脸色。或者早已发家致富，衣食足，不为升斗发愁。有了充足的物质保障，少求人完全可以做到。二是精神上的，随着年纪老迈，欲求减少，或做减法，主动减少欲求，想法少了，欲求少了，知足常乐，无欲则刚，不去争什么位置，谋什么名利，得什么大奖，等等。如此这般，那求人自然就少了，品位就高了，也更让人尊重了。

32. 专业的事让专业人干

去自贡市考察燊海盐井，已经过去一个月了，但参观中听说的一件事，让我印象深刻，至今难忘。

燊海盐井，是我国第一口采取传统方法打井深度超过千米的盐井，至今还在使用。工匠们为打深盐井，创造发明了充满智慧且简便易行的凿井、治井、打捞、输卤、采气、煮卤等一系列技术，以及大量工具。如：利用有"打捞工具之王"的偏尖，可将落入井中的东西从直径仅几寸而深达数百米甚至上千米的井中打捞出来，堪称中华一绝。在长期实践中也涌现了许多能工巧匠，他们能在看不见听不见的情况下，凭感觉和判断，在井口只有数寸而深达千米的井底下，施展各种技能。著名技师颜蕴山是他们中的优秀代表，自己一人就发明了多项技术，在众多技师中技艺最为精湛。一个大盐商不相信偏尖打捞技术，和颜蕴山打赌，把腕上的手表摘下来，从井口扔下去，说，你要能打捞上来，我输你五十两黄金。颜蕴山沉着应战，在众人注视之下，把手表从井底打捞上来。盐商愿赌服输，付黄金五十两。颜蕴山说，我不是为挣他这个钱，而是打打他的傲气，让他见识一下我们工匠的智慧。

这个传说故事，让我们认识到行行出状元，高手在民间；也使我们认识到专业技术人员的价值，把专业的事交给专业人员去干。业有专攻，专业人员经过多年学习实践，掌握了丰富的专业知识和精湛的专业技术，是各行各业不可多得的人才，要尊重他们，大胆使用他们，把他们放到重要位置。专业的事让专业的人去做，专业的人做专业的事，改革开放之初，曾响亮地提出过。在强调高质量发展的今天，在国家间科技竞争日趋激烈的新形势下，这一条仍有大力强调的必要。任何时候，都应既要讲政治，又要讲业务，把政治和业务高度统一起来，方是制胜法宝。

33. 大命由天，小势可为

大命由天，小势可为。这个观点不是我的发明，是转述老詹的。老詹何许人？老詹，詹国枢是也。老詹，新闻界牛人，曾任人民日报社编委委员、海外版总编辑，退休后开办公众号"码字工匠老詹"，拥有粉丝70多万。他最近在三联书店出的书名为《听凭风雨来——老詹人生的七个拐点》。老友朱利国帮我索要一签名本，扉页上龙飞凤舞地写着"大命由天，小势可为"，下有詹国枢先生签名。

全书开篇的"自序"就说：我的一生都在证明这八个字：大命由天，小势可为。接下来写道：可不是嘛，老詹七个人生拐点中的任何一个拐点，都若隐若现地会有"大命"的存在和制约，也都会有"小势"的努力与改变。在书中，老詹写道：还有一次，一位年轻同事因升迁问题想不通，找我聊天。我给他讲了自己类似的经历，告诉他，其实，道理说多了也没用，你只消记住八个字就行了：大命由天，小势可为。想想我们这一生，凡自己不能左右者，大命也，你是违拗不了的。我们所能做的，就是尽自己所能，做最大努力，小势有时也能发挥作用。

对老詹的论述，我是赞同的。回顾我这一生已走过的路，也印证了这一论断。这一论断蕴含着深刻哲理，说明人的一生决定于它，是逃不脱"如来佛掌心"的，但人也有主观能动性，不是完全被动的，无所作为的，是主客观的统一。同样是当兵，我在部队爱好写作，努力做出了成绩，被送到大学读书，命运得到了改变。但人生有些东西，你是改变不了的，比如出生在什么家庭，这就完全不由个人选择，选择权完全不在个人自己。"下辈子我还做你的儿子"，这就是一个美好的传说。

听说这么一个故事，一个女青年非常羡慕别人爷爷是老红军，说，我爷爷要是老红军，早参加革命就好了。有人说她，你爷爷要是早参加革命，说不定早牺牲了，也不会有你父亲，更不会有你了。她执拗地说，没我就没我，有啥了不起！虽然我们没法选择自己的出身，但却可以选择成长的道路。无数事实证明，人的命运，通过努力是可以改变的。同样在艰苦环境中成长，有的人不断奋斗成了才；同样去城里打工，有的人留下来成了老板；同样是上大学，有的人成了学富五车的教授；同样在边疆服役，有的人成了将军；同样的经商环境，有的人就破土而出取得成功……这里有命运、机遇等诸多因素，但都与个人的努力是密不可分的。

任何时候都不要怨天尤人，要凭自己努力，去争取最好的结果。"大命由天，小势可为"蕴含着积极意义，让我们用它来鞭策自己。当然，也可以用它解脱自己，给自己松套。

34. 活到老，种到老

我非农夫，活到老，种到老，非种地也，而是种牙之谓也。这不，今天又一颗牙种上，安上牙冠。医师说，可以正常使用了。

在种牙之前，我从来就没有想到，这辈子自己和种牙干上了。我辈也愚，初以为，是在现代科学技术辅助下，施以法术，能使老牙床长出新牙，如返老还童者。去种才知道，原来是在牙床骨上打个洞，安上螺丝母，待螺丝母和牙床融为一体长结实，再把连接螺丝钉的牙冠拧上去，如此就算种植成功。种了才知原来如此，和之前想象相去甚远，口腔中这点事，类似于房屋装修，有简装精装之分，但总的来看都是掏墙打洞等一应活路。最早找到北京一家著名医院，还动用关系找了熟人，会诊说好几颗牙都坏了，一共要种六颗。我不干，我说，你们看牙的，看哪颗牙都是坏蛋，都要除掉，大装修的，我不干！气急之下，一口拒绝。

虽没搞大装修，但从此却开始了种牙的历程，至今陆续种了六颗之多，找的专业人士，积极耐心地予以配合，七八年来，经过不懈努力，总算收到成效。其间有成功的喜悦，也有失败的教训，也陆续有了一些体会和感悟。成功的不说，在嘴里立着呢，失败有两次，印象深刻。一次种植体（螺母）种下一周后，四川来朋友，陪人家喝酒，只听当啷一声，什么东西掉面前盘子里，仔细一看,方知是种下的"种子"从"土"里冒了出来。第二天去复查,医师宣告种植失败。原因并非喝酒,而是血糖没控制好,伤口没愈合所致,给出的办法是综合治理重新种植。约一年后重新种植成功,从此屹立不倒。第二次失败,是在左上牙床种植,说是CT成像,发现牙骨已腐蚀稀薄,如土地贫瘠,不利种植,要切开口种植骨粉,骨粉很贵,堪比金粉,等骨粉把牙床增厚,把土地增肥,方可种植。只好做手术"植粉",一克粉一克黄金,结果是创口没愈合好,骨粉流失了,金粉也流失了,种植失败,落了个白茫茫牙床真干净。成败参半,体会良多。

一是,种地是投资,种牙也是投资。据说一口牙种下来,得几十万元,比买一辆奥迪车还贵。过去说某人满口跑火车,没见过;现在说某人满口跑汽车,这个咱见过。概言之,种牙很贵,普通人难以承担,虽然一直在呼吁降低费用,但因各种原因见效甚微。因此,要想种牙,先把钱攒够。二是,既要有钱,又要有闲。种牙得占用许多时间,人要耐得起烦。一般说来,种一颗牙得一年。钻了洞打了桩,得半年以上,看情况,陆续几次下来,一年左右把牙冠安上,就算成功。三是,种牙是系统工程,种了这颗牙,就要种那颗牙,掉了的要种,坏了的也要拔下来种上,医师会给你做一个规划,一颗一颗坏,一颗一颗种,可谓没完没了,你得有这个心理准备。总之,活到老,种到老,种到地老天荒。

人活着有诸多无奈,种牙也是一种无奈之举。种牙的人,永远在去口腔医院的路上。以上说说种牙这个话题,嘴里的牙是假的,说出的却是真话。

35. 谁让"江州司马青衫湿"

"座中泣下谁最多？江州司马青衫湿"，这是白居易《琵琶行》中的结句，也是名句。过去读这首诗，不知白居易为何悲伤如此；今读史料，才知白居易悲从何来，悲在何处，是什么东西戳中了他的泪点。

原来，白居易到35岁时，还是孤身一人。缘何如此？还得往早里说。白居易祖居太原白氏，实际上出生于河南新郑。为躲避徐州战乱，父亲就把他和母亲送到了徐州附近的符离（今属安徽宿州市埇桥区）。在这里，白居易认识了比自己小4岁的邻家女孩湘灵，两人耳鬓厮磨日久生情。26岁时，白居易提出娶湘灵为妻，被母亲以湘灵出身农家家境贫寒否决了。他考中进士后又提出此事，母亲依然反对。当了秘书省校书郎后再次苦求母亲，不仅遭到拒绝，还从此不允许他和湘灵见面。白居易绝望了，以不结婚的方式来抗议母亲，同时写了《寄湘灵》《寒闺夜》《长相思》《冬至夜怀湘灵》《感秋寄远》等，来表达对湘灵的思念之情。在写《长恨歌》时，单身未婚的白居易，显然是把满腹委屈的感情都倾注到了其中。

白居易37岁时担任左拾遗，他在母亲的逼迫下，与同僚杨汝士的妹妹结了婚。白居易44岁时被贬为江州（今江西九江）司马，在这里遇到了依然未婚的湘灵，二人抱头痛哭，白居易为此写了《逢旧》诗两首,这是他们人生最后一次见面。

　　写到这里,读者已完全明白"江州司马青衫湿"的真实原因了。感叹这又是一场因母亲旨意而造成的婚姻悲剧。焦仲卿的婚姻因母亲的干预,造成了"孔雀东南飞"的悲惨结局;陆游因"东风恶",和表妹唐婉分手,以诗题壁,写下了满腔悲愤。这些都归因于封建的父母包办婚姻观念和制度,现在,这些终于都一去不复返了。

　　但是,在今天,有没有父母对子女婚姻干涉过多的问题,恐怕也不能一概而定。不时听到有干涉子女处对象的,有给子女划定婚恋对象标准的,有以父母好恶品评的,甚至有酿成悲剧的。对此,各位家长还是要正视,要检讨,要做到关心而不干预,积极而不越位,把婚姻恋爱的自主权完全交给子女。跳下去是不是"火坑",子女比咱们心里清楚,就不要在那里瞎操心了。难道还让子女像白居易《琵琶行》里写的那样,去效仿"江州司马青衫湿"吗?

36. 欲成大事择其大端

观古往今来成大事者，都是择其大端，看大势，抓主要矛盾，善于牵牛鼻子，找到关键点，牢牢抓住主动权，从而克难制胜取得成功。而一些欲成大事却失败者，也和没择其大端有关。失败者项羽便是一例。

项羽姓项名籍，号楚霸王，和刘邦起兵灭秦，划鸿沟为界平分天下，后与刘邦争锋兵败，在关键时刻犯了致命错误。一是他本可去江东搬救兵，重整旗鼓，"卷土重来未可知"，但他却"不肯过江东"，为什么？无颜见江东父老！你看看，这个时候还把脸面看得如此重要！二是舍不得美人虞姬。到了将绝命时，还在考虑："况汝这般容色，刘邦乃酒色之君，必见汝而纳之。"虞姬泣曰："妾宁以义死不以苟生。"遂请王之宝剑自刎而死。霸王大恸，寻以自刭。你看看，项羽如此婆婆妈妈，像是做大事的样子吗？

芸芸众生，人们因能力、志向、分工不同，不可能都去做天下大事，天下也没有那么多大事可做。真想做大事、成大气候的人，那一定要看大势，择大端，抓主要矛盾。要向刘邦学习，不能向项羽看齐。连江山社稷都要丢了，玩完了，还在担心爱妾被人家收留，这都是在想啥子嘛！就是我们甘于平庸的老百姓，在日常生活工作中，也要把事项排排先后，排排重点，学会抓大放小，像择菜一样，把没用的没啥价值的丢掉，毫不可惜，从而使自己的工作生活轻松有序。如此说来，做大事的择其大端，对我们老百姓也有借鉴意义，有心者不妨一试。在衡量事情时，从大处着眼，小处着手，该强化的强化，该放弃的放弃，而不是眉毛胡子一把抓，也许会达到更好的效果。

37. 一条标语修改的启示

我看到一个朋友发的一段视频，是说一个女士帮一个盲人修改标语的故事。一个年纪很大的盲人在繁华的大街上乞讨，面前的纸板上写着：我是盲人，请帮助我。施舍给他钱的人并不多。一个女士把盲人面前的纸板翻转过来，写下了一行字：今天是美好的一天，而我却看不见。神奇的一幕出现了，许多过往的人停下来捐款给老人。老人问女士用什么办法帮助了他。女士说，我只是改变了一下表达的方式而已。

你看，一个表达方式的改变，就能收到如此神奇的效果。这是真的吗？我相信这是真的，因为修改后的标语，其效果确实比前者"我是盲人，请帮助我"好得多。首先，改变了乞讨者的身份。前者一看就是乞讨，后者是表达"我却看不见"的遗憾，并不低人一等，并不让人一味可怜，而是生出同情心。其次，把自己和别人关联起来，"今天是美好的一天"，带有祝福别人的意思，让人看了感到温暖。最后，标语有特色，有个性，有创意，不干巴，有温度，让人容易接受。有此三条，效果自然好得多。它不是直面、直说、直接撞击，而是委婉、曲折，带有温情的表达，引发了人们的同情心：喔，我在享受如此美好时光时，有人却看不见，我应该帮助他。由"要我做"变成"我要做"，效果便大为不同。

在我们日常生活中，这样的例子还少吗？不同的表达方式，会达到不同的效果，这是常识，人们都是知道的。不仅是表达方式，就连称呼不同，都跟着有不同效果。比如跟一个中年女士打招呼，想打听个什么事。你用"哎"，人家肯定不理你；你用"同志""师傅"，有点过时；称"大姐"，人家不一定高兴；尊称一声"美女"，那效果就好得多。去借用别人某件东西，说"你某某东西借我用一下好吗"，效果肯定比"你把你家某某东西给我使一下"好得多。尽管大家都知道，但在日常交往中表达方式不讲究的事例也不少，甚至办砸了事情的也大有人在。表面看是表达方式的不讲究，"有话不好好说"，实质是对他人不够理解、不够尊重、不够同情，没有把人放到平等的位置来考量，或者过于高看自己，或者过于贬低他人，这都不可取。尤其不应该把自己置于他人之上，如果常常命令他人，歧视他人，那效果自然不够好，或者看着好，实际效果却很差。还是"有事好商量"比较好些。除了立场站位，还有沟通技巧问题，这又关乎智慧。聪明的人，总是有金点子，一两句话，一个小智慧，就能点石成金。上面说到的那个替盲人修改标语的女士，谁不称赞人家既善良又聪明呢！不服不行。

38. 装不装摄像头还真是个问题

今日读报，我看到一篇文章，题目是"老屋装了摄像头"。作者很高兴侄儿在爷爷奶奶家安了摄像头。"一听到消息，我就迫不及待地在手机上操作起来，很快就能清晰地看到老屋门前的一草一木。""如今老屋门前装了摄像头，从手机上看父母的生活状况成了我每日必修的功课。""前些天的一个上午，小弟看摄像头，发现父亲坐在门前的椅子上，精神萎靡，眉头紧锁，母亲则一直没见到。"作者得知原来是母亲生病卧床，父亲也有些身体不适。作者说这些，都是在说明摄像头安得好，安得及时，因而及时发现了父母的身体变化情况，体现了为人子的一片孝心。如此说来，安摄像头是及时的、必要的。我也知道，给老人安摄像头以便关心他们，已不是极个别例子，一些子女也在这样做。在肯定子女孝心的同时，我也提出一个问题，供大家思考与探讨。

所谓问题，就是如果安摄像头，就涉及老人的隐私保护问题。老人有没有隐私？有没有隐私权？有没有一些不想让儿女知道的事情？老人有没有自己的小秘密？老人有没有不想让子女知道的病态和窘态？概括地说，老人还有没有自己的"一亩三分地"？子女是从照顾老人的善意、美意、好意出发的，但是，实际上是在监视他们，实施"长臂管理"，监视他们的一举一动。我们尊重老人的看法了吗？他们真心拥护儿女安装了吗？他们深知安装的一些后果了吗？须知，他们是我们的父母，但他们首先是人，是顶天立地的人，是和我们平等的人，他们首先拥有宪法等法律赋予的各项权利，包括人身自由、隐私权，不经个人同意，任何人不得随意侵犯。安装摄像头，侵犯没侵犯他们的权利，有没有使他们变得谨小慎微，内心不安？我们应该不应该从这方面去考虑问题，考虑一下安装摄像头是否得当？我们总是以各种名义，从关爱的角度去说事，却很少体验被监控者的心理感受，也没有站在人之为人的基石上考虑问题，以致做出了许多荒唐事，却还在那里沾沾自喜，这多么让人悲哀！我们许多时候，就是以各种名义，蚕食了人本应该享有的多种权利，把人当成物，从而造成了本末倒置。技术是人创造的，监控摄像头是人发明的，这些东西，有时却用来限制人的自由，消解人的权利，岂不悲哉！

如此说来，给家里老人安不安摄像头，还真是个问题。我不笼统地反对安，但应区别情况而对待。起码有一条，"己所不欲，勿施于人"，这是做事做人的基本准则。写到这里，"常回家看看"的歌声，在我耳畔响起。常回家看看，不是常在摄像头里看看。二者不可相提并论。

39. 谁背书包上学堂

因北京天气太热,我把下午遛弯儿改到早上。连续几天早上,我都发现一个奇特的景观,就是父母或是爷爷奶奶送孩子上学的情景。走在路上的一老一少或一大一小,都是大人背着书包,学生甩空手走路。我为我的发现不解。我记起小时唱的歌:小呀么小儿郎,背着那书包上学堂。难道现在词改了吗?改成了:老呀么老儿郎,背着那书包上学堂。我真是被搞糊涂了。

我注意观察了几天,又绕了几条街路观察,发现"老儿郎"背书包已不是个别现象。琢磨个中原因,无非有那么几个:一、怕孩子累着。现在孩子课业太累,以此来减轻孩子负担。二、表示对孩子的关爱之情,对孩子的关爱体现在方方面面,帮背书包是其中之一。三、替孩子背东西背惯了,不背不舒服。四、重新体验儿时背书包上学的快乐。无论何种原因,这书包都是家长给自己背上的,使之成了早晨街上的一道风景。

怀念儿时上学的景象,那时背书包上学,是很快乐的事,是求之不得的事。到了上学的年纪,父母早早就给准备了书包,背着书包上学堂,蹦蹦跳跳在上学路上。"小呀么小儿郎,背着那书包上学堂",歌声飘荡在乡村小路上。转眼几十年过去,我们老了,世道也变了,背书包的"小儿郎"变成了"老儿郎",为何如此,不得其解。难道上学的小儿郎不应该自己背书包吗?自己的事情自己做的信条过时了吗？孩子背书包不是天经地义古来如此吗？孩子背书包上学不是能增加和书本的亲和度吗？不是嚷嚷多年要减轻课业负担、减轻书包重量吗？这都是为什么？我不想说学生"不是"，也不想说家长"自作多情"，我就是对这种现象不理解，想多问几个为什么。

询之友人，有友人撑我：你老樊是站着说话不嫌腰疼，书包没有背在你身上，背你身上，你啥都知道了。又说，你现在还没有孙子，有了孙子，你就成了孙子了。此言对否？

40. 有意思和有意义

我这人"爱小",平常遛弯儿走街串巷,看见地上有铁钉、螺丝钉、螺丝帽等小物件,都要弯腰捡起来。为什么要捡?穷日子过惯了,不捡觉得可惜。心里想的是,捡回来也许能派上用场。再就是怕那些东西扎了行人的脚,酿成祸端。不管什么原因,我已养成习惯,看见地上有这些小东西就弯腰捡,不捡心里不舒服。我有一次看到地上有一个带螺丝钉的小挂钩,不知从什么物件上掉下来的,本想硬着心不捡,可走出很远后,我又掉头捡了回来。

嗨,你还别说,我捡的这个小物件,之后还真就派上了用场。也就是说,弯刀遇到葫芦瓢,刚刚好用上了。我用拖把拖地,拖过后用水冲了,想把拖把挂起来,如何挂,我动起了脑筋:把捡回的带挂钩的螺丝钉,拧在拖把杆顶端,嗨,挂起来挺好,也挺结实。这虽然是一件小事,我内心却很高兴,为捡来的小物件派上了用场,也为我这么大年纪还能发明创造,做了一件挺有意思的事。我好像又回到了从前,回到了对什么都好奇的少年时代。一件不经意间的小事,给我带来如此快乐,这是我始料不及的。

某个有经验的作家,在给青年创作者介绍写作经验时,说,好的作品就是两条,一是有意思,二是有意义。所谓有意思，就是看着好看，引人入胜，让人爱不释手。而有意义则是作品中蕴含着哲理或人生道理，让人看完了咂摸咂摸嘴，思想上有所启迪。但凡好的作品，但凡经典，都是既有意思，又有意义，缺一不可。有意思无意义，俗作一个；有意义无意思，面目可憎。我对此是认同的，让自己写出的作品既有意思又有意义，这是我的努力方向。

由此联想到人生。好的人生，应该也是既有意思，也有意义。所谓有意思，就是活得有乐趣。一个人活着，有生机，有活力，有情趣，有爱好，对生活有热情，感兴趣，能从人际交往中找出快乐，能从一件小事中品尝到生活的乐趣，不木讷，不烦躁，不憋闷，就算只捡到一个螺丝钉，也能从中找出幸福感。为了活得有意思，人就要大度些，包容些，直爽些，敞亮些，幽默些，糊涂些。所谓有意义，就是活得有价值，对社会有价值，对家庭有价值，对子女有价值。因为条件所限，每个人的价值有大小，只要努力了，就值得肯定。年轻时，应当把实现人生价值放在首位，享受人生乐趣次之。而到了垂暮之年，则要把有意思放在首位，把有意义放在次要位置，就不要过多地去追求人生价值了。夕阳西坠，人生苦短，蜡头不高，灯油已浅，好好地享受生活之乐趣，名利于我若浮云，什么都是浮云。从某种程度上说，老年人活得有意思，活得快乐，活得健康，活得宝刀不老，活得自己顾着自己，就是有意义、有价值，就是对社会、对家庭、对子女的最大贡献了。

41. 有一种心理很奇怪

一天晚上，我请花开时节文化公司几个朋友聚餐，讨论《乌蒙战歌》电视剧本。结账时开票的服务员说，如果存一笔钱在店里，这单马上就可以享受优惠。在诱惑下我存了一笔钱。自从有了这笔存钱，我就产生了一种奇怪的心理，总想把这笔钱尽快花掉，于是，接二连三地请熟悉的朋友到这家饭店吃饭。有朋友笑问：你这是得了一大笔奖金，或是得了一大笔稿费了吗？

我笑了笑，回答，什么都不是，就是因为我在饭店存了一笔钱。自从存了这笔钱，我就惦记着把它花掉。花掉它好像花的是别人的钱，一点也不心疼。这是一种什么心理？实际上，这钱还是自己的钱，只不过是"转移支付"了，怎么把这钱就不当钱了呢？难道钱提前支付出去，就和自己产生了隔离感、异己感了吗？过去说"孙卖爷田不心疼"，可这是卖自己的田呀，怎么也不心疼了呢？有朋友告诉我，他用手机支付宝购物买单时，钱花得容易得多。过去拿现金结账时，一张一张地数，一张一张地用手摸，感到这些血汗钱来之不易，花得很仔细、很慎重。现在用微信、支付宝支付，手指一点就付出去了，因此，钱要比过去花得多得多。尽管有所克制，但见效甚微，钱就像流水一样花出去了。你说，这都是什么心理在作怪呢？

我想，我之所以有上述心理，原因是多方面的，需要探寻。但有一条可以确认，就是我在饭店存了一笔钱之后，就对这笔钱的安全性产生了疑虑，怕它黄了，没了，不好使了，而这种情况过去并不是没有。十多年前，我在北京南三环外一个洗浴中心存了一千元，不久之后，这个洗浴中心黄了，一千元也打水漂了。我有个朋友在一家理发店存了数百元钱，后来理发店改美容店了，钱不退，可以改做理发外的别的项目，一问，做一次面膜就要五百元，罢了罢了，自认倒霉了。这些活生生的例子教训了我，使我认识到，假如在某店存了钱，就要赶紧花，不花就有黄的可能。这就是我赶快请客赶快花钱的基本缘由。说到底，是企业的商业信誉出了问题，让人产生了不安全感、不信任感。现在，人们买房，为什么愿买现房，而不愿买期房，大概也是出于同样的心理，由于同样的原因。

市场经济条件下，企业的经营方式是可以多样化的，也可以用多种方式扩大资金池，但必须用商业信用、企业家信誉做保证，而这一切都应纳入社会治理和管控范围，仅靠企业口头保证，是缺乏保障的，客户吃了亏，钱打了水漂，也是很难追回的。幸亏我存的钱不多，也快花完了，否则会因此得上焦虑症也未可知。

42. 不争者长寿

我岳母近日以高龄辞世,她生于1928年,今年2月已过了95岁生日,辞世在96岁上,应属高寿。我在朋友圈发了悼念文章,概述老人家极为普通的当小学教师的一生,引来一些朋友留言。其中一则留言写道:嫂子的妈妈高寿的原因是与世无争,心灵宁静,她是我们学习的榜样。无争者长寿,朋友从中悟出了真谛。

人类长寿有多种原因,有从基因学探讨的,有从营养学探讨的,等等。说不争者长寿,应该是从社会学角度,我以前没有听说过,也没有探讨过,对此不敢肯定。但我从我岳母的个体经历可以看出,不争,确实是她老人家长寿的一个原因。岳母是一名普通小学教师,干了一辈子,除了在课堂上是主角外,在其他任何地方、任何情况下,她都甘当配角、甘当绿叶,从没争过名次、荣誉、待遇等,遇到这些事,都是向后躲,给了就要,不给不伸手。受了委屈,默默忍受,既不抱怨组织,也不抱怨什么人。在公开场所尽量向后躲,没有高声说过话,多数站在被人遗忘的地方。在家里,对婆婆逆来顺受,对丈夫恭敬顺从,和儿女们也不争辩,只是任劳任怨地干活,忙东忙西,90岁上还能自己做早餐。她在外吃了亏,回家也不多说。我儿子在怀念姥姥的文章中说:您是家里起得最早、忙到最晚的人,却又总是精神抖擞、健步如飞,默默操持着一切家务,直到您站不直了、走不动了。我记得有一次您去早市买菜,回到家时您的布袋子只剩下提手,您紧紧攥着,不知提手以下早被小偷割断拿走了,您懊恼无奈,这事却已经成为家人多年来的饭桌笑料,每每提到,气氛就愈发热烈……我岳母就是这样一个人,被偷了东西,骂一声"损贼"也就完事,不会过多纠结。

因为不争,岳母就没有太多烦恼,回到家也不张家长李家短地议论,不是做家务,就是批改作业,或织毛衣,或学唱歌,有时还爱在家唱歌。她最爱唱"二呀么二郎山",病危时,不认识人了,还能把《二郎山》歌词唱完整,真是奇迹。我确信,我岳母的长寿和不争有关。若不是岳父去世在前对她产生影响,若不是不慎摔了一跤卧床不起,她活到百岁也有可能。

现在是个竞争的社会,让人不争,很难。年轻人尤其不能躺平。但是对上了年纪的人,对已经退休的人,可以不争和少争。我看到有些人年纪很大了,还争这个争那个,有点为老不尊,甚至让人笑话,"吃相很难看",真是没有意思。我们这些老家伙,不是都想健康长寿吗?有走路的,有撞树的,有爬行的,有药补的,有信神求佛的。其实,不争就是一服长寿的良药。心宽体胖,说的就是这个道理。

我岳母长寿,除了不争,还有一个小秘密,就是每天晚饭时,她和我岳父都要喝一杯白酒(以自泡酒为主)。我岳父因血压高后来戒了,我岳母坚持到最后。今年2月,给岳母办95大寿生日宴席,在宴席上她端杯朝我晃晃,我悟出是让我给她倒酒。我给她倒了一杯,她喝了,很开心。我不知这和长寿有没有关系,说出来供大家参考。

43. 家家有本奋斗史

过去有句话，叫家家有本难念经。我现在想说，家家有本奋斗史。这是我在听了一个朋友的讲述后，产生的一点感想。

这个朋友是北京某著名大学的一名教授，是研究新闻传播学的专家。在交流中，知其出生在贵阳，在贵阳长大。我因为在贵州当过兵，又在贵州日报实习过一段时间，对贵阳也熟悉，与她便很聊得来。我好奇地问她：你父亲是安徽人，母亲是河南人，他们俩结合，一定有什么故事吧？她告诉我，她的爷爷原在上海铁路局工作，属于高管一类，家庭条件优渥。由于日寇入侵，上海—南京一线铁路人员西撤，到了湖南冷水滩，爷爷得重病不治身亡，铁路人员和家属也都各自亡命。孤苦的奶奶带领幼子流落到贵阳，无依无靠衣食没有着落，刚强的奶奶用仅存之物换了点钱，在贵阳街头支摊烙大饼养家糊口，她饼烙得好，卖得也好，风雨无阻，一天也不停，用挣的钱供儿子上学念书，一直供到上了贵州大学。她的父亲深知母亲不易，上学门门功课优秀。她的姥爷是南下干部，新中国成立后做了某单位领导，把河南家中的妻女接到贵阳。她的爸妈认识后结为伉俪。她对我说，她对她奶奶特别佩服。奶奶年轻时是大家闺秀，和爷爷结婚后，家中有保姆和勤务人员，十指不沾阳春水，过着衣来伸手饭来张口的日子，后来却因家庭变故和流亡，在贵阳大街上以卖烙饼为生，供儿子完成学业。我听了她的讲述，也对她奶奶的"奋斗史"充满了敬佩之情。

我们常说幸福是奋斗出来的，这句话是高度的抽象和概括。这句话的背后，跃动着无数鲜活的事实，记录着无数人的奋斗实践。一个人的成功史，一个家族的成功史，一个团体的成功史，一个国家的成功史，就是一部奋斗史，是一部从起点奔向成功，经历无数坎坷，付出艰辛和汗水，甚至辛酸和屈辱的奋斗历程。樱桃好吃树难栽，要想吃樱桃就得去种树。看人家吃樱桃时，羡慕人家的快乐，也应当想想人家种树的艰辛。

家家有本奋斗史，成功的背后，必有动人的故事。我们挖掘这些故事，除了向奋斗者致敬，自己也要努力成为一个奋斗之人。

44. 为儿应知为娘心

我认真地拜读了老首长李庆寿撰写的《李庆寿回忆录》，读了之后感慨良多。李庆寿离休前是基建工程兵煤炭指挥部主任，正军职。我是他手下一兵，但生前无缘相见，通过回忆录了解了其一生奋斗的历程。他是一个对革命有功、对人民有爱、对部队有情的人；是一个为革命事业和部队建设做出卓越贡献的出色军人；是一个从基层连队走出来的文武全才、指挥过战斗，又长期做思想政治工作，还是带领一个师援过越的人；他担任过省军区副政委，是一个有水平有担当的军队领导干部。他到基建工程兵煤炭指挥部任主任后，深入调研，大胆决策，严格管理，使整个部队的管理水平和战斗力上了一个新台阶。回忆录中有一个细节，我至今难忘。革命胜利了，以前生死未卜的老娘从老家河北去甘肃部队看望他，母子见面后，娘不坐马车，也不让他骑马，非要停下休息一会。他说快到了，到部队再休息好吗？娘说：你在马上，我在车上，我们母子分别十多年，现在人老了，眼也花了，看不清你的模样，想坐在一起，仔细看看你到底是个什么模样。又说，这十多年，我不知做过多少梦，梦见你。这次真见到你了，这不是做梦吧？看到这里，我潸然泪下。

在战争年代，儿子参加抗战打鬼子去了，一别十几年，生死未卜。得到儿子寄来的信，从未出过远门的她奔波几千里，为的就是和儿子见一面，把儿子看清楚了，确认儿子还活着，就放心了，知足了，最后喜极而泣了。真的让人感动，让人泪目，也让我们为许多时候不知母亲的心感到惭愧。

我在家乡上高中时住校，每次来家或回校，母亲都在村口接我、送我，我却表现得很不耐烦。我当兵离家时，母亲流着眼泪，舍不得我离去。当兵头一年过春节，我们新兵不会包饺子，把皮和馅一起倒锅里煮。我把这当笑话写信告诉家里，我母亲看信后却大哭了一场。我当兵离家后，我家石榴树上总留着几个石榴，我母亲不让摘，对我妹说，万一你哥哪天回来了，能吃上。结果或是坏掉了，或是被鸟吃掉了。这一情景，一直持续到母亲辞世。我是在一点一滴中体悟母爱，理解为娘之心的。天下最伟大的是母亲，人间最温暖的是母爱，一旦失去，就再也回不来了。作家张洁写过一本书，书名记得是《世界上最疼我的那个人去了》，写的就是她的母亲以及失去母爱的痛苦。

唐代诗人孟郊创作的五言诗《游子吟》，深情地歌颂母爱，深刻地理解了伟大的母爱，表达了诗人对母爱的感激以及对母亲深深的爱与尊敬之情。"谁言寸草心，报得三春晖？"任何人也回报不了母爱，但我们当儿女的，多理解一下为娘的心，对她们多一点体谅和关爱，是应该能做得到的。

45. 天下最亲是娘亲

朋友在一篇文章中写到一个细节：当时，奶奶家住的是两层楼房，房后面就是一条小河，河上有座小桥。为了防止我父亲淘气乱跑掉进河里，奶奶给他腿上拴了个小铃铛，父亲走起路来叮当响，听声音奶奶便知道他在哪里，是否靠近小河，是否有危险。我看了这段话引发感想：你看，母亲的心有多细，多么有智慧，能想出这么高明的办法。这一切都来自母爱。天下最亲是娘亲，信然。

常言道，父爱似山，母爱如水。山是高大的，险峻的，威严的，无限风光在险峰；水是平和的，温柔的，持续的，泉眼无声惜细流。父爱是宏观的，是宏大叙事；母爱是微观的，是细枝末节。我们每个人对母爱的体验都是直观的、微观的、感性的，是一丝一线，是身上穿的衣，是一粥一饭，是拿在手中的馍，是背在身上的书包，是远去的行囊，是离家的叮咛。这些都是具体的、生动的、可直接感知的。母爱最深，娘亲最亲，这是由有史以来无数事实支撑的，是由天下所有母亲用行动诠释的。

母爱的最伟大之处，是甘愿为儿女做出牺牲。我17岁那年冬天报名参军，母亲内心是不同意的，一是担心我年纪小身子单薄，二是家中缺劳动力。当时有人检举我虚报一岁年龄，要把我"拿下",这不正好遂了母亲不让我去的心愿?但我还是参军了,是母亲成全了我。带兵的人到家里来调查,问我母亲我的年龄,母亲拍拍肚子说,小安是从我肚子里生出来的,我最有发言权,谁敢说俺家孩子不够年龄!母亲把几个带兵的干部都说笑了。在我家吃了荷包鸡蛋后,就把我当兵的事定了下来。应该说,母亲最终患病去世,也和我当兵有关。我当兵走了,兄长在外地,妹妹出嫁了,老父亲去世后,就剩下老母亲一人在家独守空院,还艰辛地种着责任田,最后积劳成疾走了。忠孝不能两全,当兵离家没能照顾母亲,让我抱憾终生,也让我愧疚一生。

父亲和母亲都是在75岁时去世的,相差13年。都在冬天去世,都在12月份,出殡那天都下着雨雪。父母去世我很哀伤,但感受是不一样的。父亲去世,我感觉天塌了。母亲去世,我感觉地陷了。父亲去世后,因为还有母亲,还有感情寄托,回老家还有奔头,心里还是踏实的。母亲去世后,我一下子心空了,好像浮萍,浮在水中没有根底,一直过了若干年,心麻木了,这种感觉才消退。母亲的去世,让我这个远方的游子,永远失去了家园。

常言道,父母在,家就在。反之亦然。岳母去世了,我妻子开始收拾存在娘家的东西,往自家搬。她一边收拾,一边淌眼泪。我理解她,因为,从今之后,她再也没有娘家可回了,没有娘亲可见了。

46. 存大志向，干小事情

参加一场电影展播活动，听故事的主角在演讲中说，他的座右铭是：存大志向，干小事情。正是从一点一滴做起，他用17年时间走遍了红军长征时翻过的所有雪山，重新确定了翻过雪山的数量，绘制了精准的红军长征通过雪山草地的路线图，成了一名颇有成就的民间红军长征研究专家，出版了多部专著。可以说，他的成功是一步一步走出来的。正是从小事情做起，成就了他的大志向。

在这个世界上，有大志向的人很多，想干大事的人也不少。这些年，我在高铁上、地铁上、公交车上、小饭馆里就见过不少。一些人用手机和对方谈买卖做生意，张口就是几亿、几十亿，听了把我吓得不轻，自个儿顿时觉得渺小，上亿的钱，我从来都没有见过。但仔细一想：他们说的都不靠谱，哪有在高铁二等座和小饭馆谈这么大买卖的，要有那么雄厚的实力，怕是该出入会所，甚至该有私人飞机了吧？因此，我判定他们多是在吹牛、在忽悠，和"想给长城贴瓷砖"那些人是一伙的。他们虽然有大志向，但十有八九是不会成功的，因为他们不是从一点一滴做起，没有踏实努力地去做。

古人云，"千里之行，始于足下"，"九层高台，起于累土"。古往今来成大事者，都是从小事做起，一步一步走向辉煌的。一屋不扫，何以扫天下？古人说得多么有道理！你要扫天下，就要从一间屋一间屋扫起。你要成就大志向，就要甘于从小事做起。从报上读到，日本有一种制造魔镜的技术，实际上是利用阳光照到镜面时会透光反射出图案的原理，制造出了这种"二重构造"魔镜，其核心技术，是经过手工研磨的魔镜镜面，有20—30微米的镜面凹凸波度，还不到半根头发丝的粗细。而要达到这样的效果，只能用手工完成。而要成为一名合格的镜师，至少需要30年——铸造10年、研削10年、研磨10年，因为铸造、研削、研磨是制作魔镜的三个基本步骤。对于一名执着于传统手法的镜师而言，必须花上30年工夫，才能拥有炉火纯青的职业人手感，才能达到工艺的最高境界。

　　这个例子，对我们有没有启发呢？其实积跬步而至千里的例子，在我们身边比比皆是。年轻人，静下心来奋斗吧。确定好努力方向，小车不倒只管推，一定会成功到达胜利的彼岸。

47. 君子绝交不出恶言

人随着年龄不断增长，以至于渐渐变老，有一个突出的感受，就是朋友越来越少了，如深秋树上的果儿，日见稀疏。人一生中真正的好朋友不多，扳着指头数数，真正可交心者，可托命者，也就那么几个。鲁迅赠瞿秋白一联：人生得一知己足矣，斯世当以同怀视之。也说明真正的好朋友一生中没有几个。

从胜友如云到日渐稀疏，这是一个过程，其中原因甚多。一是数量多了，开始讲究质量，讲究品位，酒肉朋友删除，留下精兵强将。二是为利交友者，利尽而散，各奔东西。三是互相利用者，没有利用价值后自然离去，友情无疾而终。四是志不再同道不再合，原来的好朋友分道扬镳。还有就是因为什么事产生矛盾、隔阂，心生怨恨而不再往来。种种原因，朋友越来越少是肯定的，这似乎是一个规律。

其中好友间绝交的例子也很常见。所谓割席分坐即一例。近代还有罗振玉与王国维的绝交，鲁迅和周作人兄弟的反目，等等。中国人有温良恭俭让的传统，君子绝交不出恶言，这是人们交往中遵循的一个原则，比较讲究的人，都能做到这一点。

君子绝交不出恶言，体现了当事人良好的道德素养，自然也包含特定的道理，绝交了，不来往了，各走各的路了，由他而去，说再多恶言恶语，也没有用，再也回不到从前了，寻找不回友谊了。好朋友分手，原因很复杂，很难归因于一，也不能归因于一人，恶言恶语于事无补，而且传到当事人耳里还会心生怨恨，产生化友为敌的后果。再者，出恶声恶言，虽然出了恶气，却也贬低了自己，显示自身素质不高。即使对方真的有错在先，你恶言加之，不也说明自己果真是"瞎了狗眼"吗？

所以，我们赞赏君子绝交不出恶言，并在交往中遵循。至于有的人，不愿做君子，而甘愿做小人，那是没有办法的事。君子和小人是不同的，"君子坦荡荡，小人长戚戚"，"君子喻于义，小人喻于利"。对小人，就不必提过高要求了。

48. 脊背上的灰——自己看不见

我前段时间不小心，抓痒把右腿下部后面抓破了。看不见，也没在意，等发现破皮时面积扩大了，害怕沾水感染，洗澡时格外小心。现在一周多了，终于要好了。细想原因，看不见是重要方面，但努力去看，还是看得见的。由此想到了盲区，想到"自己脊背上的灰自己看不见"这句话。这句话，是我在东北工作时听来的，是一个人批评另一个人看不见自己缺点时说的，很形象，被我牢牢记住了。

由腿上的挠伤想起这句话，觉得这句话既形象又贴切，说的是人人身上都有盲区。可不嘛，谁后脑勺上也没长眼睛，怎么能看到自己脊背上的灰呢！不仅如此，我记得开车也有盲区。刚调到北京时学开汽车，师傅交代一定要注意盲区。所谓车辆盲区，就是驾驶人位于正常驾驶的位置，其视线被车体所遮挡不能够直接观察到的那部分区域。一旦进入车辆盲区，在车辆启动、转弯瞬间，行人、非机动车极易被"吞噬"。车体越宽大越高，车辆盲区的范围就越大。另外，车辆行驶时，其盲区比静止时更大。师傅强调，驾驶员一定要养成在上车之前绕车一周观察的习惯。这样既可以有效发现车辆盲区里的障碍物，也可以观察车辆本身的状态，比如轮胎是否漏气等。另外，驾驶员在车辆转弯时，尽量前后移动身体，这样可以看清A

柱盲区内的状态。

人的眼睛长在前面，身上有盲区是肯定的，尤其后背，那更是盲区中的盲区。人们认识日常事务也有盲区。这是因为受经历、知识、视野等所限，人们不可能全知全能，不可能上知天文，下识地理，中知人间一切，尤其是个体，即使再优秀，也有不知道不完备的地方。因此才强调集体力量、集体智慧，强调发挥智库、发挥广大人民群众的作用，强调不断学习、不断探索未知。人类就是从自然世界向自由世界迈进的，这是一个不断发现盲区征服盲区的永无休止的过程。盲区是客观存在的，承认盲区，克服盲区，才能不断进步。不承认盲区，那真个就是"盲人骑瞎马，夜半临深池"了。

还有一种情况，明明知道有盲区，却不肯承认，这是唯我正确不愿承认错误的心理在作怪。具体表现是，明知自己脊背上有灰，却不承认，不愿意进行自我批评，而对别人脊背上的灰，看得清清楚楚，钉着不放，拿着强光手电筒，只照别人的脊背。这样做，效果自然不好，不仅不能达到批评和自我批评的效果，还会影响团结。

家庭成员之间亦是如此，朋友之间亦是如此，为了更好地合作共事、和睦相处，就要多擦自己脊背上的灰，不要眼睛老盯别人的脊背。如此一来，人际关系就和谐多了。

49. 老年人的加减乘除

夕阳西下，不知不觉中，我渐渐地上了年纪，被归为老年人之列。上公园和旅游景点，可以享受免票待遇了；去火车站候车，也可以走老弱病残爱心服务通道了。有一首歌唱道：其实不想走，其实我想留。我也想唱：其实不想老，其实我办不到。既然如此，便也开始以老年人的视角考虑问题了。老年人的加减乘除，就是我最近几天琢磨出来的。

所谓加，就是加强体育锻炼，加强营养，加强学习，使身体器官延缓衰老，使自己小脑不萎缩。其中道理很简单，我就不展开论述了。努力去做就是。

所谓减，就是减少不必要的烦恼，减少不必要的忧虑。相信明天会更美好，不要杞人忧天。相信儿孙自有儿孙福，后辈会比自己强。在行动上开始做减法，购物上有节制，不买多余的用不着的物品。对家中已有物品开始"清仓查库"，该留的留，该扔的扔，能送人的送人，不能送人又没有用处的处理掉。我过去爱好收集石头，每次出差，都要背回一两块，有海边的，有长江边的，有黄河边的，有华山、泰山的，也有地震灾区的。一次去台湾，还从日月潭背回来一大块。现在面对这堆石头我都发愁，压酸菜缸不够圆，送去铺路不够平，拿去送人不像玉石那样受人欢迎，把它们个个遣返原籍，也缺少精力、时间和路费，真后悔当初把它们捡回来。好在现在处理还来得及，我的想法是，趁散步，每一次带一块到小河边美化环境，让其物有所值，回归自然。做减法，早做早主动，把主动权握在自己手里，免得给儿孙添麻烦，给自己找不自在。

所谓乘，就是乘车时要格外注意安全。大多数老年人都不会有专车待遇，出门要和公交地铁打交道。天天乘车和偶尔乘车都要特别小心，要义是防摔倒。不要抢上抢下，上车要紧握扶手，站稳脚跟，确保安全。日常居家，也不要"上蹿下跳"。不少人就是登高取物和上高浇花摔伤的，对此要引以为戒，格外提防。

所谓除，就是不着急不上火，保持一个好心态。除非按着锅盖不让吃饭，就不要着急；除非不发养老金，就不要上火；除非不让睡觉，就不必生气；除非他人在自己头顶拉屎，就不要动怒。一天，我在北京东单公园闲坐发呆，不知哪个鸟儿竟把屎拉到我上衣肩膀上，还好，没在头上着粪。我一笑了之，心里想今天运气不错，偏得偏得，心绪顿时好了许多。

以上加减乘除法，是我浅思一得。同龄诸君不妨一试。

50. 谨防"入局"

现在社会上有一个明显变化，就是小偷少了，骗子多了。因为现在流行手机支付，身上带现金的人很少，家里放现金的人也少了，背走冰箱彩电不方便，也需要花气力，故小偷入室光顾的也少了。相对应的是骗子增多，现实中不少，网上更多。有人推测说，现在骗子多，是因为小偷们都改行当骗子了。无论怎么说，社会上小偷减少骗子增多，这是不争的事实。骗子多了，骗术也更加高明了，越来越网络化，越来越向高科技方向发展，手法变幻无穷，目标也更多指向老年群体了。

老年人为何成了骗子的目标人群，这还要从现时老年人的特点说起。俗话说，敌人会从最薄弱的环节攻入。骗子为啥专骗老年人？一是，老年人最关注身体健康，都希望长寿，于是兜售各种"三无"药物的骗子就接踵而至。有的老年人希望长命百岁，于是骗子就推荐所谓的"灵丹妙药"，以延年益寿为幌子骗财骗钱。二是，老年人是弱势群体，社会关爱不够，儿女也不"常回家看看"，于是，骗子以关爱为名乘虚而入。一个朋友给我说，他几个月没见老父亲，再见老父亲准备取房产证办事时，父亲却说，房产证被一个女孩拿去抵押了。这女孩以关心老人为名，天天上门照顾，得到老人信任，房产证被拿去抵押贷款了。还好，房子尚未被转手卖出去。三是，上年纪的人好骗，他们是从过去特定岁月走过来的，多相信大家都是革命队伍中的一员，谁也不会骗人，特别容易上当，只要说是"国家工作人员"，说是"为老年人服务"，打着为老年人好的旗号，老年人就特别容易信。有的到了绝对相信的程度，银行人员阻止其汇款都无济于事，迫使公安干警出面干预。还有的老年人爱占小便宜，一听说白送什么东西就乐颠颠的，趋之若鹜。我在一个小区的推销活动中亲眼见到这种场景，几个老人每人获赠一把菜刀，结果买家庭净水器时吃了大亏。

老年人忠厚，老年人"傻"，老年人不懂现在的套路，却又很固执，这些特质吸引骗子盯着这一特殊群体。许多骗子妥妥地把老年人盯上了。可笑的是，一些老年人受了骗还执迷不悟。本来，人上了年纪，身上这疼那痒、这病那病是寻常现象。老年人是带病作业的，这很正常。本来，人是有寿数的，不可能长生不死，古代帝王也没寻到长生不老药。可是，有些人就是不相信，非要寻长生不老药，结果屡屡上当且不知改悔，一些人的养老金就被骗子蒙骗去了。现在骗子骗人"鸟枪换炮"了，都是有套路的。有借关爱行骗的，有用示爱行骗的，有以婚姻行骗的，也有利用人们的善心行骗的。而且，对老年人，利用善心行骗的居多。

我自己也曾被骗过，不过，我那时年纪并不老，也就45岁左右。那时我尚在吉林省新闻出版单位工作。因为住在东岭新村，早上常去伊通河边散步。一天早上，我在河岸农贸市场门口散步时，见到这样一幕：一个中年妇女守着一大纸壳箱子在卖君子兰，几个地痞不让她卖，说占了他们地盘，女的哭哭啼啼，说家中老人有病，想卖花换钱治病，却受到这些人欺负，哭得很是伤心，向路人求助。几个"好心人"过来说，人家卖个花不容易，凭什么欺负人家？咱们行行好，把她的花买了吧。女的说，我单个不卖，要卖就卖一箱子。有人问，统共多少钱？女的说，贱卖，一棵一百，共收一千元。有貌似忠厚的人说，我就想买一棵，也没带那么钱呀。另一个人说，我也要一棵。这时，就有人出来打圆场说，这样吧，谁身上有一千元，行行好，把这箱花先买下来，咱们再你一棵我一棵分着买，帮她把花卖掉吧。我正好散步到这里，正好衣兜里揣有一千元。我被一颗行善之心鼓动着，趋步向前说，我来先买下，大家再分买。众人皆曰好。卖花妇女更是面露悦色，接过钱说了声"谢谢"，就不见了。回头再看嚷嚷买花的各位，也都如鸟兽散了。先前闹事的地痞，个个全都不见了，整个农贸市场前的河堤上，就剩我一人一纸箱，纸箱中的君子兰，默默地看着我。此时我才知道上当了，被人设局骗了。后来，我把这些花分送给一些朋友，有朋友说，你这花看着油光光，却是打了蜡，经处理的。到此，我才完全醒悟，所谓卖花，就是有导演有演员的一场经过精心设计的骗局。

　　20多年过去了，我把受骗的经过写出来，就是为了提醒老年朋友谨防中招，也用来自警。现在骗子不光卖花，还卖各色物品，尤其是推销专治疑难杂症的药、长生不老药、返老还童良方……有不计其数的老年人上当。有亲戚托我在北京买专治肝癌的药，告诉我药店地址和联系电话。我按这个电话指引，找了一下午，也没找到这家药店。最后才有人在电话中告诉我，说他们只在线上卖，并没在北京设具体门市。看来，又是一个骗局。

老年朋友们，面对这一场又一场的骗局、一幕又一幕为老年人精心设计的专场演出，咱们是不是该醒醒了？

51. 警惕被"套票"套牢

人们现在去外面消费，总有店家给推荐套票。一次去洗浴，服务人员给我推荐套票，说项目多、便宜，对消费者合适。信之，要了套票。中间加了搓泥宝、醋浴，一下子增加了数十元。心里大呼上当。不知搓泥宝是什么劳什子，难道不用这劳什子，泥就搓不下来了吗？什么醋浴，就是在脊梁上滴几滴醋，润滑一下，也不知有什么作用。还有一次去北京某老字号用餐，因使用包间，服务员推荐套餐，一个套餐一千五百元，有好事客人把所上菜肴与另点价格对应，加一起也不到一千元。也就是说，因为点套餐，多付了五百多元。仔细算来，"套票"水挺深，误导消费者不浅。"套票"也是套路，套你没商量，宰你下狠手。对此，我们要警惕，千万注意莫要被"套票"套牢。

推及开来，人生被套的地方还有许多。一些贪官在被处理后，在媒体上讲过被糖衣炮弹套牢的过程。一些人看中了他们手中的权力，为达到自己的目的，千方百计"围猎"他们，使他们利用手中的权力为自己谋利，最终让他们走上了不归路。曾经，这些干部都是好党员、好干部，就因为不谨慎中了别人的圈套，以致付出了高昂的代价。不仅给党和人民的事业造成损失，自己也身败名裂，下场可悲。人们在日常工作生活中要有敬畏之心，尤其是领导干部，更要小心别人下的圈套，要保持金刚不坏之身。

人生还有许多"圈套"，是当事人自己给自己套上去的。比如，不顾自身条件，给自己树立过高的目标，使自己天天苦于对目标的追求。有的人追名，为了追求知名度绞尽脑汁，甚至装神弄鬼吹嘘抬高自己。有的人逐利，人生不挣几个亿绝不罢手。这些都是自己给自己下的套，把自己牢牢地套住了，活得不轻省、不愉快、不潇洒、不自由，甚至到了老年也不醒悟，劳苦身心久矣。俗话说，解铃还须系铃人。要想解套，还得靠自己。

52. 哥已不再是当年的哥

周日去公园散步,听有人在唱《哥已不再是当年的哥》这首歌:

哥已不再是当年的哥,
不再与春风对酒当歌。
我别了江湖,我变成传说,
曾经的美梦被现实刺破。
哥已不再是当年的哥,
不再携秋水去揽星河,
我入了红尘,我熬着烟火,
万丈的雄心一点点消磨。
年轮画了一圈又一圈,
一圈圈把心画进寂寞。
……

别人一遍遍地唱,我一遍遍地听,心头似潮水涌动,好像我是那个当年的哥,在叙述着昔年的壮心和激越,也在倾吐今天的悲情和无奈。为什么一首歌能如此牵动人心,拨动许多人的心弦?这是因为很多人在年轻时都奋斗过、拼搏过,都树立过高远的目标,有过宏大的追求,向往幸福的生活、成功的人生、辉煌的事业、甜美的爱情等。事过境迁,或年岁已高蓦然回首，检点往事，自然会产生许多感慨。有心人把它写成歌曲流传，必定敲击过来人的心弦。作为曾经过来人的一员，我听了这首歌，有两点感受：

一、哥确实已不再是当年的哥。哥老了，哥变了，除了歌词中所写的那些"不再"，就连身体状况也大不如从前了。前些年，有个比我年长的朋友，给我说过几段顺口溜，我大致还记得。内容大意是：想当年，牙如铁，牛肉煮熟不用切。现如今，不行了，吃块豆腐硌出血。想当年，腿如铁，翻山越岭如飞越。现如今，不行了，走一里地歇三歇。想当年，手如铁，搬石垒堰不停歇。现如今，不行了，提个水桶摔一跤。现实就这么个情况，人年纪一天天增大，一天天老去，心态也随之发生变化。由此可见，"哥已不再是当年的哥"，有其真实客观性。

二、哥还是当年的哥。平心而论，这首歌写得过于悲凉了，缺乏劲感和力度，在如泣如诉中叙说无奈和悲苦，缺少远大理想，让人丧失斗志。这是它的不足之处。哥已不是当年的哥，这是现实，也是无奈。但是，在许多人身上，哥依然是当年的哥，虽然英气不再，却也雄心长存；虽然不再玉树临风，但体魄犹健；虽然不再留恋过往，但依然向往诗与远方；虽然不再浪漫，但依然相信爱情。哥没有消沉，没有悲观，而是更加沉静和成熟，身上善良、诚实、友善、正直等优良品质都没有变化。有变有没变，又变又没变，变化中有坚守，坚守中有执着，这才是真实的，让人看得见希望的，也是我们这一代人的真实写照。我是这支队伍中的一员，我以我自身人生的体验，坚信我的观点是正确的。我们年纪再大，处境再变化，但身上的正义感、做人的原则、处事的道德底线，是不会变化的。比如，作为一名曾经的军人，一旦有外敌入侵我国疆土，我也会拿起刀枪和侵略者拼命的。我虽老迈却血性犹在，不信试试！这也是我说"哥还是当年的哥"的理由。

53. 致敬张光年

近日重读茅盾文学奖获奖作品《沉重的翅膀》（张洁著），翻看序言，被张光年先生写的序吸引住了。序言对张洁的这部作品予以充分肯定，指出了其价值所在。同时，也记录了他先前对这部作品的批评，其语言不可谓不犀利。他写道：所惜的是，作者在走上这个广大战场从事时代画卷综合描绘时，缺乏洞察复杂矛盾的思想准备，也缺乏统御众多人物、众多场景的熟练的调度经验，特别是保留了或者放任了以主观表现干扰客观描写的不良习惯（不是主客观有机的、有效的结合）。有些人物的心理分析是绝妙的，有些则几乎是作者心理、情绪的化身。人物对话中议论过多，作者还迫不及待地随处插进许多议论。固然有些议论是精彩的，收到画龙点睛的效果；但有些是不必要的、不妥当的，有的是完全错误的，因此引起严重的责难。序言对作者的修改做了肯定，他说：现在这个修订本，虽说还未能充分满足各方面的要求，包括作者自己的要求，但经过大幅度地去芜存菁，使人有耳目一新之感。于好处说好，于不好处说不好，这是一个评论家的良心和风范，也是我崇敬他的重要原因。

说起张光年，也许有人觉得名字陌生，但提起《黄河大合唱》词作者光未然，那可是如雷贯耳。光未然是张光年的笔名。张光年，现代诗人、文学评论家，湖北省光化县人，1913年11月1日生。1927年在家乡参加第一次国内革命战争，同年加入中国共产主义青年团。革命失败后，曾做过商店学徒、书店店员和小学教员。1929年加入中国共产党，后因鄂北组织被破坏，失掉党的组织关系。20世纪30年代开始从事进步的戏剧活动和文学活动。1935年在武汉发表歌颂抗日志士、反对卖国投降的歌词《五月的鲜花》，由阎述诗谱曲后，在抗日救亡活动中广泛传唱。1937年重新加入中国共产党。1939年1月，率领抗敌演剧第三队由晋西抗日游击区奔赴延安。同年3月，创作组诗《黄河大合唱》，经人民音乐家冼星海谱曲后，4月在延安首次上演，此后在全国各地广泛传唱，受到抗日军民的热烈欢迎。中华人民共和国成立以后，张光年一直在北京从事文艺活动。先后担任《剧本》《文艺报》《人民文学》主编，写了大量的文学、艺术评论。这些文章立论谨严、文风洒脱，勇于面对重大的文艺现象发表意见，在文学界很有影响。他一生的文学成就表现在歌词创作、新诗创作和文学评论方面。我崇拜他的文学成就，同时对他文学评论家的良心也十分钦佩。而这正是当下文学评论家们所缺少的。

　　看看当今文坛，有真知灼见的文学评论家，有良心说真话的评论家，又有多少？不能说没有。但像张光年这样有水平有良知的文学评论家不多。文学评论家，首先应该是直面作品，敢于讲真话。但现在有的人，不是直面作品，而是"看人下菜碟"，而且不讲真话，不讲针砭和带有刺激的话，文学评论中常充斥着无原则的赞颂。有的人拿了人家红包，得了人家好处，就进行肉麻的吹捧，所拔高度离真实作品实际高度所差甚远，对读者造成误导。在现实中常常有这样的现象，媒体上吹得很好的文学作品，实际上却不怎么样，很少有人问津，难道这里面没有文学评论家的责任？还有，过去文学评论家都以扶持年轻作者、扶持新人为己任，张光年如此，我的老师公木先生也如此，他在文学讲习所带出了流沙河等当时的一批年轻诗人。而现在的文学评论家，大都在围绕名人大家和获大奖者转，为的是让人投桃报李，自己好获取更大的名利，此风久矣。有人已沉浸在其中陶陶然不知自拔，早已忘记文学评论家所来为何了。

　　细细想想，这一切都是商品经济大潮带来的后果，一些人追名逐利，忘记了文学的初心、文学评论家的初心。文学评论家真话少了，社会上真话少了，而这更彰显了张光年等老前辈的正直、无私、敢于担当。我向他们致敬，期盼文学界的不良之风得到扭转，社会也更加清明。

54. 读书宜趁早

昨天下午，我在山东师大峄城实验高级中学做了一场题为"阅读与人生"的报告。因为面对的是15岁左右的学生，故在以往准备的演讲稿之外，加了一节，叫"读书宜趁早"。为什么"读书宜趁早"，我讲了几点理由。

一是，人在年幼时，尚处于"赤子"阶段，似一块白布，染尘不多，留有许多空间和余地。比如家里新购置房屋，有三室一厅，空间充裕，这时往里放置东西就相对容易，先来后到，先来先占领，先来先布局。这时候读书，就能在脑海中增加书的记忆，阅读中汲取的真善美知识，也会更多地占领这个空间，优质的元素多了，劣质的元素和没用的知识，就会相对减少。

二是，少年时期正是打基础的时候，基础打得牢，楼房才能盖得高，盖得结实。小时养成良好的读书习惯，通过读书掌握的知识，可以受用一生。

三是，年少时记忆力最好，儿时记住的东西往往难以忘却，即使人老了，对儿时的记忆也会终生不忘。趁着记忆力好时，赶快读书，抓紧读书，能达到最好的效果。古人头悬梁，锥刺股，都是在青少年时代。年纪大了，这一招就不怎么好使。如我辈已垂老者，就是针刺脑袋瓜，怕是也没有用了。

四是，年少时不勤读，年长时悔之晚矣。唐代颜真卿的《劝学》，"三更灯火五更鸡，正是男儿读书时。黑发不知勤学早，白首方悔读书迟"，说的就是这个道理。虽然年老了仍可以发奋努力，但毕竟大好时光已经失去，让人追悔莫及。

莫道君行早，更有早行人。我期盼年轻学子们争先恐后地加入读书队伍，通过读书充实自我，丰富自我，塑造自我。因为我坚信，读书的人和不读书的人，将会有一个不一样的人生。

55. 铁道游击队精神的第一要义

昨天下午，我终于如愿以偿，参观了位于山东枣庄市薛城区的铁道游击队纪念馆。那首略带悲壮，又充满必胜信念的电影《铁道游击队》的主题歌《弹起我心爱的土琵琶》又在耳畔响起：

西边的太阳快要落山了，微山湖上静悄悄。

弹起我心爱的土琵琶，唱起那动人的歌谣。

爬上飞快的火车，像骑上奔驰的骏马。

车站和铁道线上，是我们杀敌的好战场。

我们爬飞车那个搞机枪，闯火车那个炸桥梁，

就像钢刀插入敌胸膛，打得鬼子魂飞胆丧。

西边的太阳就要落山了，鬼子的末日就要来到。

弹起我心爱的土琵琶，唱起那动人的歌谣。

这首由芦芒、何彬作词，吕其明作曲的壮歌，每次在耳畔响起，都如金属撞击般拨动着我的心弦。纪念馆的同志让我谈谈参观后的感受，我讲了三点：一、作为一名曾经的军人，我对这些为民族解放事业做出贡献，为中华民族做出牺牲的铁道游击队队员们，充满了景仰之情。他们是我们的先辈，在国家面临日寇侵略，民族面临灭顶之灾之时，他们勇敢地站出来，从矿工从基层百姓中走出来，在党的领导下，从一支自发的武

装，变成自为的具有极大战斗力的人民武装，在津浦路枣庄一线铁道线上，给日军以沉重打击，立下了卓越功勋，做出了历史性贡献。在强敌入侵面前，应该怎么做，他们为我们后人做出了榜样，是我们看齐的标杆、效仿的楷模。二、作为一名出版工作者，我感到铁道游击队的事迹是十分重要的出版资源，是一座富矿，还可以进一步挖掘、开发和利用。听了讲解员介绍，了解到铁道游击队除了在铁路沿线开展武装斗争外，还把招远的13万两黄金运送到延安，护送刘少奇等多名重要干部通过封锁线，参加了沙沟受降仪式，极大地打击了日本侵略者的嚣张气焰。这些素材都需要深入挖掘，用新媒体等方式予以出版，不断扩大出版成果，在全国民众尤其是青少年中产生更广泛影响。三、作为一名作家，《铁道游击队》的作者、文坛老前辈刘知侠，是我学习的榜样。他从1944年开始关注铁道游击队，写了《铁道队》等数篇文章，1953年又深入进行采访，多次到微山湖走访，找原铁道游击队队员了解情况，前后历时十年，精心写出了《铁道游击队》这部名著。他的写作实践使我又一次认识到，人民，只有人民，才是创造历史的真正动力。人民群众的火热生活，才是文学创作的真正源泉。作家只有深入生活，才能写出受到读者欢迎的好作品。我应为之做出努力。

有关方面把铁道游击队精神概括为：赤诚报国，不怕牺牲，机智灵活，勇于亮剑。我站在这一展板前沉思良久，又拍下图片仔细琢磨。总体上看，这个概括很好。赤诚报国是铁道游击队精神的第一要义，其他是围绕这一要义展开的。因为赤诚报国就必然不怕牺牲。铁道游击队先后有150多名队员壮烈牺牲，有姓名记录的却只有40多人，他们中的一些人为抵抗外敌入侵流尽了最后一滴血，却连姓甚名谁都无人知晓。这是不怕牺牲精神的真实写照。机智灵活说的是斗争方式。敢于亮剑，说的是斗争态度。既然这一精神是后人概括的，也就可以进一步推敲和完善。比如，最后一句敢于亮剑，可否调整为血战到底？若做出这样调整，就使整个关系形成了递进关系，造成了前后两句呼应的效果，而且也隐含了"沙沟受降"的内容和结局。不揣冒昧，提出一点小小建议，仅供参考。

感谢薛城区区政府有关领导、相关部门领导，以及纪念馆的领导和工作人员，他们为我们一行参观学习提供了帮助，而且让我在参观后的座谈中受益匪浅。

56. 笔耕五十载弹指一挥间

昨天是6月17日，从1973年6月17日我在《贵州日报》发表第一首诗歌《军民情》算起，我的文学创作已进行了五十载。从18岁开始，到现在的68岁，整整五十年，看似漫长，实际上也就弹指一挥间，让人生出"逝者如斯夫，不舍昼夜"的感慨。

1972年冬，我从河南老家去贵州盘县当兵。当的是基建工程兵，从事国家战备煤矿六盘水煤炭基地建设。我分在师部警通连，从事通信工作，但由于爱好写作，业余时间会写一些诗歌等。在此之前上高中时，我已开始练习写小说，写过短篇小说《红英》（未发表），我的写作目标很明确，就是通过写作改变命运，能到县文化馆工作。当兵后，我把这一目标和爱好带到了部队。写作确实改变了我的命运。诗歌《军民情》发表后，师政治部主任赵向文和宣传科科长宋涛发现了我这个"人才"，把我调到师部宣传科专事文艺创作，使我离开了通信兵岗位，从此走上文学创作之路。我专门从事创作才七八个月，就被派到基层矿建连队深入生活，回到机关后又被派去《贵州日报》学习，改行搞通讯报道。后来被选送上吉林大学中文系，毕业后也没有专事创作，而是在部队从事宣传和报道工作。转业后，我到地方做了几年宣传工作，1986年开始主办刊物进入出版界，历任编辑室主任、社长、总编辑，一直到三联书店做总经理，长期从事图书出版工作和出版管理活动，迄今已三十七年了。我历数这些，是想说，我的文学创作都是在业余时间进行的。因为是在业余时间进行，甘苦自知。

今早大致算了一下，散见在报刊的文章无法统计，只统计已出版的个人专著，计有35部，其中长篇小说5部，散杂文10部，诗集6部，纪实文学8部，出版专著6部，合计总字数应在500万字以上。因为是在业余时间创作，写出这些文字确实不容易。一是得顶着压力，顶着"不务正业"和"名利思想严重"的指责。二是得处理好主业和业余创作的关系，分清主次，必须先把主业干好，干得出色，干得有成绩。我在三联书店工作近十年，没出过一本书，把全部精力都用到工作上去了。三是得挤时间，一点一点地挤，像鲁迅所言，把别人喝咖啡、聊天的时间，都用到写作上去了。

能坚持五十年不动摇，得益于以下几点：一、目标确定后绝不改变，始终如一，紧盯着目标去努力，而且注意力集中，不搞"小猫钓鱼"。二、有长期坚持的精神，几十年如一日，锲而不舍。三、舍得下气力，勤奋，能吃苦。有人问我写作苦不苦，我的回答是又苦又不苦。所谓苦，就是得下苦功夫。所谓不苦，就是苦中有乐，乐在其中，自己喜欢做的事，就感受不到多苦多累了。四、组织上的培养、朋友们的鼓励和家人的支持。自己不是孤军奋战，有许多人关注并支持自己，这是催人向上的力量。因此，自己取得的成绩是各方支持的结果，不能仅视为己有，而且也不应该是满足和骄傲的资本。

事有巧合。我第一首诗歌《军民情》发表后，被谱上曲改编成表演唱，由师部文艺宣传队演出。五十年后的今天，由我作词、洪科作曲、杨乐演唱的《鹏城之歌》正在深圳特区传唱。从《军民情》到《鹏城之歌》，我历经了五十年时光。夕阳正好，余生尚存，虽然说"哥已不是当年的哥"，但我还在笔耕，还在努力。此处是否应该有掌声鼓励？谢谢！

57. 不审势即宽严皆误

能攻心则反侧自消，自古知兵非好战；
不审势即宽严皆误，后来治蜀要深思。

成都武侯祠的这副名联，简称"攻心联"，乃清末光绪二十八年（1902年）暂居四川盐茶使的云南剑川人赵藩所撰，寥寥数语，既高度肯定了诸葛亮善于用兵、理政的才华，又从和战、宽严的辩证关系总结了诸葛亮治蜀的经验。此联言简意赅，形式完美，不仅是武侯祠所有联语中位居第一的上品，而且还是全国不可多得的名联之一。

这副对联蕴含的哲理很丰富。上联讲的是攻心为上，打仗最重要的是瓦解敌人斗志，收服敌人之心。如诸葛亮抓了孟获不杀，而七擒七纵之，使孟获知道自己远非诸葛亮对手，从而感谢其不杀之恩，并说"公，天威也，南人不复反矣"。

下联将审势提高到治国理政的高度。法家主张以严治国，认为"铄金百镒，盗跖不掇"，而儒家治国主张"刑罚世轻世重"。"宽以济猛，猛以济宽"，刑罚宽严，从无定则，要根据时代和国情作辩证调节。诸葛亮所以以严治蜀，正如他回答李严所说："刘璋暗弱，自焉以来，有累世之恩，文法羁縻，互相承奉，德政不举，威刑不肃，蜀土人士，专权自恣，君臣之道，渐以陵替……"可见诸葛亮用重典治蜀，因为前代太宽，故他遵循儒家"世轻世重、宽猛相济"的原则，而绝不是像法家一样单纯地一味用严。

治世是用宽还是用严，关键在"审势"，即对形势进行科学的判断，进行实事求是的评估。把势搞清楚，有针对性地用"严"和"宽"，才会收到好的效果。不能不看情况，不审时度势，一味地用宽和用严。离开大势去谈宽严，没有意义，也会产生不好的效果。

治国理政是政治家的事，对我们普通老百姓来说，关心的是在处理日常事务中的宽和严。我们在教育子女和人际交往方面，是宽还是严，也是有前提的，那就是要区分不同的情况。对待子女，若是涉及人品问题，那就应该从严要求。若是偶然造成的失误，那就要宽容一些，不小心打破了一只碗，用不着严厉责罚。对待下属，若涉及原则问题，决不含糊；若非原则问题，就不用过于计较，不妨宽容一些。对待朋友，也要区分不同情况，掌握朋友间交往的广度、密度和深度，君子之交和而不同，既要亲密，又不可无原则迁就。对待合作对象，对待客户，是严一些，还是宽一些；是坚持原则，还是退让一些；等等，都要根据实际情况，从实际效果出发，做出宽或严的尺度安排。一味从严，一味从宽，都是不可取的，要随着情况的变化做出调整。此一时彼一时，随情况的变化进行调整，方是明智才举。天下万事万物都在变化中，没有一成不变的事物，也没有一成不变的大势，当然也没有一成不变的宽严之选。随机应变，这是再明白不过的道理了。愿我们每个人为人处世都宽严适度，尽量避免宽严皆误的情形发生。

58. 立场与客观事实

现在到互联网上一看，到处都是争论。你说东我说西，你指南我道北，争得不可交，甚至互相谩骂，势如水火不共戴天。你仔细一看，许多时候，争论的双方不是围绕事实来进行辩论、互相交流的，而是根本立场的分歧。因为立场不同，有的人可以不顾事实信口开河，所以，争论也不会有结果，就是争论来争论去，出出气磨磨牙罢了。这把我搞糊涂了，在现实生活中，是立场重要还是客观事实重要？应该怎么处理二者的关系？

首先，一个人一个团体必须要有立场。一个人没有立场，就是糊涂之人，就是见风倒的墙头草，让人看不起。立场是从个人和团体利益出发的。一个人不可能没有立场，立场是客观存在的，只是坚定与否，鲜明与否，自觉与否。一个人活在世上，总有个人和所属团体的利益，所以人有立场是自然的，不可否认的。

其次，立场不是一成不变的。立场变了，人的想法也会起变化。年轻时挤公共汽车，经常出现这一幕，没上去的人想挤上去，说：再往里挤挤，再往里挤挤！等挤上来后，就冲下面人喊：挤什么挤，等下一趟吧。有人概括说，这叫"上了脚踏板，马上变心眼"。

这里我们不说政治立场，只说普通人一般站位的个人立场。我们在判断是非时，是既定的立场重要，还是客观事实重要？是立场在先，还是客观事实在先？是唯心，还是唯物？一个人看问题的立场固然重要，但要不要尊重客观事实，要不要根据客观事实的变化，来调整改变自己的立场？我想，我们还是要尊重客观事实，尊重已被证明的铁一般的事实，而不是所谓站稳立场，固执己见。尊重客观事实，改变自己的看法，甚至改变自己的立场，并不可笑。而不顾客观事实的变化，明知情况已发生改变，却还要固执己见，一厢情愿地做各种假设，替自己喜欢的一方做各种辩护，一根筋，一边倒，一条道走到黑，才是可悲的。我相信，这种人在现实生活中，也多是不怎么受欢迎的人。说到这里，我想起一桩旧事。我老家的宅基地原本与邻居家是没有纠纷的，结果因为一名村干部常去我邻居家吃喝，关系近一些，就在宅基地重新确定边界时向着人家，让我家吃了亏。我家当然不服气。这位村干部过去还不错，以前我们全家也帮助过他。但他觉着我家在村里没人，没用了，就站了人家的立场，不顾客观事实了。我妹妹斥责他道：你摸着良心想一想，你做得对不对？后来经过一番周折，这事还是纠正过来了。这个村干部所为，就是典型的立场先于客观事实，可引以为鉴。

59. 端午节不宜祝福

以前每年的端午节，我都祝亲友师长节日安康。今年我不再祝福。因为昨天晚上，与一个出生于湖南娄底的朋友聚会，他的一席话改变了我。

这位朋友是地道的湖南人，对端午节有特殊的理解。他说，当年屈原投汨罗江，是因为对楚国统治者极大地失望，他以投江的方式，表示自己与统治集团的决裂，甚至是表达不满和无声地反抗。但是，他和民众却是有深厚感情的，在位时多有善民之举，所以，民众对他的投江表达了痛惜之情。划龙舟最初可不是为了娱乐和竞赛，而是为了抢救投江的屈原。向江中投放粽子，是为了让鱼儿果腹，从而不伤屈原身体。门上插艾蒿，手脚上拴五彩丝线，是为了避邪，避免邪气的浸淫。所有这一切，都是祭祀性的、悼念性的、追思性的、防御性的，无什么温馨，也无什么幸福，更不需要有什么祝福。这一番话，我是接受的、深以为然的。

有朋友说，有两个节日，是不能祝福亲友节日快乐的，一是清明节，二是端午节。"清明时节雨纷纷，路上行人欲断魂"，自然不宜祝福。弄清了端午节的由来，也就明白了此节不宜祝福的道理。

休怪我昔年懵懂无知，先前的端午节，我都是向亲友祝福的。或当面问候，或发短信，现在微信方便，可以群发，更是广为散发的。现在我决定"改邪归正"，不再发这个节日的祝福了。今天广而告之，愿亲友周知，勿视在下无礼。愿亲友也不在端午节向我祝福问候，而是根据屈原的愿望，扶正祛邪，持续推动社会变革，为人民生活更美好做出努力。

60. 利益与原则

写完人生感悟——立场与客观事实，我还想说一下利益和原则。因为我近来在这个问题上有些糊涂了，想说出来就教大家。

《论语·里仁》："君子喻于义，小人喻于利。"这句话的意思是，君子注重道义，而小人只关注自己的利益。或者说，君子懂的是道义，小人懂的是利益。不同的翻译可能略有不同，但都表达了同样的含义。这句话告诫人们要像君子一样注重道义，而不是像小人一样只追求个人利益。我们中国人，中国的君子，有好义轻利的好传统，铁肩担道义，在是非面前，是从来把道义、原则、做人的道理放在第一位的。写下"人生自古谁无死，留取丹心照汗青"豪迈诗句的文天祥，就是其中一个典型。我曾多次去北京东城区府学胡同囚禁文天祥的地方凭吊，这是让人震撼和心仪的地方，文天祥拒绝元朝高官厚禄金钱美女的诱惑，慷慨赴死，留下千古英名。在这里他追求的是道义、原则、名节，而不是利益，若为了利益，便没有留名青史的文天祥了。

同样，我们中国人在衡量是非曲直时，历来是以天下公理、公认为原则，从事物本身的客观性来判断的，而不是以对我个人好不好、有没有利来判断的，我们追求的是公允性、合理性，人类标准的一致性。大的不说，我在农村生活时，见过多起宅基地或财务纠纷,被请来说事的人,都是村里的公道人、老实人、厚道人,判断是非决不从个人关系、个人利益出发,在村里享有极高的威信,说一句算一句。为什么信任他们,因为他们公允,因为他们毫无自私自利之心。

然而这种情况,在今天市场经济条件下,却悄然发生了变化。还是在农村,还是发生的宅基地纠纷,站出来说公道话的人少了,站出来说真话的街坊邻里少了,大家都从自己的利益出发,从可能出现的利与不利的后果出发考虑问题,确定站位。推而广之,遇事讲是非曲直的少了,考虑的更多是利益关系、利害后果。现在这种状况,已从现实弥漫到网上了,一些人把道义、原则抛弃了,赤裸裸地在讲利益关系、利害关系,甚至大言不惭,公开以所谓自己的利益为首选,将其作为唯一原则,而且还有愈演愈烈之势。我对此是困惑的,难以理解的。谁能告诉我,这是对还是错?我期盼正确、公允的答案。

61. 读书延年

读今年第10期《新华文摘》，我在其中的插页上看见清代书法家何绍基的一幅字：读书延年。这四个字让我大开眼界，拓宽了对读书作用和价值的认识。

2014年1月17日，我作为出版界代表，出席李克强总理召开的座谈会，征求各界对政府工作报告的意见。我在发言中建议把"倡导全民阅读"写入政府工作报告，让读书在全社会蔚成风气。三个月后，我们三联书店开办了北京第一家24小时书店。2015年2月，我被聘为国务院参事后，和张抗抗、王京生参事，在全国各地致力推广开展读书活动。我写了《全民阅读歌》，在全国推动全民阅读。近十年来，我在全国各地做了近百场倡导读书的报告，从北京国子监的"中华文化大讲堂"到地处偏远的新疆哈密二中，都讲过。我去过城市、县城、企业、学校，也曾送书到军营，还到三沙援建图书馆。所有这些努力，都旨在推进全民阅读，让越来越多的人爱上读书。前几天我还去山东峄城实验高中，给师生们做了"阅读与人生"讲座。我讲了读书的种种好处：读书能成就事业，改变命运，培养高尚有为的家国情怀和锲而不舍的奋斗精神；读书可以治愚化顽，开发智力，让人走出愚昧而变得聪明；读书能提高人的品质，提升个人能力、眼界和综合素质；读书能增长才干，增长智慧，让人学以致用，掌握知识和技巧;读书能提高创新能力,使自己站在前人肩膀上有所发明,有所创造;读书能使人形成一种谦虚和虚怀若谷的品格,知道人外有人,天外有天;读书能给人生带来乐趣,使生活充满情趣,让人心态积极向上;等等。我讲了读书的诸多好处,就是没讲过"读书延年",这让我很是惭愧,也让我进一步思考这个问题。

读书能延年益寿,用现在的话说,就是能养生,延缓衰老。为什么能?我认真思索,终于找到几点原因。

一是,读书让人有一种长远的精神追求。人是靠物质活着,也是靠精神活着。没有了精神追求,人就空虚了,就失去了活着的意义。反之,精神旺盛,生命力就强。读书就是让人有精神追求,从而增加了生命的活力。

二是,读书让人有一种宁静平和的心态。老年人读书,会清心寡欲,增强与世无争的心态,从而减少无谓的烦恼。据统计,大学的老教授们大都得享高寿,平均寿命高于一般人群,这和他们平和的心态、对世事的见多不怪有关系。

三是,读书是一种很好的休息方式。清茶一杯,捧书坐读或卧读,使自己进入物我两忘的境界,身心都得到难得的放松。我自己就有这样的体会,工作和写作累了,捧一本书卧床而读,体力就能得到较好恢复,疲劳缓解,血压和心率也都趋于正常。读累了,释卷进入梦乡,也能做个好梦。

随着我国老龄化社会到来,老年人"养生"成了大问题。有先贤说,书犹药也,多读可以医愚。我现在认识到,读书这服药也可强身健脑,让人增寿延年。老年人不妨一试。

62. 妲己和我非同乡

臧否历史人物，要实事求是。确认历史人物的出生地，应当以历史事实为依据。有人说妲己是河南温县人，和我是同乡，我是不认同的，因为历史事实不是这样。

妲己何许人也？懂点中国历史知识的人，大都知道。甲骨文的发现，坐实了商朝的确切历史，使我们对殷商的社会制度及相关情况，有了较为详细的了解。据记载，妲己是商代最后一代君主帝辛的妃子。帝辛是暴虐好色、戕害贤臣、滥杀无辜、穷奢极欲的"暴君"，妲己是他的宠妾和帮凶，制造了许多骇人听闻的事件。因此，妲己的形象，历来就是祸国殃民的狐妖角色，是让人们不齿和痛恨的。我不愿与她认同乡，不是为了与她撇清关系，而是基于历史事实。

据资料显示，黄帝的六世孙共有六人，长孙樊居于昆吾（今山西运城东北），史称昆吾氏。夏朝中期，帝槐（或帝芬）封昆吾氏后裔于有苏（今河南辉县西的苏岭），史称有苏氏，建苏国。商末苏国灭，族人以苏为姓，开始四散迁徙。但留在苏岭的苏姓族人归顺了周朝，首领苏忿生入朝做了周武王的司寇，被封于苏地，国都温（今河南温县）。苏忿生被尊为苏姓始祖。也就是说，温县的苏姓是从苏忿生开始的。妲己在殷商卜辞中并没有记载，在后人记述中，多认为她出生于苏国，苏忿生是她的弟弟。也有人推测，妲己在帝辛身边时，也做过"好事"，曾帮助周文王见到帝辛，又授意宦官探访周文王，对其最终出狱起到了关键作用。周灭商后，武王任命商朝的附庸小邦苏国的国君苏忿生担任周朝司寇，并分封了温之领地，应是顾念妲己昔日的恩情，而重用了她的家人。这样一种逻辑关系，恰恰说明，妲己原籍并非温县，温县的苏姓是从苏忿生肇始的。现在温县武德镇苏王村还有原苏国的遗址，这个苏国不同于早期有苏氏在河南辉县的苏国，和妲己也没有关系。

在历史和民间传说中，确有妲己是温县人的说法。网上就有这样的介绍：妲己，有苏氏部落族人，出生于有苏国（今河南省温县），姓己，字妲。父不详（《封神演义》中为冀州侯苏护），又称"苏妲己"。商王帝辛妃子。妲己是帝辛征伐有苏氏部落时带回的战利品，因妲己骨肉停匀，眉宇清秀，深得帝辛欢心，从此帝辛纵情于声色犬马之中，后武王伐纣，将妲己杀死，妲己去世时间约公元前1046年。这段记述，显然是把早期的有苏国和后来苏忿生的苏国弄混淆了。

关于妲己是温人的传说，大约和《封神演义》有关，但该书是小说，不是史书，而真实的历史总与后世的演义传说大相径庭。就连人们历来痛恨的殷纣王，也不像演义传说中那样不堪。我的同乡先贤、出生于温县董杨门村的著名考古学家董作宾，曾是一百年前在殷墟考古铲第一铲土的人，他细致研究帝辛时期的甲骨文，发现其执政时，制作、征伐、田猎和祭祀无不整肃，并不像传说中的昏庸残暴。帝辛到底是一个什么样的君王，到现在还是个谜团。

　　同样，妲己的存在，也是一个谜团，也许能通过进行深入考古来解开。我先就她是哪里人发表一点意见，算不上什么贡献。

63. 顺着一口井挖下去

董作宾先生是我国著名甲骨文研究专家。被尊为"甲骨四堂"之一。"甲骨四堂"是指中国近代四位研究甲骨文的著名学者：罗振玉（号雪堂）、王国维（号观堂）、郭沫若（字鼎堂）、董作宾（字彦堂）。董作宾先生之所以成就非凡，和他专心致志研究一门学问，一辈子挖甲骨文这一口井有关。

董作宾，温县林肇乡董杨门村人。早年随父流寓南阳。他自1923年起，曾以旁听生资格就读于北京大学。1925—1927年，先后在几所大学任讲师、副教授和教授。1928—1946年，在中央研究院历史语言研究所历任通信员、研究员及代理所长等职。1947—1948年，任美国芝加哥大学客座教授，1948年，被选为中央研究院院士。1949年新中国成立后，移居台湾和香港，长期担任台湾大学历史语言所所长、教授。他一生从事甲骨文考古与研究，其主要功绩如下。

一、主持对殷墟的发掘，厥功甚伟。1928年秋，历史语言研究所成立，董作宾被所长傅斯年聘为通信员，主持小屯遗址的试掘工作。试掘工作的第一铲土就是他铲出的。从1928年10月到1937年"七七"事变前夕，董作宾主持或协助李济博士主持史语所考古组，先后对殷墟共进行15次发掘，获得了大量的有字的甲骨和无字的器物，其中最重要的是1929年12月12日发掘的"大龟四版"。这个发现，轰动了中国学术界。后来，董作宾将其发掘的甲骨文，著录于《殷墟文字甲编》和《殷墟文字乙编》之中。

二、对甲骨文解读与刻法的研究，独辟蹊径。甲骨文中时常有倒竖各异的"卜"字，为什么会有这种现象？这个符号究竟代表什么？当时尚无确切的解释。为求其解，董作宾到药店买了甲骨，依照古人在上面钻刻，然后点燃香火凑在钻凿之处灼烤，灼烤到一定程度，龟甲上发与"卜"音相近之声；他翻过龟甲，发现灼烤炸出之相，便成"卜"形。他对照甲骨拓片反复比较，得知这种"卜"兆之相，便是"卜"字的原始字形。早期"卜"字，中间总是一直竖，但旁边的一点可在左在右，可向上向下，视钻灼的部位而定。中间一直固定不变，是因为钻凿时，中间的刻槽最深，被火一灼，最薄的地方先炸裂。就是这样，他对"卜"字的形、声、义做了令人信服的解释。一字破译，揭开了甲骨文研究中不少难解之谜。

对甲骨文的契刻研究，他同样下过一番独特的功夫。他发现刻契甲骨文有固定的习惯，有的先刻直画，再刻横画；有的则先刻横画，再刻直画。刻直时完全刻直，刻横时完全刻横，从不像写字那样交叉进行。对比不同实物与拓片，细心研究刻辞笔画的先后次序，他发现刻辞的习惯因时代不同而异。这一发现，对考证刻辞的年代大有裨益。

董作宾在上述研究的基础上，于1931年撰写了《大龟四版的考释》，继而于1933年又撰写了《甲骨文断代研究例》。在《大龟四版的考释》中，他提出了"贞人说"，认为由"贞人"可以推断出甲骨文的时代；而《甲骨文断代研究例》则将《大龟四版的考释》中八项断代标准，进一步确定为：世系、称谓、贞人、坑位、方国、人物、事类、文法、字形、书体十项标准，并将殷墟出土的甲骨文划分为五个时期，从而使甲骨文研究步入了一个新的阶段。

三、著述《殷历谱》，为甲骨学研究做出划时代贡献。从1930年开始，董作宾即开始做准备工作，于1943年着手写作《殷历谱》。当时抗日战争已进入最艰苦的阶段，物质条件极为匮乏。他白天处理日常公务，晚上点起桐油灯写作至深宵。他的写作不同一般方式，而是用自研的石印油墨一字一字地写在石印原纸上来印制，每日写印一页或两页。直到1945年4月，全书才写印而成，历时一年又四个月。该书分上下两编十四卷，把殷代的历谱做了全面整理。我在宜宾李庄原史语所旧址参观时，看到他从事研究和写作的多幅照片，也了解了他是在生活、工作条件极其困难的条件下完成这部重要著作的，对这位同乡先贤极为敬佩。傅斯年说："《殷历谱》使中国历史向上增益300年。"李济博士称《殷历谱》是"一部划时代的大贡献"，"是学术界一件伟大的创举"。

此外，董作宾还是著名的甲骨文书法家。至今，许多海内外学者无不以珍藏他的手迹为荣。

董作宾先生于1963年11月23日卒于台北市。其学术研究成果，在世界范围内得到认可和尊崇。他在学术研究上一生只做一件事，只挖一口井，把事做到极致，把井挖到深幽，从而成就自己，有益国家，誉满全球，这对我们做人做事，都是很有启迪意义的。

64. 因材施用

我父亲是河南农村的一个木匠，精于盖房架屋和木器制作。他非常了解各种树木的质地、材性及用途。如榆树可以做梁檩，槐木是做架子车辕的好材料，柏木制寿材不易腐朽，等等。即使是同一种树木，他也会根据长短、大小、粗细、直曲，派上不同的用场。木匠手中没有浪费的材料，我父亲完全做到了。我向他请教其中的诀窍，他只说了四个字：因材施用。

人和树木的情形一样，虽有同类属性，却有不同的气质、品性、智商、性别，而且每个人的聪明程度不同，能力也有高下之分，受教育程度和社会历练也不同。就是幼儿园的孩子，即使受的教育一样，也可能展现不同的才能。先天的也好，后天的也罢，总之每个人的个性和潜质是不一样的。树和树不一样，人和人也不一样，天下没有两棵完全相同的树，也没有两个完全相同的人。即使是双胞胎，之间也有差异。对树因材施用，对人也要因材施用。

要因材施用，首先要认识自己，发挥自己的优势和长处。我们对自己的优劣长短，也是逐步认识的。我小时爱画画，长大想当一个画家，但画了一年多，最终放弃了，因为我总是掌握不好人身上各部分的比例，画的杨子荣不像杨子荣，李铁梅不像李铁梅。我还想演节目，当演员，想通过演出"出人头地"。记得集中学《毛选》是在1966年，那时不仅要学习，还要宣传，让更多人学习。当时有个流行的节目是《老两口学〈毛选〉》，唱词大致是这样：涮罢了锅洗罢了碗，咱们两口子来学《毛选》。老头子，哎，老婆子，哎，咱们今天学哪篇？这是第一段，往下还有几段。村小学组织宣传队，让我演"老头子"，头上裹白毛巾，粘着胡子，手拿《毛选》。练了多遍，终于上台演出，我却闹出了笑话。我叫道：老婆子！演老婆子的同学小桃有些紧张，没答"哎"，而是说"噢"，我一下子大笑起来，笑得弯了腰，再也演不下去了。只好停止，下了台，老师把我骂了一顿，从此不让我登台演出，中断了演艺生涯。初中时，学唱样板戏，让我演胡传魁，我又把词唱错了，把"骗走了东洋兵我才躲过大难一场"，唱成了"骗走了东洋兵我才跳出水缸"，从此我便和舞台无缘。但我渐渐发现，我演不了节目，却可以写节目，写快板书、三句半、对口词、数来宝，写了演出还受到欢迎。渐渐地我迷上了写作，开始写诗歌、小说，一直写到部队，发挥了自己的专长，有了一个不一样的人生。

但从根本上说，我能有今天，是组织上因材施教的结果。是首长看我有写作特长，把我调去搞文艺创作，后来又送我读了大学中文系，使我文学创作的潜能得到发挥。一个人再能耐，再有本事，他可以努力发挥自己的专长，但决定不了社会和单位如何使用自己，还得靠伯乐，靠有人识才用才。把一个干部放到最合适的岗位，这是组织部门的职责；把一个员工放到最能发挥其作用的岗位，这是一个企业领导的职责；让学生人人发挥专长展现自我，这是校长和老师的职责。因材施用，这是最不浪费人才最能发挥人才作用的不二良方。

现在许多家长都关心孩子的成长，不想让自己的孩子输在起跑线上。于是，许多人一窝蜂去给孩子报各类特长班，像奥数班、舞蹈班、乐器班、篮球班，等等，也不管孩子爱好不爱好，喜欢不喜欢，有没有某一方面特长，而是从家长个人喜好和设定的目标出发，这是不可取的，效果自然也不会好。也有的家长虽然注意了因材施教，但过分相信智力、智商测验那一套，把孩子的成长限制在不应有的范围内，这同样是机械的、不可取的。

因材施用，必须对材质做长期观察、深入了解。"试玉要烧三日满，辨材须待七年期"，学会识人，才能用人。发挥人才的作用，挖掘每个人的潜能，这是要下一番苦功夫的，就像成功的匠人熟知材质一样。

65. 让子弹飞一会儿

《让子弹飞》是由姜文执导、改编自著名作家马识途《夜谭十记》第三篇《盗官记》的一部电影，在全国公映后，一炮走红。马识途先生也为更多的人熟知。马老很谦虚，我和他见面时谈起这件事，他说，是我借了姜文的光。实际上，他的小说是电影的母本，这部电影是强强联手，创造了一个奇迹。

我的题目叫"让子弹飞一会儿"，和电影无关，也不为蹭什么热度，而是我脑海中突然闪现的一点感想。

现在是信息社会，每天海量的信息传递到网络和手机上，让人目不暇接。林林总总、大大小小、远远近近、真真假假，各种信息像子弹满天飞，甚至像炮弹震天响，让人受到震撼时又真假难辨。自媒体时代就是这样，人人都是记录者、发布者、评论者。不用经过谁审批，一下就捅到网上去了。

这一切都是新媒体带来的。新媒体是互联网技术的产物，是网络技术赋能的。它颠覆了传统媒体的传播方式，万众为媒，万物为媒。我们的媒体进入众声喧哗、智能推送的时代。一是信息海量，源源不断。二是真真假假，真假难辨。三是标题惊心，煽动性强。四是目的多元，真实动机隐在幕后。在这种情况下，需要有一个辨识真伪信息、真假动机的时间。如果跟得太紧，就会出现"追尾"事故。所以，当尚不明就里的消息传播时,"让子弹飞一会儿",先不去过多关注它,更不要去评论它。

"让子弹飞一会儿",源于我们对"子弹"的了解,也是基于我们对客观事物发展规律的认识。首先,"子弹"本身就不一定真实。即使是真实的,是发布者现场拍摄的,也会因为拍摄者站位、视角不同,不一定能反映全部客观事实。那些张冠李戴故意造假的就不去说它了。事物发展本身是一个过程,呈现的是一个链条,如果只反映其中一环,也难以看清全貌,容易抓其一点不及其余。自媒体时代,人人都有好奇心,人人都有表现欲,人人也都有局限性。第一时间发布的消息,不能要求像记者发布的消息一样准确。这些都需要我们去辨识,辨识就需要时间。"让子弹飞一会儿",也许后续还会有新的消息、新的材料,使我们的认识更加全面,不致陷入片面性而执迷不悟。

事实上,我们一些网民在这方面是有深刻教训的。有的人听风就是雨,一见消息就跟帖、评论,结果事实真相并非如此,自己也跟着"翻了车"。还有的只见其一不见其二,这边刚发评论,那边事态就发生了反转,说出的话已收不回去,"啪啪"打了自己的脸。这种情况现在并不少见,当事者应接受教训,其他人也要引以为戒。吃瓜群众如此,如是大V和决策者,则更应慎重。

"让子弹飞一会儿",飞飞看看,且飞且看,少安毋躁,坏不了年成,达到的效果也许会更好。

66. 婚姻好坏成毁人生

我在写故乡人物时，写到过一个人。他比我长几岁，也当过兵，年轻时长得帅气，一表人才。复员后有人介绍对象，是邻村的"一枝花"，他自然心里美气，很快就与其结为秦晋。哪承想，结婚当晚，女的把裤腰带结成死结，死活不愿行夫妻之事。责问之，女的才说实话。原来女的爱上了自己的中学老师，她要等他离婚后与其结为伉俪。现在被家里逼着和男人结婚，实是出于无奈，抵死是不从的。男的无法，又不好施暴。毕竟当过兵，还是有素质的，也知道强扭的瓜不甜，在新婚不久，就与女方离婚了。虽说两人是和平分手的，谁也没损失什么，但男方的自尊心还是受到很深的伤害。原来很精干的小伙子，从此干啥都打不起精神，还迷上了喝酒，天天喝得迷迷糊糊的。村里老人们都说，这孩子是让一桩婚姻给毁了。后来村干部为了"挽救"他，让他外出跑采购，他也不怎么上心，后来还和文物贩子混到一起了。因为结过一次婚，只能找离了婚带孩子的成家，日子也过得不怎么如意。在北京打工时找过我，我请他喝了一顿酒，酒后他痛哭流涕，说混到今天这个样子，都不知道去恨谁。我知道他心里的苦楚，他是被一桩始料不及的婚姻给毁了。

确实，婚姻的好坏能对人的一生产生重要影响，甚至是致命影响。因为婚姻是找到合适的另一半，还要生儿育女，照顾双方老人，在人生中处于重要位置。好婚姻中的夫妻双方是琴瑟和谐，互相成就，旺夫旺妻，家庭关系也和美融洽，让人身心愉快，还能促进事业发展。反之，坏的婚姻却会伤害人，生活中事例不少，我就不多列举了。

即使是同一个人，若一生中有几段婚姻，也会在好婚姻中受益，在坏婚姻中受害。典型的例子是宋代著名词人李清照的婚姻。宋徽宗建中靖国元年（1101年），李清照18岁，与时年21岁的太学生赵明诚在汴京成婚。此后开始了两人长达28年的婚姻生活。因为有共同的爱好兴趣，虽无子嗣，但两人开心快乐，度过了近三十年美好时光，可谓一对绝配鸳鸯。但靖康之变使两人颠沛流离辗转南下，最终拖垮了赵明诚的身体，只留下李清照孤身一人。在孤苦伶仃中，李清照遇到了第二任丈夫张汝舟。在张汝舟的甜言蜜语下，李清照委身于他，结婚后才知道遇人不淑。他娶李清照只是觊觎李清照和赵明诚搜集的金石文物，求而不得的他露出真面目，对李清照大打出手。被家暴的李清照看清了张汝舟的嘴脸，决定摆脱这段婚姻，保护好赵明诚的遗物。张汝舟拒绝离婚，李清照只得以向官府举报其伪造学历骗取功名的罪行，来寻求脱身。张汝舟最终被革除公职，押送至柳州服役。而在丈夫服役期间，妻子要求离婚，是须受刑罚的。李清照甘愿受刑罚，也要离婚，按照《宋刑统》规定，李清照应坐两年牢，但有关方面同情她的遭遇，又有朝中友人伸手相助，她只坐了九日牢房，没有遭大罪。她的前后两段婚姻，可谓冰火两重天，对她人生产生的影响是不言而喻的。第二段婚姻的不幸，伴随了她后半生，让人感慨。

既然婚姻对人生如此重要，那人们追求好的婚姻、规避不好的婚姻就是必然的。慎重对待婚姻也是必需的，慎重对待，认真考察，全面了解，三观一致，兴趣相投，互相欣赏，是获得好婚姻的前提。当然，好婚姻也有撞大运撞来的。选择来的也好，撞来的好，再好的婚姻，也需要维护，就像房子要维修一样，常修常新。如果真遇到坏的婚姻又难以改变，那就干脆离婚，再去寻找适合自己的另一半，不必在一棵树上吊死。但最好的办法是好合好散，别学李清照，杀敌一千，自损八百，坐牢九天。时代不同了，挥挥手告别，再去寻找自己的幸福，也是一种选择。

67. 高枝枝是渺小的

一个偶然的机会，看了电视剧《上门女婿》中的几集。恰好是女主角高枝枝被南方来的养蜂人李双银拐跑的那几集。高枝枝是马四辈的妻子，是个心气很高但时运不济一心追求个人幸福的女人。上门女婿马四辈，家中极为困难，因为救了高枝枝两次命，被高父看中，成为高家上门女婿，也就成了高枝枝的丈夫。因为得罪了村领导，全家被排挤到黄河滩护林。虽说马四辈和高枝枝的婚姻不是出于爱情，但两人婚后还是建立了感情，生育了两个女儿。马四辈经营苹果园，当护林员，家里家外尽心尽力，还把患病的高母当亲娘侍候。正在此时，两口子结识了在黄河滩放蜂的南方人李双银。李双银长得帅气，走南闯北，能说会道，他看中了高枝枝的漂亮和单纯，用甜言蜜语和海誓山盟，俘获了高枝枝的芳心。高枝枝经不住诱惑，跟李双银跑了，而且是按李双银出的计谋，假装掉进黄河淹死离家出走了。我看了这几集的剧情，也在琢磨着评价高枝枝的行为。

首先，高枝枝有追求个人幸福的权利。高枝枝是村里"一枝花"，红颜薄命，几经磨难，和马四辈成了家，她是心有不甘的。她向往城里人的幸福生活，想追求个人幸福，但在黄河滩那封闭的地方，看不到希望。看到李双银递来的橄榄枝，听到他对南方幸福生活的描绘，高枝枝动心了，决绝地离开黄河滩，去追求并实现个人的幸福生活。人往高处走，高枝枝作为普通人，可以有对美好生活的向往，也有这个权利，我们可以理解她的作为。

但是，我们必须明确地作出判断，无论从道德还是法律层面看，高枝枝都是渺小的。她的行为是不得当的，经不起推敲的。其一，她对不起马四辈。马四辈忠于婚姻，勤俭持家，是个好男人，她不辞而别，受到伤害最大的是马四辈。其二，她对不起自己的母亲，老母病瘫在床，她竟置病母于不顾。其三，对不起两个正在上小学的女儿，她们正需要母爱时，她却弃之而去，不尽为母之责。其四，在婚姻存续期间，她不通过法律程序解除婚姻关系，而是采取欺骗手段，离家出走和李双银生活在一起。

以上这些，都是视高枝枝为渺小的理由。之所以说她是渺小的，是她不忠于婚姻，没有家庭责任感，极端自私自利，把个人幸福建立在别人的痛苦之上，不管不顾地去追求所谓的个人幸福。那么，她追求到所谓的幸福了吗？她和李双银生活在一起了，谈不上多幸福，怀上的孩子也流产了，心里还时时受歉疚感折磨。实际上她后悔了。她哭着说：我不是人，我一心想着个人的幸福。但世上没有后悔药，黄河水没有回头之浪，时势也发生了巨大变化，她已回不到从前了。

高枝枝的故事发生在20世纪七八十年代，现在社会潮流又滚滚向前了。年轻人都在追逐个人的幸福生活，这是社会进步的重要动力。社会进步又为年轻人追求幸福创造了条件，不保守，敢作为，有担当，有追求，是现时年轻人的特点，但无论社会如何发展变化，人们为人处世都是有法律道德底线的。极端自私自利的人，毫不考虑别人感受的人，是渺小的、被人看不起的。我坚信这一点。

68. 宁受屈辱不丧国格

读报刊,看到著名相声演员马三立经历的一件事。1937年,马三立去东北演出,坐开往奉天的火车到了绥中县车站,上来了两个日本宪兵、四个伪军,他们对车上的旅客逐个盘查。一个伪军问马三立:你是什么人?马三立说,我是说相声的。"啪!"伪军一巴掌打过来,道:我问你是哪国人?马三立说:我是中国人。"啪!"又是一巴掌,伪军吼道:什么中国人?马三立不再出声。几巴掌打得马三立眼冒金星,脸上火辣辣的,但他就是不说"我是'满洲国'人"。当时日本搞殖民统治,成立伪满洲国。想让人们承认自己是"满洲国"人,但马三立就是不说这句话,表现了铮铮铁骨,宁受屈辱,也不辱国格,不承认伪满统治,展示了中国人的爱国情怀。

人只要活着,就会生活在一个族群、一个国度中。爱国,是对一个人的基本要求。当然,一个国家的疆域和名称是不断变化的,一个人在一个国度中生活,他就应当热爱和忠诚这个国家。公元前100年,匈奴新单于即位,尊称大汉为丈人,汉武帝为了表示友好,派遣苏武率领一百多人出使匈奴答谢单于。正当苏武一行人准备返回汉朝时,遇上匈奴内乱。苏武等人被扣下,并被强迫归顺匈奴。单于先是派卫律用金钱和官位去游说苏武,但都被严词拒绝。他宁愿去牧羊也绝不归顺匈奴,保持了民族气节。这就是苏武牧羊的故事,历来为后人称颂。

当国家遇到民族危亡时,一些仁人志士站出来,为保家卫国挽救民族英勇奋斗做出牺牲。方志敏在《可爱的中国》里写到,他很小的时候在乡村私塾中读书,不知道爱国为何事。等到进了高等小学,正逢巴黎和会,"一个青年教师跑上讲堂,将日本帝国主义提出的灭亡中国的二十一条,一条一条地边念边讲","拳头在讲桌上捶得碰碰响",听讲的他们,在这位教师如此激昂慷慨的鼓动之下,哪一个不是鼓起嘴巴,睁大着眼睛,有几个学生竟流泪哭起来了。受此感染,方志敏开始立下报国之志,并为之奋斗终身。他在临刑前写道:"假如我还能生存,那我生存一天就要为中国呼喊一天;假如我不能生存——死了,我流血的地方,或者我瘗骨的地方,或许会长出一朵可爱的花来,这朵花你们就看作是我精诚的寄托!"他对祖国和民族的赤诚跃然纸上。

由于复杂的原因,拥戴祖国和拥戴统治者有时是一致的,有时并不一致。比如晚清的爱国者,他们反对的是清末腐朽的统治者,而对国家却是忠诚和寄予厚望的。内中原因很复杂,就不展开论述了。

69. 善树

周六到一个朋友家做客，朋友家后院有个不小的园子。女主人领我们参观，院中有桃树、竹子、花草等植物。桃树上桃子将要成熟，其中一棵树上不见桃子，却满树桃核。甚惊异，问之，才知道是鸟儿的"杰作"。每天树上有五六只鸟儿飞来，这是它们吃掉的，把果肉吃得干干净净。女主人说，我也不撵，不惊动它们，还给它们留了一缸水，吃饱了，有的到水缸喝水，有的甚至还洗了个澡。我内心里为女主人点赞。一同参观的一个作家说，你这桃树就叫"善树"吧。真好，善树！我想，这棵善树是从善良的人心里长出来的。女主人老家在河南农村，她继承了家乡农民的善良。我儿时，记得家里每年在收大枣、柿子、石榴时，老人们都让在枝头留一些，说这是给鸟儿"留食"，使它们在找不到食吃时有吃的。我母亲说，鸟儿也是一条小性命哩。她虽然不信佛，却很有善心。

古人云，莫以善小而不为。这种小善，也包括人类和鸟类和平相处。人类对鸟好，也是为自己好。鸟儿与人相欢，可以使人心情欢愉。鸟儿的鸣叫悦耳动听，让人身心愉悦。鸟儿的生存繁衍，有利自然生态平衡，得益最多的还是人类自己。而做到人鸟和谐共存，需要从每个人做起，从具体的事做起。因为人和鸟相比，鸟是弱势群体，它理应得到关照。

在满足人类需求的同时，在树上适当给鸟类留果，这是现代文明社会的一个表征。有人发现，在韩国街道边的果树上，比如柿子树上，每年只收一半的柿子，另一半留给鸟儿，这是让它们在寒冷的冬天觅不到吃食时用来果腹的，不致因饥饿冻馁而死。我也发现，在我们机关企事业单位院子里生长的果树，多数也是不收果的，大都留给鸟儿食用了。离我们家不远的一个单位，院里有两棵柿子树，每年结的柿子红若彤云，从来就没见人收过，都成了鸟儿们的美餐。古人讲，仓廪实而知礼节，衣食足而知荣辱。现在我们生活好了，也知道爱惜鸟儿了。这不仅表明我们生活水平的提高，而且也显示社会的文明程度提高了。

朋友家的"善树"，是从善良的心上长出来的。愿我们人人生出怜悯弱小的善心，心上长出善待一切生命的善树，让这些善树郁郁葱葱茁壮成林，成为人世间一道亮丽景观。

70. 小舅的悲哀

　　喜欢女作家宋小词的作品，虽然在作家中隔着代沟，但她的作品我却很能读进去，她塑造的人物，也能打动我的心弦。星期天我用了近一天的时间，读完她收在《牙印儿》集中的《舅舅的光辉》，又一次受到感染。小说中小舅白玉寿的命运，让人嘘唏不已。

　　小舅白玉寿是外婆一家人的骄傲，是兄弟姐妹六个中的佼佼者。他是恢复高考后全村第一个考上大学的，为了他能离开村子上学，母亲把祖传的金如意，都送给了村支书。他是带着全家的希望去上学的。毕业后进了武汉六棉厂，后来到了深圳，进了五八集团，通过十五年的上下经营，坐到了集团财务总监的位置。但多年来，他让家里人很失望，他自己婚姻不幸福，帮不上家里什么忙，答应给村里五十万元修路款，却因为没兑现而让全家落了骂名。就在全家不指望他的时候，他却在为改变家族命运暗自努力。他离开财务高管岗位，暗地里却和集团高层弄起"老鼠仓"，侵吞国家资产。别人是为了"自肥"，他却是想给家族回报，为父母亲友弄个金山银山，以不负厚望。结局自然是悲哀的，虽说脱却了牢狱之灾，但钱没了财空了，人也不知所终，"落了个白茫茫大地真干净"。

　　小说中的外甥女春来说，我搞不懂小舅为啥把自己活得那么累。我们曾经幻想过小舅的援手，但只是希望他力所能及地援助，没有指望他给我们挣个金银堆满屋呀。倒是另一个经商做生意的外甥，对小舅的心态能理解一些。他说，小舅觉得他能够走出来，是大舅和四个姨妈做出的牺牲。同是一个奶子吊大的姊妹，他读书，其他人用劳动的汗水供他，他是踩着他们的前程出来的。这种负疚感会如影随形，会让他在以后的生活中，吃块肉喝杯酒都觉得于心有愧。"一个苦难的家族里有一个人出人头地，其肩上好像天然就有一种拯救家族的使命。小舅心里其实一直对白氏家族有个宏伟蓝图，想他五个姊妹人人金山银山，他一直都在朝这个方向努力。"白玉寿的这个雄心和野心，最终促使他伙同集团几个高层在境外注册了一个公司，利用银保监会的关系吃起了"老鼠仓"这碗饭，走上了不归路。

白玉寿的经历与结局让人感叹。我也是从农村走出来的，家里也有姊妹六个，我也处在"小舅"的位置，人生奋斗历程有相似之处，有些想法也有暗合的地方。但我在理解他的心态、同情他的处境的同时，对他的作为却不以为然。细细想来，白玉寿主要错在以下几个方面。

一是，他没有从自己力所能及的实际能力出发，有多大能力干多大事，有多大力出多大力，非要去充大头，去做自己通过正常努力办不到的事。父母和兄弟姐妹不会对他有超出他能力的要求，没有人拿枪逼他，也没有人责怪他，只要他尽心了，用力了，无愧于良心就可以了。

二是，他的人生观、价值观、金钱观出了问题。他对外甥女说，哪怕有一丝缝隙，都要削尖了脑袋朝上爬，蛋糕与面包都在上头，底层有什么？吃喝拉撒一辈子，终其一生不过是只蝼蚁，有什么用？又说，如今道德与秩序都被财富踩在了脚下，世界无论怎么变化，钱和权始终是全人类的上帝和福音。你们要进一步解放思想，要知道为五斗米折腰有伤尊严，那为百斗米、千斗米折腰便是值得的。有这样的"三观"，选择那样的道路就不奇怪了。

三是，踩了法律的红线。白玉寿那么做，自己是知道后果的，他选择放弃高管，隐入地下，把妻儿送到国外，也给自己留了后路。他是怀着一种侥幸心理去冒险的，最终却连本带利赔了进去，这也是必然结果。

小说中有一句很富哲理的话：这世上最幸福的事莫过于心安理得。"小舅"最终失去了这些，这是他的选择造成的。在现实生活中，在我周边的一些人中，类似的例子并不少见。宋小词不仅仅是讲小舅的故事和结局，而是在深挖人性的复杂和微妙，以及其背后隐藏的社会和时代因素，挖掘他走上这一步的深层思想及原因，这对读者是有启示意义的。

71. 心静自然凉

今年6月份,北京高温日数达13.2天,为1961年以来历史同期最多,有些天达40摄氏度以上,让人酷热难耐。与之相关联的是用电量飙升,空调全天候开启。即使我这个不太喜欢吹空调的人,也只有日夜与之为伴,且想着降温的种种办法。过去有句老话,叫"心静自然凉",我也用来试试。

昔年读唐浩明著历史小说《杨度》,记得内中一个细节,某人去焦山寺拜访高僧,时值天气炎热,访者大汗淋漓,高僧却微汗不出,仿佛暑热与其无干。问之为何?答曰:心静也。这是"心静自然凉"的一个案例。上网查"心静自然凉"的出处,方知这是唐朝诗人白居易的发明。他写有一首诗,全诗是:人人避暑走如狂,独有禅师不出房。非是禅房无热到,为人心静身自凉。清朝雍正皇帝编了一篇《心静自然凉》的训文,就是继承了白居易诗中的哲理。其中说道:"盛暑不开窗、不纳凉者,皆因自幼习惯,亦由心静,故身不热。"又说道,"且夏月不贪风凉,于身亦大有益。盖夏月盛阴在内,倘取一时风凉之适意,反将暑热闭于腠理。彼时不觉其害,后来或致成疾。每见人秋深多有肚腹不调者,皆因外贪风凉,而内闭暑热之所致也"。

我也多次试过,天热时不开空调,也不开电扇,坐于室内阴凉处，关闭思维，在似睡非睡中，让身心静下来。此时也确实有去暑之效。但天太热，气温居40摄氏度以上时，此招就不再奏效，还是得借助空调等纳凉工具。若是硬挺，也许会出大问题。因此，不可"一意孤行"，应随热应变。

或有人问：古人能做到，今人为何不能？原因大致有二：一是现在气温状况和古时有很大变化，高温极端天气增多，已趋于常态，温室效应明显，古今气候不可同日而语。二是现代人想法多了，追求多了，除了传统的柴米油盐酱醋茶，还要拥有别墅豪车名表等，市场经济条件下名利思想日趋严重，物质欲望显著增强，一颗心怎能静下来，何时能静下来？心已不静，何来"心静自然凉"？"心静自然凉"多少有些唯心成分，在强热面前效果有限。清朝统治者倡导"心静自然凉"，但他们在承德却建有避暑山庄，在故宫中建有储冰的冰窖，这些都是用来消解暑热的。由此可见，任何事物、任何信条、任何庭训都不可做机械理解。酷热难耐时，哪凉快去哪待着，方是正解。

72. 敬惜字纸

作家裘山山发朋友圈的一组照片，是在成都附近一个古镇上照的。这个古镇我去过，只是一下子想不起名来，但有一个标志性建筑是这里的惜字塔，使我印象深刻，所以，一下子就认出来了。不仅认出来了，还想起我为惜字塔写过几句诗，一时间生发出许多感想。

敬惜字纸，是中华民族的古老传统。我父亲小时读过几年私塾，受过传统教育，打小就教育我们，对带字的纸要爱惜，不能用脚踩，要捡起来放好；对书本要爱惜，发了新书要包封皮；等等。我之后上学、读书、做出版工作，天天和书打交道，和印有文字的纸张接触，对"爱惜字纸"有了更深刻更亲切的认识。我曾多次去安徽、江西等地农村考察，发现那里一些古镇和村落，专有焚烧字纸的设施，大小不等，形状不一，见之让人心生敬畏。也有的地方，有老人专收字纸，然后到专门的设施去焚烧，很是专心，颇为虔诚，以此礼敬先贤，并为自己积德存福。经过长期熏染，我进一步认识到，敬惜字纸是中国古代文化传统中的一种美德，代表着古人敬重文化的思想。它是对文字的敬畏、对文化的敬重，读书人通过敬惜字纸维护了纸张和笔墨的尊严，尊重文化也尊重自己。敬惜字纸是一种古风，一种值得让读书人延续的古风，值得被全社会传承的古风。

敬惜字纸，行为是具体的、朴素的、直观的，但它包含的精神内涵是博大精深的，它造成的文化气场是宏大的，它在文化传承方面产生的影响是深远的。

中国历史传说中有仓颉造字说，自从有了文字，人类历史才得以传承，人类的经验才得以传递。以前文字写在铭器上，写在甲骨上，写在丝帛上。自从发明了纸张，文字才得以广泛流传，把文字向大众普及，中国的文化和教育才更加兴盛，中华文明的延续才更加顺畅。而历代学子青灯黄卷，奋发苦读，书中自有黄金屋，书中自有颜如玉，他们通过读书改变命运，报效国家，贡献于人类社会，一代又一代人，留下了一道又一道亮丽的风景。而老百姓也广受教化和感染，接受了"万般皆下品，唯有读书高"的理念，逐步提高了社会的文明程度。我相信，一个懂得敬惜字纸的人，一定会有较高的文明程度；一个建有惜字炉、惜字塔的地方，必定是文风炽盛的地方……

还在遐想间，突然脑袋瓜灵光一闪，想起有壮观惜字塔的古镇，是成都市崇州的街子古镇。询之裘山山，答曰即此地。上网查时，知此"惜字塔"已是"网红"，凡到古镇参观的，必到此处"打卡"。还知道，街子古镇惜字塔，本名称字库塔，又叫"惜字宫""敬字亭""惜字楼""焚字炉"等，它是收存和焚烧字纸的专用设施，建于清道光年间，用石条、石墩和青砖建成。塔高15米。塔呈六方体形，分五层，最上面的四层外墙刻有"白蛇传"等壁画，体现了古人信奉"惜字是福"的思想理念。当时分别在街道的上场口和下场口修建了两座专供焚纸用的字库。上场口的那座已毁，下场口的这座至今保存完好，成为古镇的一道美丽景观。

　　崇州市街子古镇惜字塔，是川西地区仅存的精美字库，彰显出街子人崇文尚雅的精神追求。我用2021年10月31日来此拜谒时写下的诗句："字库实是焚字炉，敬惜字纸炉中收。文章从来关国运，莫因商潮视末流。"再一次向其致敬！

73. 金鱼胡同与金银胡同

　　北京的胡同多，有名。我最早知道的胡同便是金鱼胡同。1975年4月，我从贵州的大山里出来，坐了三天三夜火车去北京，任务是到部队在北京的领导机关送改一份典型材料，住在煤炭部东单招待所。在等待上级部门修改意见期间，我多次去王府井百货商店和东风市场。因为那时物资紧俏，北京市场供应丰富一些。首长和战友有托买糖块、香烟、文具的，有托买香肠、挂面、衣物的，我都一一记在小本子上，每天去商场采购。从住处去王府井，必路过金鱼胡同。我一趟一趟走，对金鱼胡同逐渐熟悉起来，金鱼胡同也目睹了我这个小兵的来来去去，见证了当年我购物的匆忙和迫切。那时我才20岁，尚在迷恋写诗，满脑子都是想象力。一进金鱼胡同，眼前就像有无数条金鱼在跳跃，心里也在想：这里为什么叫金鱼胡同呢，难道曾经是养售金鱼的地方吗？

　　2005年夏天我调任北京，在三联书店工作，单位离王府井不远，去王府井新华书店时，我常去金鱼胡同走走。出于怀旧心理，也到当年住的煤炭部东单招待所（现在是应急部东单招待所）去过。让我惊讶的是金鱼胡同的变化，整个胡同的房屋大都拆迁，建了大的饭店酒店，昔日的胡同拓宽成了大马路，让我难觅旧影，心生感慨。前几日又去过一次，在街上向一老者打听金鱼胡同的来历。才知道据传说，明代时这里有很多金银首饰铺，故名"金银胡同"。但后来因讹传与音变之故，被叫成了"金鱼胡同"。噢，金鱼胡同的来历原来如此。

很多时候，地名的传承延续因各种原因，最终改变了样子，与原来的意思大相径庭。北京的胡同更是如此。比如，现在的东交民巷，明朝叫"东江米巷"，是售卖江米（糯米）的地方。清末签订不平等条约，一些国家在这里开设使馆，东江米巷就变成了"东交民巷"。大纱帽胡同最初的名称是"威仪胡同"，意为"威严的仪式"，主要是因为当时这里是京城的文化、教育中心，有很多官员、学者在这里居住。到了清朝时期，这里逐渐发展成为一个商业繁荣的地方，其名称也发生了变化，改为"大纱帽胡同"。据说这个名称是因为当时这里有很多卖大纱帽的商贩，故而得名。苏萝卜胡同以姓氏得名，明代称"苏家胡同"。清代改称"苏萝匐胡同"，或者"苏萝卜胡同"，1911年后改称"苏萝卜胡同"，沿用至今。传说明代这里住着一苏姓卖萝卜的小贩，他卖的萝卜又脆又甜，远近闻名，日久天长，这条胡同就叫"苏萝卜胡同"了。考察这些胡同名称的由来很有趣，既增长了知识，又消除了误解。

"金鱼胡同"使我认识到，对事物不能只做表面理解，而是要深入了解其历史变化，以及变化的原因，不要被表象所迷惑。我们在认识事物和研究学问时，要多问几个为什么。仅举一例，比如，我对商场把出售皮衣的地方冠名"皮草"，就很不理解：用兽皮制作的服饰，怎么就成了"皮草"呢？"皮草"是不是"皮革"两字的误写呢？谁能告诉我，是对还是错？

74. 君子与淑女

山东是孔孟之道的发祥地，是礼仪之邦，山东人讲礼义，体现在方方面面。前时去山东枣庄，在一家饭店，如厕时见卫生间男女标志分别为"君子""淑女"，看了哑然失笑，又浮想联翩。

人吃五谷杂粮，免不了吃喝拉撒。古人讲文明，便溺、出恭也要有个去处，这个去处就是厕所，上厕所叫"如厕"。上厕所之所以叫"如厕"，是因为"如"在古语里有"遵从、依照"的意思，而"如"也通"入"，就是"进入"的意思。所以如厕在古文中是到厕所去。"如厕"在司马迁的《史记·项羽本纪》中有所记载："坐须臾，沛公起如厕，因招樊哙出"，句中之"如厕"就是"往厕所去"的意思。厕的本意是"清除不洁"的地方，这个地方统称"厕所"。因为盖得简陋，也叫"茅厕"。我们河南老家叫"茅肆"，因为地处院落后侧，也叫"后"。听起来颇文明。新中国成立后，为推进卫生运动，城市、农村及各个单位都建立许多公共厕所，厕所又分男厕、女厕，简单用男、女二字标识，一目了然。

我国实行改革开放之后，人们打开眼界，思路宽阔，表述也更加丰富多彩。在一些饭店酒店，标识男女厕所时不再简单地用男、女两字，开始用图形标识，男厕用烟斗，女厕用高跟鞋，后用男女侧影或正面图形，再往后花样更加繁多。

由男士、女士，男部、女部渐渐发展为有地方特色。云南有标阿鹏、金花的，四川有标相公、美女的，但山东君子、淑女的标注让我大开眼界，如厕洗手小事，却如登大雅之堂，让人心旷神怡，惊呼绝妙。

天下事就是这样，同一事物在不同时期有不同称谓。就像川剧变脸，变来变去，还是那张脸，万变不离其"脸"。比如，女士称丈夫，过去叫夫婿、爱人、先生，现在时兴叫老公。老公听来亲切，渐渐成了通用称呼。这也是一种时代进步，体现了改革开放的时代特征。

人的生活是丰富多彩的，人的认识是不断变化的。对同一事物有新的认识，赋予新的内涵，甚至是完全相同的一件事物，给以不同的命名，使人感觉更亲切、更新鲜、更文明、更人性化，也是应当肯定的。即使是搞笑，能让人一乐，我也为之点赞。

75. 多一事不如少一事

一日与一位老朋友闲聊，朋友说，咱们日薄西山了，蜡头不高了，要学会保养身体，在人际交往中，多一事不如少一事，能不揽事尽量不揽事。细品品，此话有理。应列入老人"宜做减法"之列。

为什么多一事不如少一事？一是因为人老了，体力不如从前了。不用说干别的，有的人带一天孙子都累得腰酸背疼。二是没有能力了。退休了，手中没有权力了，也不在原行当之中了，对行业情况也不了解了，办件事力不从心，常常勉为其难。三是会占用个人大量时间，挤占自己的爱好空间。退休了，可以过点自由自在的日子，可以充分发挥个人的爱好了，如阅读、写作、养花、种草、唱歌、跳舞、操弄乐器等，可以自我选择、尽情发挥了，如果还被各种不情愿做的事缠身，把自己宝贵的时间挤占了，内心不悦又说不出口，平添烦恼。

已经退休的人还为"脱不了身""诸事缠绕"苦恼，这大多是当事人自找的。原因不外乎几点：一、退了还雄心犹存，计划订得过满，目标定得太高，名利思想过于严重，揽的事过多，而又忙不过来。二、已经退休了，还没找到自己的位置，还想留在舞台中央，站在"追光灯"下，不知进退，想通过办事刷存在感。三、求自己的人是老朋友、老同事、老战友等，不答应磨不开脸面，答应了又力不从心，感到两头为难。我就屡屡有这方面的困惑。有乡亲求在京看病求医、安排工作的，有朋友战友拜托联系出书、刊登文章的，等等，这些事情占去了我许多时间，效果却不彰。四、也有吹牛、说大话，表明自己无所不能的，尤其是酒后嘴上缺少把门的，就像郭东临演的小品《买车票》那样，酒后说大话，自个儿遭罪的。

  说多一事不如少一事，不是消极推事，而是有原则有界限的。下列各事不仅不能推，还要努力办好。一是践行诺言。一诺千金，人以诚信为本。凡是答应了别人的事，就要努力办到，努力办好。二是知恩图报。对自己有恩的人托办的事，要格外尽心尽力办好。三是孝敬父母。父母在世必须尽心尽力照顾，极尽耐心和能力，关心他们的生活，满足他们的物质和精神需求，尽为儿为女之责。四是帮助子女。对子女求办的事要尽力帮忙。尤其是在教育下一代方面，能伸手则伸手，这是责无旁贷的义务，而且能使自己和下一代的关系更加密切。累并快乐着，这是真正的发挥余热，应在所不辞。当然也要根据自己的身体状况和经济能力为之。超出自己能力的付出，没有必要，还会自个儿遭罪，这个度须把握好。

76. 量力而行

早就想去剑门关游览，昨日如愿以偿。剑门关风景区位于四川省广元市剑阁县河东街。剑门关居于大剑山中断处，两旁断崖峭壁，直入云霄，峰峦倚天似剑，绝崖断离，两壁相对，其状似门，故称"剑门"，有"天下第一雄关"之称。剑门关楼早始于三国时蜀国诸葛亮垒石为关，有"一夫当关，万夫莫开"之誉。这里地势险要，道路艰险，为诸葛亮北伐运兵和运送粮草的通道，有许多历史遗存。站在关楼上远眺，遥望古战场，追怀历史人物的博弈，一时间感慨良多。

我知道剑门关，是始于李白的诗作《蜀道难》。这首诗作于唐代天宝年间，诗中有"蜀道之难，难于上青天"，"剑阁峥嵘而崔嵬，一夫当关，万夫莫开"等名句。作为李白的崇拜者，我向往剑门关，也想领略昔日通行剑门蜀道的艰难。驱车前来时，我换上登山鞋，一身短打扮，计划和几个朋友逆剑门关楼而上，踏察险道之艰辛，考验趋老之身体，再享登山之成果。

然而站在关楼向下看时，见险处林立，万云涌动，山路缥缈，便犹豫起来。犹豫再三，决定放弃。因为自己已深知"哥已不是当年的哥"，体力大不如从前，不敢再有争胜冒险之心。心是收了，但内心却很郁闷，把郁闷说给同行的朋友听，他们说，你有什么郁闷的，这是量力而行，明智的选择，我们为你点赞！

遥想当年，哥也曾年轻过、身强力壮过、壮志凌云过。信奉"登山则情满于山，观海则意溢于海"，曾多次临海而观，多少次把巍巍高山踩于脚下。1986年春夏之交，我31岁，借去西安开会之便攀登华山，和吉林省四人同行，下午2点从华山站下火车，背两只烧鸡两瓶白酒，一路奔跑上山，赶上在西峰看日落，晚上在峰顶旅舍吃鸡喝酒。睡不多时便匆忙起身去东峰看日出，而后走华山栈道，下山又是一路狂奔，竟能赶上当天下午2点的那趟火车去洛阳。24小时之内徒步上下华山，走了一个来回。同年夏天，在成都开会，会议组织游峨眉山，我和山东东营老田、小李等，一起完成当天步行上山到达金顶，次日早晨看佛光后一路疾行，下午赶到山下报国寺的壮举。1995年我40岁，一路爬行上了泰山峰顶，领略"登泰山而小天下"的壮景，上下山均是步行。2021年春天，我66岁，硬是和几个朋友攀爬上了贵州铜仁市的梵净山。数说这些，是想说我当年也英勇过，也创造过奇迹，展示一下曾经的不凡成果。但是古人早就说过，好汉不提当年勇，即使是关公关老爷在世，也不是当年挥舞青龙偃月刀的岁数了。

老老实实地认老认怂，不丢人，不砢碜。量力而行，能干啥干啥，能干点啥干点啥，这是最明智的选择。我们老了就是老了，岁月不饶人，也不会放过任何一个人。哲学上讲，任何事物都是一个过程，人的生老病死也是一个过程，由盛到衰是必然的。顺应这个过程，就是顺应自然规律。我有个老领导，和我有同样的体悟，他以前见山必登，登山必到顶，现在过了70岁，也望山生畏，在山下揉揉膝盖，终于放弃了登山的愿望。他怀疑自己是斗志衰退了，"不求上进"了。其实不是，而是知道量力而行了。

何止是老年人，年轻人、中年人，所有人都应该量力而行。量力而行，就是实事求是，就是正确认识自己的能力，在制定目标时留有余地。即使冒一些，也要是踮起脚尖能够完成。不量力而行，不实事求是，早晚不等，非吃亏坐蜡不可。即使出于善心去帮助别人，也要看自己有无这个能力，有多大能力。坐飞机时，乘务员总是提醒乘客：要帮助别人系好安全带，请先把自己安全带系好。说得真有道理。

一个国家也是这样，办事情搞建设，也要量力而行，留出充分余地，定指标时也不能定得太满，援助外国也要量力而行，此乃国之大者，对此我就不多置喙了。下得剑门关楼，到剑门古镇走走，在一家饭店吃了剑门豆腐。剑门豆腐很好吃，据说当地百姓曾用此慰劳过诸葛亮带领的军队，帮助姜维的兵马渡过难关，剑门关的"天地豆腐王"还获得过吉尼斯纪录。

吃着剑门豆腐，品味当地土茶，我的心愈加平静下来。量力而行，不去逞能，是明智选择。我为自己挂了一朵小红花，点了一个赞。

77. 伤心凉粉

在成都吃到一种凉粉，味道很特别，名字也很有特色，叫伤心凉粉。为什么叫伤心凉粉？我以为是过于麻辣，食时让人眼泪直流，好似遇到什么伤心事一样。而事实上却不然，原来是包含着客家人思念家乡的悲苦心情。传说伤心凉粉起源于清朝，是四川的汉族客家特色小吃之一，最早从内江客家人传入。传说当年因"湖广填四川"而来，居住在洛带镇的广东客家人，因其在做凉粉时思念家乡，导致伤心落泪，故取名"伤心凉粉"。湖广填四川，是发生在清朝的一次大规模移民。据说，有湖北、江西、福建、广西等十几个省份的居民在移民行列之中。四川经过战乱，人口急剧减少。因此从中央到地方各级官府采取了一系列措施吸引外地移民，其中以湖广行省人口最多，客家移民是仅次于湖广人的第二大移民团体，湖广移民和客家移民分别占当时四川总人口的40%和33%。因此，说伤心凉粉是客家人思乡的产物，也有历史依据。

伤心凉粉好吃，有特色，又有思念家乡的味道，因此在四川很受欢迎，到四川的外地人也乐意品尝。这一食品堪称物质和精神的完美融合。

思乡是一种美好的情感。古往今来，有许多著名的表达乡愁的诗句。李白的"举头望明月，低头思故乡"，王安石的"春风又绿江南岸，明月何时照我还"，王维的"君自故乡来，应知故乡事"，等等，都表达了诗人对故乡的留恋和思念。湖广填四川的客家人，不是诗人，但也有炙热的思乡情感，那用豌豆制作的具有多种味道的伤心凉粉，作为一种食物，在让人欣赏美食的同时，也表达一种乡愁，化解一种乡愁，伴随他们在新的地方生根、开花、结果。

伤心凉粉是一个传说，而因思乡而成的"莼鲈之思"这一典故，却是真实的、实有其人的。张翰，字季鹰，吴江人。据《晋书·张翰传》记载："翰因见秋风起，乃思吴中菰菜、莼羹、鲈鱼脍，曰：'人生贵得适意尔，何能羁宦数千里以要名爵！'遂命驾而归。"这故事，被世人传为佳话，"莼鲈之思"，也就成了思念故乡的代名词。

现代社会和古代农耕社会有很大不同，我国经过40多年改革开放，社会形态发生很大改变，移民城市增加，人际交往更加方便，飞机、高铁使人流物流涌动，手机更是方便了人们之间的联系，人们的思乡观念因交通、通讯的发达得到很大改变。购物的方便，不会使人因想念某种食品而辞职辞官回乡。哪里有利于发展，人们就拥向哪里；哪里有利于人们养生，人们就去哪里休养。"父母在，不远游"已成陈年古训，"人心安处即故乡"，逐渐成为人们新的理念。故而，伤心凉粉不再让人伤心，而是增加了让人享受美食的快乐。

78. 把解决问题放在首位

某次从北京坐高铁去成都,在车厢里遇见一件稀奇事。两对北京中年夫妇外出旅游,也在这个车厢。车到邢台东,停车时两个男的下车到站台抽烟,开车铃响时没来得及返回车上,车开跑了,人留站台上了。车上两个女的急了,去找列车员理论,说因为她没有及时"喊上车",造成了这个后果。列车员坚持说喊了,站台上抽烟的人没听见。双方各执一词,激烈争吵了起来,轰动了全车厢。投诉到列车长那里,列车长来了,是一个和蔼可亲稳重干练的女同志。她制止了双方的争论,说,咱们把解决问题放在首位,看怎么让他俩赶上我们。双方不争吵了。列车长问:两人身上有手机吗?答说,手机没带,都放车上了。两个女的又着急起来。列车长说,你们别急,我通过铁路电话打到邢台东,让他俩乘后车赶来。过了10分钟,那边回话了,说已找到这两个人,安排坐最近的车次赶来,估计在西安北可以赶上我们这趟列车。实在赶不上,在终点站重庆会合没有问题,差不了几分钟。如此一说,争论平息了,乘客们也都向列车长投来赞赏的眼光。

果然,我们车在西安北停靠时,两个抽烟"丢人"的男人上来了。全车厢人给他们"鼓掌",也纷纷向列车长和工作人员表示敬意。我因为在现场,对这一幕印象深刻,让我印象更为深刻的是列车长的那句话：把解决问题放在首位。

试想一下，如果不是把解决问题放在首位，而是一味争吵是谁的责任，即使到终点怕也断不清。那么，丢的那两个人怎么办？若当天赶不上来，这不是给旅游添堵吗？夫妻间还会因此闹矛盾，那旅途还能愉快吗？现在赶上来了，哈哈一笑，一段小插曲而已，给旅途增加点笑料。我问那两个抽烟人有啥感受？其中一个人说，可不敢胡乱下去抽烟了，多亏铁路上的周到安排，让我们撵上了。作为在场者，我诚挚地为那位女列车长点赞：一是她善于抓主要矛盾，把解决问题放在首位，牵住了牛鼻子；二是有担当精神，负责任，不推诿；三是设身处地，替乘客着想。一场危机，在她的妥善处理下得到化解。

推而广之，我认为列车长处理这场危机的经验可供借鉴。在任何时候任何情况下，都要抓住主要矛盾，不能捡了芝麻丢掉西瓜。要有问题意识，切实把解决问题放在首位。不管什么原因造成的问题，能解决问题先解决问题，之后再分析原因接受教训。不能因为各种各样的原因纠缠不清，而迟迟不解决问题，贻误战机，耽误大局。而要做到这一点，对各级干部来说，就要树立勇于负责、敢于担当的精神。对普通百姓来说，就是遇事不慌，分清大小，把损失降到最低程度。这是这件事给我们的有益启迪。

79. 初思一念与三思而后行

  屈指算来，我从事文学创作活动已经50年了。我的写作有一个特点，无论是诗歌，还是小说，句子一经落纸，就不再改动，除非是病句或断头句非改不可。而作品的结构和段落之间的逻辑关系，却是注意进行推敲的。我之所以坚持诗句和文句不修改，是源于我个人的认知。我认为，从我头脑中蹦出的诗文，是第一时间从脑海中新鲜出炉的，是鲜活的、灵动的、生动的，它是我的原始初念，包含着新鲜的认知、真挚的情感、单纯的意念，是热乎的、有温度的记忆。我把它拿给读者，就像新妇初妆一样"待晓堂前拜舅姑，画眉深浅入时无"，让读者来评判。如果反复修改，就会破坏原汁原味，甚至背离了初始的感觉。我不反对别人反复修改自己的作品，也确实有越改越精、越改越好的。我也不反对对他类文章，如领导讲话、文件、社论和调研报告等，做反复修改，因为事关重大，修改一次就加深一次认识。文学作品则不同，它是在激情状态下写出的产物，是情感的迸发，灵感的闪现，过了这个村就没有这个店，一气呵成，弥足珍贵。我认为修改它应该慎重，尽量保持原汁原味，让作者和读者在初心状态下对话。

  如此认识，如此坚持己见，我内心也是忐忑不安的。因为有大师说，文章还是以多修改为好，而且他们是修改文章的高手,是我的敬仰崇拜者。而我却背离他们的教导,是自己过于固执,还是写作态度不够认真,为自己不下苦功夫修改辩解?我也恍惚了,不知所从了。

正在此时,读到了孔子的一段论述。孔子说:再思,可矣。想得太多,人便退缩,长此以往,人便猥琐。人一猥琐,便不足观。原来,孔子是反对"三思而后行"的。为什么反对?因为三思过后,正义感就退后了,私利心就上来了。今人钱穆注《论语》,于此则下注曰:"事有贵于刚决,多思转多私。"意思是,做事贵于果断刚决,想得太多就变成为自己打算了。这一论断多么精辟。

明人李贽也倡导"童心说"。说人必须保持一颗童心,方为真人。何谓童心,李贽认为就是"最初一念之本心"。说得多么好啊,正说到我心里去了,这不是为我不修改诗句、文句找到理论依据了吗?我为之窃喜,我原先没想明白的事情,人家早就说明白了。

但是,孔子也好,李贽也好,讲的都不是文学创作,而是讲为人处世,讲何为立身之本。他们都强调初心、本心、本念,强调人最初一念,认为最初一念是公平的、正义的、无私的,一旦经过"三思",顾虑就多了。本来想去见义勇为的,一想到伤到自己怎么办,就止步不前了。我就有这方面的体会,本来想去做很有意义的一件事,但这顾虑那顾虑,最终却没有去办。"三思而后行",确实有其弊端,让人失去本心,许多时候无所作为,或未能终如所愿。

当然，对"三思而后行"也不能一概否定。一个人做重大决定，还是要慎重。一个决策者决定重大事体，决不能靠拍脑瓜行事，而是应成熟思考，反复论证。如此才能不犯大的决策失误。

80. 用牙与平衡

提起牙，我就有许多话要说。我小时在农村，是不时兴刷牙的，不知牙刷、牙膏是啥东西。当兵后有了统一要求，才开始刷牙，刷得不认真，也没有受过专门培训，不得要领，效果不怎么好，也许还起了反作用。我现在掉的牙，都是牙刷经常光顾的。刷不到的，现在个个牢固结实，发挥主力军作用，吃嘛嘛香。我请教医生，医生笑笑，也说不清其中道理。由于牙齿保护不好，又胡吃海喝，47岁左右就掉了第一颗牙，好在修补及时没引起连锁反应。当时写过两句诗：父母赐身当惜爱，悟透此理牙已稀。近十年，颇被牙病缠扰，种过，补过，杀过神经，堵过漏洞，种种手段用尽，也不见好转。现在的情况是，不是去种牙，就是在去种牙的路上。痛苦亦甚矣。痛定思痛，开始琢磨：为什么一口玉石般好牙，零落到这个境地？尤其是两侧的槽牙，也都要争相下岗弃我而去？细细思之，是使用它不够平衡所致。它们觉得待遇不公，不平则鸣，才罢工或下岗，给我带来今天的痛苦。

万物是讲阴阳平衡的。天下凡事都分两个方面，男女，阴阳，东西，南北，白天黑夜，天上地下，高山大海，平地深渊，正面反面，长短，深浅，远近，高低，好坏，君子小人，等等。其细节也是成双成对的，如牙齿就分上牙、下牙，左槽牙、右槽牙。如果不能均衡使用，就会对它们造成破坏。我对此体会尤深。右槽牙初始有疼痛感时，我没去管它，而是一味用左槽牙，时间一长，左槽牙负担过重，开始"闹事"。我且不管它，又改用右槽牙，就这么左右游走，没有保持均衡使用，打破了平衡状态，用得畸轻畸重，时轻时重，两边有意见，我的痛苦也由此而生。

物不平则鸣，牙也如此。再扩大一点说，在处理各种社会矛盾时，要照顾各方面的利益；在分配社会福利时，要兼顾各方面诉求；在使用干部时，要考虑到每个人的情况、每一类干部的需求；在利用自然资源时，不过度开发；等等。这都是在社会治理中应考虑的。为政者，尤其是领导干部不可不察。

81. 医者仁心

我在成都期间，适逢牙齿闹毛病，听说华西口腔医院医术高明，为行业翘楚，遂找熟人联系，通过正常就诊渠道，请高宁医生诊治。高医生看了，给出几点建议：一、右下侧缺牙处是否可以种植，要做CT和血糖测试。二、如可以种植，建议在北京就近种，现在植牙技术过关，没有技术难度。如在成都种，加上数次来往费用，花费就会增高。高主任给出的种植费用是合理价位，如算上来回费用，那就会高出许多。按高医生的话说，就是不划算。三、是种植牙，还是戴假牙，需看实际情况，不一定非种植，种植牙只是一种选择，种植的牙也是假牙。四、对坏牙要及时处理或修复，如延以时日，口腔牙齿不能均衡用力，会造成其他齿的损伤。他还形象地加以说明，让我易于听懂，受到一次牙齿科学知识的普及。短短20分钟，让我如坐春风之中，心生感动。事后在给朋友写的微信中，称赞高宁医生不仅医术高明，而且医者仁心，从患者的角度考虑问题，给出建议。经查询得知，高宁医生是口腔医学博士，四川大学华西口腔医（学）院修复系教授、主任医师、研究生导师，一级医疗专家。他从事口腔修复学、口腔生物力学、口腔微生态学的医疗、教学、科研工作34年，科研成果得到国家二等奖等多项奖励，有丰富的医疗实践经验，是地地道道的专家。我佩服他医术高明，更佩服他的和蔼可亲，具有医者仁心之风。

医者仁心一词，出自宋朝文人司马光所著的《马病》一诗："羸病何其久，仁心到栈频。"解释：做医生的人应当具有仁爱之心。常用于赞颂医生医德高尚。有人认为，医者仁心精神的历史渊源可以追溯到中国古代的儒家文化。在儒家文化中，仁心是一种对他人关爱和尊重的驱动力，也是医学中最基本的精神之一。在古代，医生的职责不仅是为病人治病，也包括对其身心的调养，以及关心病人的家庭和社会环境。据《黄帝内经》记载，"医者之道，仁者也"。"仁者"即指以仁心为核心的医生。医者仁心的内涵是丰富的。它要求医生以仁爱之心待人，不分高低贵贱平等对待患者，在义利面前重义轻利，在危难关头抢救保护患者等。医者仁心的内涵又是发展的，随着时代的变化不断充实和完善。

我称赞高宁医生医者仁心，是赞赏他在当前大多医院都在逐利的情况下，能够替患者着想，替患者算账，考虑降低其经济负担，仅此一点就是难能可贵的。目前对老百姓来说，就医难是一个问题；花费多，负担重，又是一个问题，一根扁担，两只箩筐，沉重地压在大家肩头。也有人把医疗视为当前的"三山"之一，压在身上，让人望而生畏。看不起病，依然是老百姓的一大难题，这里面就有医疗单位乱收费多收费的问题。这是医疗市场化的不良后果，此风久矣，民怨久矣。这需要医疗政策的调整，对医疗单位收费中的问题进行治理，也需要有良知的医生站出来匡扶医风。几个方面共同发力,才能扭转目前百姓不满的局面。故此,倡导医者仁心,不仅是继承悬壶济世行业的优良传统,而且具有重要的现实意义,对扭转医疗市场化、医疗单位向钱看的不良风气,有积极作用。

82. 偶然与必然

　　和几个朋友外出游玩，过剑门关，进入甘南地界，当天准备夜宿岷县。急行中路过哈达铺，在高速路上一闪而过。行进中竟路过哈达铺，这是计划中没有的。因已是下午时分，又有其他计划在先，便没做停留，一路疾驰而过，当晚住下不提。第二天早上，又想到哈达铺，若是就此错过，也实在遗憾。于是提出想去趟哈达铺，和同伴商量，大家一致赞同，决定掉头回去数十公里，到哈达铺参观红军长征纪念馆。

　　哈达铺是甘南的一个重镇，它的出名和红军长征密切相关。1935年9月20日，中央红军到达这里，一是得到很好的休整和充足的补给，二是确定了向陕北进军的新方向新目标，对红军长征取得最后胜利，具有重要意义。我们到这里参观学习，从行程安排说，是计划外的；而从我们都当过兵，是红军的后代的角度说，又是计划内的。这使我想起偶然性和必然性的关系。

　　记得在大学开哲学课时，听老师讲过偶然性与必然性的关系。刚入学时，学中文和学哲学的学生互相瞧不起。学哲学的说学中文的是耍耍笔杆子，卖卖嘴皮子，写写烂稿子，挣俩碎银子；学中文的说学哲学的就是学四句话：世界是物质的，物质是运动的，运动是有规律的，规律是可以认识的。及至我们开了哲学课，才知道哲学很深奥。哲学老师单讲偶然性和必然性的关系，就讲了四五节课，使我印象深刻。我喜欢对偶然出现的事物去追究其必然性。这不，去哈达铺这件事就值得琢磨。

路过哈达铺，有其偶然性。而我们最终决定改变计划去哈达铺，又有其必然性。我们的经历，我们的三观，决定我们不会错过这个红色景点。按照哲学的观点，偶然性里有必然性，必然性由偶然性引发，两者是辩证统一的关系。我们再用红军到达哈达铺后改变行军目标这件事来分析。

中央红军到哈达铺，有其必然性，这是一路奔走选择的结果。但从哈达铺去陕北就有偶然性。起因是毛泽东从哈达铺找到的报纸《大公报》上，发现陕北有红军活动，那里有红军的根据地。

正规文献这样记载：在哈达铺，中共中央和中央红军第一次从报纸上得知陕甘还有红军和根据地的宝贵信息，从此找到了长征的落脚点。应该说，在哈达铺邮局找到报纸，从报纸上得到信息，再根据信息作出决策，是有其偶然性的。但偶然性也包含和引发了必然性，各种因素的聚合，造成了下一步的必然结果：一、哈达铺是重镇，出于经商和了解信息的需要，设立有邮局，邮局发行有《大公报》在内的多种报纸，近期的报纸均有，可供查阅。二、毛泽东每到一地，有搜寻报纸了解信息的习惯，只要有报纸绝不放过。一到哈达铺，他就对身边的同志说，我们到了这里，生活条件改善了，物质上丰富了，你们赶紧去找些精神食粮来。对从哈达铺搜来的报纸，他细心阅读，一张也不放过，终于发现了宝贵资讯。三、红军决定北上抗日，一直在寻找适合建立根据地的地方。俄界会议曾决定在靠近苏联边界的地方创建根据地。建立根据地成为当务之急。而红军陕甘根据地"从天而降"，成了首选。于是在榜罗镇会议作出决定，改变俄界会议原计划，把陕北作为领导中国革命的大本营。红军把在哈达铺知晓陕北有红军并有根据地，称为喜从天降，纪念馆在布展时，把旧报纸一张张贴在天棚上，体现的就是这个意思。

看似偶然，实则也是必然，从偶然引出必然，符合事物发展规律。现在国家加大反腐败力度，不少贪官被揪出，有的露出马脚看似偶然，是某一案件牵出的，但也有其必然性，因为只要贪腐，他就埋下了定时炸弹，这就是必然性。谁来引爆，怎么引爆，那有偶然性，但引爆是必然的，早晚的事。我们再说做好事，过去讲积善之家必有余庆。因为行善积德，大恩被人记住，就会有回报。谁来回报，何时回报，有偶然性，也有必然性。善恶到头终有报，只争来早与来迟，强调的也是必然性。

偶然性和必然性的关系，从根本说是因果关系，其根源在事物的广泛联系和互相作用，其事例在日常生活中并不少见。仔细观察和分析，就能发现事物的关联。在处理问题时因势利导，宜于工作、事业与家庭，有心人不妨一试。

83. 一般与特殊

啥叫一般，就是共性。啥叫特殊，就是个性。认识事物，既要看到一般，又要看到特殊，才能比较全面，不犯片面性错误。

"跳进黄河也洗不清"，这是人们常说的一句话。因为黄河水是黄的，跳进去真的洗不清。黄河之所以叫黄河，就是黄河水在中上游夹带泥沙量大，河水呈黄色。流经我故乡河南省温县的黄河水是黄的，在郑州、开封见到的河面亦是如此，故黄河水是黄的成了人们的固定印象。但你若到刘家峡一趟，就会发现在甘肃永靖这段黄河的河水是清的，碧波荡漾，竟达直接饮用水标准。

泛舟水库，如同仙景，让人改变了对黄河的认知。我身临其境时，脑海里就蹦出两句诗：谁说跳进黄河洗不清，请你到永靖。原来，在黄河的上游，有相当一段，河水是清的。在永靖这段，注入了洮河、夏河，注入的河水是黄的，和上游流下来的水颜色泾渭分明，好在净化力强，加上刘家峡大坝起了治理作用，库区的水质堪称优良，见之视为奇观。

而经过黄土高原之后，泥沙量增加，水就成黄色的了。壶口瀑布就是黄色瀑布，一目了然。

黄河在源头，以及流至刘家峡段，像一个纯净的婴儿，干净素朴，以后逐渐长大，变得壮实，历尽沧桑后雄阔、浑厚，浩浩荡荡，一泻千里，奔流到海不复回，十分壮观。黄是它的本色，是融汇百川所致。清是他的初心，最初的样貌。黄是它的一般属性，清是它的特殊属性。不能因为它名曰黄河，就不承认它也有清的河段；也不能因为它有清的河段，就否认其是黄河，而改名清河。这就是一般和特殊的关系。

再回到对人类自身的认识。人类作为一个整体，有各种各样的族群。每个族群里的人，既有共性，也有个性；既有好人，也有坏人，都不能一概而论。具体到我们社会，对具体的事具体的人都要做具体分析，但总体上还是应有一个基本评价。比如，人们常说，世上还是好人多。再比如对社会潮流和社会问题的认识，以对改革开放的认识为例。我国的改革开放好不好，对不对，这要看基本事实，看社会变化。假如没有改革开放，我们的国力就不会如此强大，我们的社会就不会有如此深刻的变化，我们人民群众的生活水平就没有如此显著的提高，我们国家就没有当前如此高的国际地位。我们这代人是亲历者，感受尤深。只要将心持平，社会上多数人都会承认改革开放带来的巨大变化。但改革开放也会带来一些问题，出现一些市场化的后果。哪些是改革开放带来的问题，哪些是因为改革开放没有深入进行造成的问题，哪些是即使不改革开放也存在的问题，需要具体分析。但无论怎样分析，都得承认改革开放也是会带来问题的。因为，天下原本就没有十全十美的事物，也没有十全十美的方案。就像你爱一个人，在接受他优点的时候，也要接受他的缺点，因为天下就没有十全十美的人。

咱们自己都不完美，怎么能苛求别人完美？我们接受他，是接受他的总体，也须接受他的美中不足。对事物，对改革开放，我们应该不应该做这样的分析评论？改革开放的时代性、必然性、进步性、创新性是基本属性，成就明显，同时也存在问题和不足，做如此观，才是公允的、合理的、客观的。我们不能用整体否定局部，也不能用局部代替整体，就像对黄河水的认识一样。

　　天下事很复杂，看问题抓住基本面，才能认识事物的本质属性。同时深入考察其特殊性，才不至于陷入片面，甚至无知。这就是我对黄河水重新审视后得到的一点感悟。

84. 书是用来读的

我游览到某省某地，入住酒店时，发现酒店大堂旁侧有两排高大的书墙，墙上书籍满满，顿生惊喜。随手抽下一本翻阅，却大失所望，发现除个别点缀者外，绝大部分书籍都是假书，是用硬板纸做成的样子货。在极度失望的同时，我也生出一些感慨，不吐不快。

书是用来读的，这是老幼共知的常识。但我看到的酒店大堂的图书，却不是用来读的，而是作为摆设用的。记得多年前，有些先富起来的大款，为了显示有文化，在豪宅中设有书房，书架上摆的就是假书，这成了人们的笑料。现在，这种情况在家庭已经绝迹了，因为糊弄自己可以，对子孙后代是糊弄不了的，影响是恶劣的，自然也是培养不出贵族的。没有想到，在家庭消失的东西，在公共场所酒店，却又死灰复燃了。

我相信这是个别现象，但这个别现象，也会在别的地方以不同的程度存在，或以不同的方式存在着。我所见的酒店在地级市，处在繁华地段，为什么会出现假书墙？原因不外乎有以下几点：一是舍不得在购书上花费银子；二是对全民阅读还没有真正重视，只是停留在宣传号召上，具体的服务措施没落实；三是怕放在书架上照看不过来，被人拿走。基于这些原因，两面假书墙就堂而皇之地出现了。

一个酒店不是文化场所，不放图书无可争议，但摆一些假书在那里装潢门面，就有些冒充斯文了。而其在读书方面呈现的形式主义，就让人厌恶了。

在我们社会中，形式主义是最遭老百姓痛恨的不正之风之一。所谓形式主义，顾名思义，就是注重表面过于内容，注重形式过于实效，表现为不用心、不务实、不尽力，虚多实少，工作中摆花架子，唱高调，走过场。说白了，就是瞒天过海，糊弄百姓。在读书方面的形式主义也是如此，劳民伤财，收效甚微，对倡导全民阅读不利，甚至造成了危害。

一些地方和部门，在倡导读书活动中，喜欢搞大轰大嗡的运动模式，一味举办大型活动，而不求实效。有的动辄组织工人、农民、学生举办千人朗诵经典活动，让人集体诵读《三字经》《千字文》和其他经典，有的诵读者根本不了解诵读的内容，却占去了大量时间和精力。有的地方满足于增加文化投资，提供阅读场所，但缺少具体的组织和引导，也存在效果不彰的问题。

读书历来被视为人生第一件大事。世上几百年旧家无非积德，天下第一件好事还是读书。未来社会的竞争，是知识和创新能力的竞争，而读书是二者的基石。未来国家间的竞争，是公民素质的竞争，而公民素质的提高，读书至关重要。其重要性对国家、对社会、对个人都是不言而喻的。在读书方面，来不得半点虚伪和骄傲。虚伪，说白了，就是形式主义。读书方面的形式主义，既害国家，又害个人。应当力戒之。

不仅社会、单位、企业要力戒，读书的当事人自个儿也要克服。无论社会如何倡导读书，读书还是得落到个人头上，说到底读书是个人行为。一个人读书，不是读给别人看的，不是读给组织看的，而是对自个儿有用，是为自个儿长肉长膘长结实的。著名作家林海音始终记着老师的教诲：孩子你记着，我们是吃饭长大的，也是读书长大的。这句话说得多么好呀！如果个人在读书上不下苦功夫、笨功夫，搞花拳绣腿，那是长不大，也长不壮实的。因此，我们对读书，应该甚解再甚解，努力再努力。书山有路勤为径，学海无涯苦作舟。永无止境，永不停步。

由酒店的假书墙，说到读书的形式主义种种，冀盼有所改进和克服。期望下次再到这个酒店时，大堂的假书已经撤去，满墙真实的好书在向我招手。

85. 人间最美烟火气

我昨晚到北京王府井大街走一走，又有新的感受。去年新冠病毒肆虐期间，我去那里修手机，满街没见几个人，看见的几个人，不是公安，就是保安。现在疫情过去了，满大街都是人，不说满血回归，也十有八九了。街上外地游客居多，但与往时不同，北京许多老街坊也都上街了，有跳广场舞的中年妇女，也有扭秧歌的老爷子大妈，全都化了妆上了彩，还手拿彩扇、烟袋锅子等道具，还有业余乐器班，在那里吹拉弹唱，吸引过往行人围观。

从金鱼胡同穿过，来到东单，见到有人在板车上支摊卖烧烤，生意还挺兴隆，也没有城管来追赶罚款。再沿大街向南，大大小小店铺全都开业，有店员在门口介绍本店特色招徕顾客。我也进了一家超市买了几件东西凑凑热闹。看满大街的人流，满大街的店铺，满大街的烟火气，心生温暖，心生感叹，人间最美是烟火气。烟火气就是民生，就是人间的幸福和温暖。烟火气越浓，人们的幸福感就越强，二者是成正比的。

看到正在回归的烟火气，我也看到了信心和未来。三年疫情，给人们带来了灾难，也造成了心理上的挫伤。企业不好经营，生意难做，职业难求，人们面临一系列的问题，信心不足是客观存在。有专家说，当前最为重要的是恢复信心，信心比黄金还重要。说得很好。要恢复信心,首先要恢复烟火气。烟火气是人间最亮丽的风景,炊烟升起,是最生动的场景。烟火气越旺,表明信心越足,反之亦然。若烟火气拉垮,那就说明信心出了问题。若烟火气不存、一派萧条,那表明信心已到了谷底。我现在从烟火气上,看到了百姓信心的回归。我从街头人群的笑脸上,从广场舞欢快的节奏上,从扭秧歌者的折扇和烟袋锅子上,从板车上滋滋冒烟的羊肉串子上,看到了信心的存在。我渴望人间的烟火气浓些,再浓些。

烟火气不是摆拍出来的,不是营造出来的,是老百姓对美好生活向往的自然流露,它是社会稳定繁荣的表现,是好政策带来的。20世纪60年代初党提出"调整、巩固、充实、提高"八字方针,国民经济得到较快恢复,那几年生育率得到很快提升。我们河南农村分了自留地,家家自个儿可以种粮食种菜,集市上人流熙熙攘攘,烟火气十足,人们对生活充满了憧憬。农民过去追求的是"老婆孩子热炕头",现在追求的是"有车有款能买楼",怎么满足他们的美好愿望?根本上是把政策制定好,调整好,坚持实事求是,符合客观实际,且长期坚持,不乱折腾,不翻烧饼。最好的政策,是让老百姓休养生息,只要让老百姓休养生息,他们就会勤劳致富,烟火气也就越来越浓了。

烟火气,是烟与火的结合,是物质的。柴米油盐酱醋茶,是它的基本构成。物资越发达,烟火气就越浓重。因此,应始终坚持以经济建设为中心,牢记发展是硬道理,把发展放在第一位。这样,满足人民群众对生活的向往才能有坚实基础。那些烟火气才是真实的、可持续的。实干兴邦,空谈误国,空洞的口号,是带不来烟火气的,自然也不利于信心的恢复。

　　一个地方的烟火气,是一个地方百姓信心指数的参照物,也是一个地方干部政绩好坏的明显标志。用它来衡量一个干部的业绩、一个地方的治理好坏,应是一个不错的主意。

86. 气是杀人贼

我父母在世时，常告诫我们应少生气。他们说气是杀人贼，能严重损害身体健康。还说，人没有累死的，都是气死的。尽量莫生气，少生闲气。但我有时还是忍不住生气，比如今天早上。

今天早餐前我去门卫室取快递，和小保安生了一场气。找《北京文学》杂志寄来的样刊，怎么查也没有。这是第二次寄了，依然没收到。查找中找到一个写"樊收"大字的信封，以为是我的快递。走到半道拆开来，里面不是我要的东西，再仔细一看，收件人只写樊字，标的手机号码也不对，于是返回门卫室，把这个快递退给保安，申明不是我的。保安不悦，说：你不是说是你的吗？我说：因为信封上大字标写樊收，我就收了，看不是我的，我就退回来了。他又说：你刚才说是你的！我不高兴了，说：标姓樊的收，打开不是我的，退回来不可以吗？咱们这里有几个姓樊的？不是误会了吗？保安不吭声了，我内心里却很生气，自己查收的东西，两次都没收到，还弄出这么一档子事，真让人心里窝火憋气。气得早餐也没吃。上午外出办事，坐在公交车上，气才慢慢消了。

我想了想，生这个气真是不值当。首先，这不是什么大不了的事，一个快递，有没有算啥。其次，并没有什么利害冲突,也不涉及利益之争。还有,小保安年轻,只是没经验,并无什么恶意。两人话赶话的,弄得我心里不痛快。

不该生的气却生了,惹得心里不怎么痛快,细想也有其原因:一、两次都没收到同一处发来的快递,查之没有,心里不悦,不好再追问发出方,代收方又查不到,两头没着落。二、收到原本不是自己的东西退回,本是好心,却惹小保安不高兴了。往深层次想,也还有几点原因,一是天气炎热,心情烦躁,一下子没搂住火;二是可能血压血糖升高,身体出现状况引发的无名火;三是年纪大了,心理承受能力差,不像以前"皮实"了。无论何因,我确实是心里生了气,气得连早餐都没吃。当然,不吃早餐,不完全是气的,还在于听从长辈的教训。我父亲说过,生气时不能吃东西,吃东西会坐病。但不管怎样说,不吃早餐,是由生气引起的。

坐在公交车上,随着人流上下,路旁景色变换,心情开始平复了,觉得为微末小事生气,太不值当,大无必要,也颇为后悔,像鲁迅先生一样,开始反思皮袍下面那个"小"来。我也算走南闯北见过世面,也已一大把年纪,怎么能和一个年轻的保安计较,而且计较的是他的语气呢?这也太没水平、太搞笑了吧。想到这里,我在心里笑了,笑自己,也笑某些动辄发火的老年人。本来是些鸡毛蒜皮的小事,却为此认真,为此生气,若气坏了自己的身体,还是自己吃亏。想到这里,我怀疑在一天天向老的自己,是不是身体状况和精神状况出了问题,愈加在这方面提高警惕,并想把自己的心得写出来,和同龄人交流分享。

中午在一个朋友处用餐,心情大好,吃了不少,堤外损失堤内补,得把没吃的早餐补回来。我在回程的公交车上,写出上述感想,是生了一场气的一点收获。好比摔一跤捡了一块狗头金,值得重视和收藏。气是杀人贼,气是双刃剑,能搂住还是尽量搂住为好,为自己也为他人。

87. 保安、作家及其他

读《中国新闻出版广电报》获悉，武汉体育学院57岁的保安李世伟创作的长篇小说《村庄的大地》，近日由九州出版社出版，并纳入"当代中国文学书库"。李世伟在交流创作心得时说："40万字的长篇不到一年就顺利完稿，写完后，我还专门称了一下稿纸，有两公斤。"我还了解到，他写这部小说用了不到一年时间，而把这40万字小说变成电子稿，却足足花了一年零三个月。而为了能为创作找到一个有利的环境，为了圆自己的作家梦，他辞去了在建筑工地有较高收入的职业，应聘到武汉体育学院做食堂的安保工作，每年少挣10来万元。每晚10点安保巡视完毕，他就开始写作，每天规定自己写完2000字，不写完不睡觉。功夫不负有心人，他终于完成了自己的第一部作品。目前他又在创作仍是乡土题材的第二部长篇小说，并说："只要身体允许，就会一直写下去。"

作家不分高低贵贱，但每人所处环境不同，成长和成功付出的代价是不一样的。因为只是初中毕业，又加上常年在外打工，李世伟的成功比一般人付出的代价更大，做出的努力更艰辛。作为一个文学同好者，一个创作者，我也有自己的写作经历，深知此间的甘苦，因此，我要为这位保安作家点个赞！

准确地说，把李世伟称为保安作家是不准确的。但依据过去工人作家、农民作家、知青作家的职业身份分类，说保安作家也无大错。但作家就是作家，不应该以职业分类，因为现在职业划分过细，也难以以职业区分。过去有农民工诗人、打工诗人的称谓，现在看来都不科学，是以职业定的标签。准确地说，我应该是为由保安成为作家的李世伟点个赞。

李世伟的成功，是艰辛努力所致，同时也证明从保安到作家，从一个初中生、打工者到作家，并没有一道不可逾越的鸿沟。即使文化程度不高，也可以写小说。小说的写作并不神秘，这从小说的起源可以看出。小说最早的形式就是民间讲故事，叫说话、说书、说部，说书的底本叫话本。它最早起源于民间，后来才发展到文人根据话本创作，或独立创作，专业作家是近代以来的事。从根源上说，从功用上说，小说是草根创作为草根服务的。当然，随着时代的变迁，小说创作的内容更丰富，结构更复杂，功用也更重要，加上融入时代各种因素，借鉴了各种创作方法，其有了更完备的创作体系和创作技巧，以及评价方式。而专业作家队伍的形成，更使人觉得小说创作"高大上"，甚至高不可攀。再加上某些作家为显示高深莫测，话里话外渲染神秘感，一些评论家也在云山雾罩不着边际地鼓吹，使小说创作成了神秘地带，让人觉得高不可攀、望而生畏。实际上小说创作并不神秘和高不可及，包括长篇小说创作。我创作几部长篇小说之后，对此深有体悟。虽不能说有的人说的话是装神弄鬼，但也是故作高深。高玉宝写过《高玉宝》，曲波写过《林海雪原》。现在底层人士成为作家的不少，通过写作改变命运的也大有人在，保安李世伟的成功，便是一例。他的成功，使我们对小说创作成功的可能性，有了新的认识。丰富的生活实践，倾心的文学爱好，一定程度的写作能力，比较缜密的思维能力，锲而不舍的奋斗精神，有了这些条件，就有了成功的可能。

李世伟的成功，同样也不能作为标本，证明人人都可以写作长篇小说，每一个保安都能在文学创作领域获得成功。因为除了上述讲到的几个条件，小说创作对创作者有创作方面的特殊要求。俗话说，诗有别才，业有专攻，不是人人可以写诗的，也不是人人可以当工程师的。自然，也不是人人可以当作家的。根据我的经验和认识，作家应有不同于常人的想象力、对生活的独特认知能力，以及相当的文字功夫和非凡的创新能力。而这些都不是一朝一夕形成的，甚至是不可描述、不可言传的。作家的独特性，决定了作品的独特性，作品的独特性又要求作家的非凡独特。一些经验，只能借鉴，不能传递，只能靠个人摸索，个人感悟。我父亲说过，好木匠不是干出来的，而是悟出来的。我想，好作家也是悟出来的，而这种悟的能力是独特的，甚至是天生的，因此，不是人人都可以当作家的，也不是个个作家都能成为好作家的。这一点必须讲清楚，也应该讲清楚，不要误人子弟。一个人要衡量自己的条件，最大限度发挥自己的潜力，适合干啥就干啥，这才是最好的选择。

在为李世伟成为作家点赞的同时，我也为出版他作品的九州出版社点个赞。关注草根，扶持弱者，培育新苗，是出版行业的优良传统。但近些年一些出版社出现了"攀高结贵""嫌贫爱富"的现象，热衷给名人大家出书、出专集、出文集，喜欢锦上添花，不愿雪里送炭，一些来自基层民间的书稿，得不到及时妥善的处理。九州出版社不仅为草根出书，而且花气力推介，这在出书难的当下，是难能可贵的。

88. 有志者事竟成

这个题目，也是由圆了作家梦的保安李世伟引出的。换句话说，即李世伟的成功，又一次证明了"有志者事竟成"这句话包含的哲理。

"有志者事竟成"，是汉语的一则成语，语出南朝·宋·范晔《后汉书·耿弇传》。这则成语意谓有志向的人做事终究会成功，形容只要有决心有毅力，任何难题最终都会迎刃而解。

有人据此引申写出了一副名联：有志者事竟成，破釜沉舟，百二秦关终属楚；苦心人天不负，卧薪尝胆，三千越甲可吞吴。上联破釜沉舟，说的是项羽率军伐秦，过漳河的时候，命令士兵只留三天的干粮，然后把船沉没，把锅砸碎，以示有进无退，一定要夺取胜利的决心；下联卧薪尝胆，说的是越国被吴国灭亡，越王勾践睡在柴草上，每天临睡时都要舔一下苦胆，以提醒自己不忘亡国之辱。对联中的"百二秦关"指的是秦国的函谷关，函谷关地势险要，一夫当关，万夫莫开。这副名联告诉我们，成功属于那些战胜失败、坚持不懈、执着追求理想而又充满自信的人。

我们常说的一句话是，成功是奋斗出来的。奋斗不一定成功，不奋斗一定不会成功。所谓奋斗，就是向一定目标努力。所谓有志者，就是有明确奋斗目标的人。有志向和有奋斗目标不是一回事，二者并不完全重合，有概念大小、涵盖面宽窄之分，但有志向的人，一定会有明确的奋斗目标，并会孜孜不倦地为之实现而努力。

有志者，就是有志向的人。他们有奋斗目标，有远景规划，不同于常人。他们有明确的动因和持之以恒的动力。有的是对民族和国家有高度的社会责任感，力谋改造社会，实现民族复兴和社会大同；有的是立志改变个人和家庭的命运，光耀门楣载入史册；有的是受到榜样的激励、激发和鞭策，向贤者看齐，建功立业；也有的是受到某种刺激后的激烈反应，比如受到奇耻大辱后立志洗雪。我们樊门就有这样一个典型事例。近代名人樊增祥（别字樊山）为一代诗宗，官也做得通达，他的成才之路也颇崎岖有趣。樊增祥的父亲樊燮曾是湖南巡抚骆秉章麾下的一名总兵，因为在一次谒见抚台大人时，没有向师爷左宗棠请安，受到左宗棠羞辱。左宗棠拿脚踹樊总兵，还怒骂"王八蛋，滚出去！"没过几天，朝旨下，樊燮被革职回籍。樊燮气坏了，这一气非同小可，他立志把儿子培养成才，让家门出个进士，让那位师爷看看。他回乡后造了一座读书楼，重金延请名师，不准两个儿子下楼，且让二子都穿上女人衣裤，规定："考秀才进学，脱外女服；中举人，脱内女服；中进士，焚洗辱牌，告先人以无罪。"所谓洗辱牌，就是家里祖宗神龛下立的一块牌子，上面写着"王八蛋，滚出去"六个大字。樊燮大儿子樊增洵早死，二儿子樊增祥不负父望，考秀才，中举，中进士，点翰林，一直做到江宁布政使护理两江总督，且享有极高文名，终于洗去了家族蒙受的耻辱。

　　有志者可望成功，立志要趁早。如果之前错过机会，现在抓紧立志也不为迟。从立志到实现是一个漫长且艰辛的过程，坚持就是胜利，坚持方能成功。春种秋收，春种一粒粟，秋收万颗子，天不薄人，人事在己。愿每个有志者都能成功，各如所愿。

89. 刺激也是一种动力

我承蒙组织关照，今夏到中国作协北戴河创作之家休养一周。这是三年新冠疫情过后，北戴河创作之家年内第三期安排作家入住创作研讨，接待工作服务周到，我们这批来自全国各地的作家，都有宾至如归的感受。听说这个供作家休养创作之地"历史悠久"，新中国成立之初就有了，是一栋旧花园洋房改造过来的，最初叫中国文学工作者休养所。20世纪60年代那场运动后，这里没人管了，只剩一个老头看门，不久就被当地一家企业私自占用。改革开放后，在作协领导同志和一些老作家努力下，几经周折，费尽移山心力，才收回重建，有了现在这样的规模，使作家们到北戴河有了一个创作休息的好去处。这里绿树成荫，楼舍功能齐全，服务设施完备，静养和外出都十分方便，置身此间欣欣然也。

更让我高兴的是，今天中午在院里遇到了王蒙先生。我和王蒙先生不算深交，但也熟识。他是我们三联书店的老作者，又是名家，在三联出过书，我们自然比较重视。我在三联书店任总经理、党委书记时，王蒙先生有几本大作在我店出版。为致谢意，在王蒙先生八十岁生日时，我和李昕总编辑、郑勇副总编一起，邀一些嘉宾参加，共同为先生举办了生日宴会。王蒙先生那时和单三娅大姐喜结连理不久，我们一并予以祝贺。席间王蒙先生妙语连珠，大家举杯欢庆，气氛热烈，笑语不断，极一时之盛。记得那次聚会也是夏天，今次相见，已是八年后的夏天。八年里，我和王蒙先生有过几次交集。我做国务院参事，他是中央文史研究馆馆员，一起参加过几次重要活动，见面自然要打个招呼。这期间还参加过两次全国作代会，会上遇见，彼此寒暄一下，打个招呼。我是晚辈，理应积极主动。王蒙先生很念旧情，礼贤下士，也对我表示关心。他知道我在创作长篇小说，也多有鼓励。

因为原先认识，今次见面不免多说几句。我问他也来创作之家休养？他说，我来写点东西。就是王蒙先生的这句话，让我深受刺激。今年夏天高温炎热，北京像个火炉，北戴河也不凉快。我来这里休养，并无写作计划，带来了两本书，也有待修改的书稿，但两三天过去，一无所获。天热，外出头脑昏沉，待在房间，空调太凉，殊不适应。出去海边走走，大汗淋漓。在这种境况下，心静不下来，别说写东西，就是看东西都觉困难。但在同一片蓝天下，在同一环境中，王蒙先生竟能"写点东西"。他不是来避暑休养的，而是来写东西、创作文艺作品的。这使我很感动，也深受刺激。再从年龄上说，人家比我大二十岁，我比人家小二十岁。人家都能顶着酷暑写作，我有什么不能？我有什么理由不努力？想想都汗颜。虽然说我跟王蒙先生，无论从能力、水平和作品影响力，都无法相比，但是，一个人能力无论大小，只要付出努力，还是会有所收获的。我显然努力不够。尤其和王蒙先生比，不仅智商、水平差一截，在努力方面也有很大差距。智商是先天的，水平是历练的，没得办法追，但努力是可以学习的呀。笨且不努力，要想出成果是不可能的。我于是下决心向王蒙先生学习，虽然天依然热，心却静了下来，盘算着在休养期间于写作方面有所斩获，而且打消了到七十岁不再写作的念头，决心孜孜不倦地把写作坚持下去。

再往前推，使我受到刺激的是作家马识途先生。马识途先生在三联书店所属的生活书店出《百岁拾忆》时，已经一百岁了。后来他托我联系在北京出版的两本书，都是在百岁以后写作的。特别是新在四川人民出版社出版的《马识途西南联大甲骨文笔记》，更是近几年写作成果的结晶。而在我今年春天去成都拜访他时，他又告诉我一个秘密，说他近几年又写了一部长篇小说，目前已无力修改，颇有英雄迟暮之喟叹。这让我深受刺激，我比马识途先生小四十岁，我有什么理由不努力？

我能写出几部长篇小说，也和受到刺激有关。刺激我的是作家忽培元先生。我和他都曾是国务院参事，常在一起休假。2018年夏天，我们去漠河北极村休假，我发现老忽数次外出活动都未参加，问他妻子何故。他妻子说，老忽在写东西，他舍不得他那点时间。这句话使我受到强刺激。此时，我正在构思写作第一部长篇小说《乌蒙战歌》，但迟迟没有落笔，本想在休养期间动笔，却因参加各种活动未能如愿。听说忽培元如此用功，我也坐不住了。赶紧拿起笔，在休假期间开了个头，就此一发不可收，连续把几部长篇小说写完了。如果没受到老忽的刺激，我现在能写出多少，还真不好说。

再往前说，我还有受到刺激而奋发的例子。20世纪90年代初，我由省直机关一名处长，调吉林人民出版社当编辑室主任，这是出于个人爱好的职业调整，每天组稿编书，忙得不亦乐乎，转眼几年过去。某天省委机关一名领导到出版社视察，看我在编辑室忙乎，就问别人：樊希安是不是犯了错误？不然怎么会在这里当编辑？我听闻此言，内心受到刺激，遂有好好表现东山再起的欲望，于是更加刻苦努力，使人生命运得到较大改观，以至到北京谋职发展。

刺激也是一种动力，这是我的亲身体会。在历史上，在现实中，因受到刺激而奋发有为的人，也大有人在。在社会生活中，在人际交往中，人们受到的各种刺激是不少的，关键是如何看待刺激，怎样从刺激中汲取力量。刺激就像火箭动力系统的反推作用，利用好，也是可以"好风凭借力，送我上青云"的。我从和王蒙先生交谈中受到的刺激说起，不揣冒昧，啰啰唆唆说了上述这些话，也许能为有志成功者提供一些镜鉴。

90. 勿用老眼光看事物

这次参加北戴河创作之家休养，允许带一名家属，大都成双成对而来，也有两口子带孩子来的，很是热闹。一次等车去鸽子窝公园游览，车尚未到，胡乱聊天。看到一个作家怀抱一幼女，也就两三岁。我近前问道：这是你孙女？他回答：这是二胎。我又问：孙女几岁了？他说：老大十七八了，这是二胎，今年两岁多了。我说：你带这么小的孙女累不累？对方说：这是我自己的女儿。我妻子在一旁用胳膊肘捣我，把我拉到一旁训斥道：你真是眼拙，什么孙女，人家这是自个儿生的二胎！我方才醒悟，说：啊呀，我看错了，我用老眼光看问题了。

大凡用老眼光看问题的人，都是上了岁数的人，他们往往用自己的经验、自己的眼光看事物。由于时代变化和人们观念发生变化，和年轻人常常不在一个频道上，接不了茬儿，合不上卯，甚至闹出笑话来。听说有这样一个事例。某女大学生放暑假回农村看奶奶，奶奶见孙女穿着有窟窿眼的裤子，很是心疼，心里说，这孩子上学生活真艰苦，连条完整的裤子都穿不起，晚上在灯下，戴着老视镜，摸索着把孙女裤子上的窟窿打了补丁。没想到好心办了错事，孙女说：穿前后透风的裤子是时髦，你给我补上让我怎么穿？你看，这就是用老眼光看问题惹的祸！

天下万事万物都在变化着，没有一成不变的事物。沧海桑田，自然界也是如此。人们为什么夏季到北戴河避暑？就是因为这里夏天凉快。早在1898年，清廷就把这里开辟为外国人士避暑地。一百多年过去，随着气候的变化，北戴河的夏天也没有过去凉快了。我20世纪八九十年代都来过，那时确实比现在凉爽。今夏来到北戴河，感觉就炎热得多，当然由于近海，还是比北京舒服一些。再说承德避暑山庄，那里数百年前夏天一定很凉爽，否则，清朝的皇帝们就不会选那里作为夏季避暑办公的地方。假如现在他们再住进来，必定得安上空调享受。不是因科学技术发达有了新物件，而是气候发生了变化。我近年也曾去过宁夏固原，发现那里的植被比若干年前好很多，有的地方甚至不逊于江南，询问原因，告曰因气候变化，降水量大为增多。再比如东北，气候也在悄然发生变化，冬天酷冷天数减少，夏天也开始有些炎热了。据说，因气候变化，南方有"火炉"之称的城市的冠名，也有调整和改变。对于气候变化的原因，有说是温室效应所致，有说是南极冰川融化造成，也有说是因地球转动轴心发生变异。我不是专家，搞不明白，但有一点可以肯定，变化是肯定有的，这符合自然界物质运动的规律。

相较自然界，由人类组成的社会，变化就快得多。因为在生产要素中，人是第一位的，是最活跃的，也是最可宝贵的。随着生产力和科学技术的发展，人的观念也在不断发生深刻变化。我们单看婚姻观念变化就可知晓。旧社会讲"父母之命，媒妁之言"，这一条连当时许多倡导革新者都未能幸免，胡适即一例。新中国成立后倡导婚姻自主、自由恋爱，《小二黑结婚》中小芹唱"小芹我自个找婆家"，渐成风气。但人们缔结婚姻，大都还有介绍人从中介绍。现在则流行网恋、闪婚、一夜情等。你老年人还真别看不惯，年轻人能恋爱结婚，走进婚姻殿堂，就很不错了。还有的年轻人信奉不结婚、不生育，喜欢自己一个人过日子。有的女子公开说：我不喜欢男人。也有的说：我经济独立自由自在，何必找一个人管着我？还有的说：我不想结婚，但想要一个孩子。你看看，这都是些什么观念？但是，作为家长，你说服不了他们，也改变不了他们，也确实不能再用老眼光看事物了。况且，天下者是年轻人的天下，社会者是他们的社会，未来者是他们的未来，我们对他们，就像一句河南话说的那样，是豆腐块掉进灰堆里，吹不得，打不得。再说一句狠狈点的话，那是王八掉进灰堆里，又憋气又上火了。没什么办法，只好仰天长叹：子在川上曰，逝者如斯夫！

勿用老眼光看事物，对我们上年纪的人很重要。改变眼光，跟上潮流。即使跟不上，也不要站在潮流后头说三道四。坚信社会是前进的，一代更比一代强，无论怎么变化，人类都会有光明前途。这是已被历史所证明了的。

91. 看海心胸也宽广

晨起，我漫步于北戴河老虎石海滩，这里坡缓沙细，踏行其上，边行边拍照海景，很是惬意。正行进间，忽听后面两人对话，其中一个说：看海心胸也宽广。闻言回身看时，见两名男性中年游客从身边走过。他们走了，背影远去，"看海心胸也宽广"这句话，却留在我的脑海中。

看海心胸也宽广，这句话有意思，值得玩味。据我个人经验，第一次到海边的人，都是想领略大海的奇妙。我老家在河南省温县黄河边，我知道黄河奔流到海不复回，但不知海在哪里。等见到大海时，我已是33岁，那是1988年的夏天，是在北戴河，之后又去过几次。我还去看过青岛的黄海、宁波的东海、海南岛的南海。2016年7月，我和中国作协李敬泽副主席一起担任团长，带领中国作家采风团考察三沙所属诸岛，领略南海的神奇风光，考察当地历史，加深了对中国海疆和海资源的认识，开阔了眼界，增长了见识。但若有人问我，观看和接触大海是否开阔了自己的心胸，或说，使个人心胸更宽广，这我不好回答，因为，我不好评价我自己心胸是否宽广，也确实不知道自己心胸宽广与否。有时似乎很宽广，有时也斤斤计较；有时好像名利于我若浮云，有时又游走在名利场中；有时候不在乎别人评价，有时也很在意别人的议论；等等。再说，心胸宽广不宽广，这也是相比较而言的，看和谁比，在什么事上比，殊难下结论。但是，有一点可以肯定，自从接近了大海，我对天下事物和对自己的认知，都发生了微妙变化。每一次站到大海边时，我就感到自己的渺小，比海里的一朵浪花还要渺小，如海滩上的一粒沙子微不足道。我站在海边，有一种对大海对大自然的敬畏，对大自然神秘莫测的敬畏。面对汹涌的海水和潮起潮落的波浪，心灵受到一次又一次净化，我写了多首观海咏海的诗，那是我在海潮推动下心潮泛起的朵朵浪花。概言之，我在33岁那年接触到大海之后，每一次在国内或国外看到大海，心灵都会受到一次洗礼和净化，这对我丰富充实自己的人生，肯定是有积极意义的。

看海让人心胸也宽广，这句话出自他人之口，我对其是赞同的。看似一个人不经意间的感叹，却也包含着人生经验和哲理。这话看似简单，实际上关涉到主体和客体间的互动关系。人和自然，人是主体，自然是客体，人有生命、情感、意志和主动性，不仅可以利用自然，改造自然，而且可以从自然界受到启迪和感悟。自然作为审美对象，可以被人赋予情感，尽管这是想象的。"相看两不厌，只有敬亭山"，这是李白的想象。对花流泪，看鸟惊心，这都是人的情感所致，实际上和花鸟无干。大海是自然存在，但它是奇特的，充满奥妙的，一望无际的，潮起潮落的，这种自然现象，能引起人的美感和心理共鸣。登山则情满于山，观海则意溢于海，就是这个道理。面对大海的壮阔无边，一洗心中的尘埃，物我两忘，心胸自然就宽广起来了。这种经验和感受，是许多人都有的，不可否认的。

但任何事物都不是绝对的，愿望的实现是需要各种条件、多种因素的。人的心胸宽广是自身学识、自身修养提高的结果，不是仅靠大海启迪就能实现的。大海只是个"药引子"，一服药能否生效，要靠药方、药的配伍、各种药材的质量，这些因素一起发力才会除去沉疴。而一个人心胸的宽广，主要还是靠个人，要靠个人历练和修养，不能仅归因于大海，大海是担不起这个责任的。如果仅靠大海的启迪，人就能心胸广阔，那海边的人都可称为心胸广阔之人。而这又怎么解释有的人竟在海边寻了短见呢？

凡事不能走极端，要综合各种因素周到地考虑问题，与人和睦相处，能够将心比心，不粗暴固执，有利于养成宽广的胸襟。而常到海边走走，看看大海，听听涛声，走走沙滩，捡捡贝壳，对形成宽广的胸怀，肯定是有益处的。

92. 家里君子兰开花了

今年7月中旬,我从外地出差回京,妻子欣喜地说,咱家的君子兰快开花了。近前视之,一盆君子兰含苞待放,隐约可见道道红晕,心中甚喜。第二天再看,已次第绽放。第三天看时,已是花红欲燃了。我和妻子甚为欢喜,是惊喜,是喜出望外之喜,因为它是在我们不抱希望的时候,突然窜箭开花了。

我家养君子兰,可以追溯到近40年前。那时,我刚从部队转业到吉林省委宣传部工作,没见过君子兰,也没听说过君子兰,但没几年,不知什么原因,长春的君子兰就火了。最兴盛时,一棵上品君子兰"和尚头",可以换一台轿车;品种、品相比较好的,换一台彩电绰绰有余。一些人开始倒腾君子兰,发了大财。长春的君子兰市场异常火爆,交易大增,把不少人卷了进去,有挣的,有赔的,有借此发家的,也有因此赔得底掉的。君子兰成了香饽饽,求人办事不送烟酒,送一棵上好君子兰事必办成。一些人辞职或停薪留职,去倒腾君子兰,有的赚得盆满钵满,有的输得欲哭无泪。这种情况引起有关方面关注,对"疯狂的君子兰"进行治理。其实,不治理,这种异常现象亦维持不下去了,因为不可能维持下去,它违背了事物的客观规律,背离了物品的价值规律。很快,君子兰市场就萧条了,再好的花也有价无市了。潮水过后,落了个白茫茫大地真干净。哥已不是当年的哥，花也不是当年的花了。

我家是在养君子兰风兴起时开始养花的。有人送给我岳父一些君子兰种子。岳父是大学的一名教授，一边在家带研究生，一边养君子兰，待君子兰苗破土而出时，送给我家数盆小苗。我们精心侍养，等其长高了，长大了，窜箭了，开花了，君子兰花卉市场也败落了。我们没用它们去换钱，也换不了钱，但却和它们结下不解之缘，养君子兰成了我和妻子的爱好，这种爱好一直随我们迁移到北京。

我们现在养的君子兰，一些是从长春带来的，一些是沈阳的表妹送我们的，是来京看我们带来的礼物。不知是气候还是水土的原因，在北京养的君子兰不爱开花。在长春，花期很守时，每年春节前后，君子兰开得灿烂红火，给家家带来喜庆气氛。到了北京，君子兰开花不再"如期而至"，而且常常不开花，我们也对此习以为常，反正有八九盆，总有会开的，开了欢喜，不开也可观赏绿叶，任其欣欣然为室内增加生机。我们把它们当作普通花卉中的一分子，不高看，也不低看，和其他花一样浇水施肥换土，开不开花已无所谓，真个是只管耕耘，不问收获了。

天下事就是如此神奇，有些东西，你苦苦追求，却不能到手。有些东西，你不再期盼时，却如愿以偿了。这是什么道理呢，能给我们一些什么有益的启示呢？

我家的君子兰开花了，在我们没有预期、不经意间开放的，给我们的是惊喜，是意想不到的快乐。佛家说，但做好事，莫求回报；哲人说，但做好事，莫问前程。看来，不带功利心做事，以不求回报之心做事，不见得就没有回报，只争来早与来迟罢了。即使完全没有回报，那又有什么呢，我们已经享受了劳作的过程，不是已经很美好了吗？不抱过高期望，就没有什么失望。本来就是只管耕耘不问收获，当收获敲门时，自然就大喜过望了。

我家的君子兰开花了，还引发了这些感想。我把这些感想写出来和亲友们交流分享，不算是"多余的话"吧。

93. 《天伦之旅》与天伦之思

今天就要离开北戴河创作之家返京了，但昨天晚上看的电影《天伦之旅》还回放在脑海中。这部电影给人许多启迪与思考，让人围绕人生的诸多问题加以思索。比如，如何处理亲子关系、家庭伦理关系，什么是孩子的成功，等等，甚至让我们想到鲁迅先生当年曾提出的问题：我们今天如何做父亲？从某种意义上说，这部家庭伦理片，很好地回答了这个问题。

《天伦之旅》是由导演柯克·琼斯执导，罗伯特·德尼罗、凯特·贝金赛尔、德鲁·巴里摩尔等好莱坞一线明星主演的家庭伦理片。讲述了一个晚年丧偶的退休工人弗兰克与四个子女之间的情感羁绊，反映了家庭教育存在的问题，这就是：父母打着爱的名义，对子女寄予高于其能力的期望，希望他们出类拔萃，成为自己的骄傲，而全然不顾孩子的感受，试图按自己的意图把孩子打造成梦想中的成功者。弗兰克沉重的父爱使孩子们选择了逃避，大卫甚至付出了生命的代价。

弗兰克退休前是位给电线涂保护层的工人，以前都是妻子和孩子们通电话，在妻子过世后，弗兰克开始和孩子们联系，而在孩子们以各种理由推脱了家庭聚会之后，弗兰克决定给他们一个惊喜。他给每个人都写了封信，带上自己的药，不顾医生的劝阻执意展开了一趟"天伦之旅"。老人旅程的第一站是儿子大卫的住处，因联系不到儿子，在门外苦等一晚之后，他去了女儿艾美家，见到为他开门的外孙生龙活虎，他发现女儿声称外孙生病不能参加聚会是个谎言。后来，弗兰克又洞察到看似恩爱有加的艾美与丈夫杰夫已经分居。接下来探访的子女似乎都对他有所隐瞒，都不像过世的妻子和他们自己口中说的那样幸福。弗兰克认为子女们对他说的话都有所保留，并非真实的。探访之旅即将结束，弗兰克感到无比失落，内心久久不能平静。这时，他在地铁站遇见了一个流落街头的青年男子，让他想到了自己想见而未见到的小儿子大卫，当他准备对之施以援手时，对方却恩将仇报，企图抢劫，救命药物也被男子踩得粉碎。没有了药物的弗兰克在联系主治医生多次未果后，冒险搭飞机回家，不料竟在飞机上昏了过去。醒来后的弗兰克看到眼前的三个子女，要求三人坦诚相待，却得到了自己最爱的小儿子大卫已经去世的消息。虽然弗兰克最终要面对最爱的小儿子去世的事实，但其他三个子女仍然给予了他继续开心生活的希望和动力。影片中泪水与欢笑交织的每一分每一秒，共同构成了弗兰克五味杂陈的晚年生活。让人在同情他的同时，也思有所获。

一、对子女不要寄予过高希望，不要硬逼着他们出人头地。如果给他们太大的压力，不仅不利于成功，而且会在父子或母子关系中造成裂痕。一个人的成功需要种种条件，古人也说，儿孙自有儿孙福。况且，什么是成功，也没有统一标准。做个普通人，生活幸福也是成功。现实中有一些家长，像弗兰克一样，对儿女过于寄予厚望，从小就培养"神童"，甚至揠苗助长，结果带来的是更大失望，甚至是终生痛苦。弗兰克最终醒悟，在妻子墓前说了新的认识，大意是孩子们无论如何，只要有自己的幸福也就足够了。这话应该可以使迷恋让孩子成功的家长们警醒。

二、尊重儿女的职业选择和生活选择。作为当事人，儿女知道自身的条件，也知道凭自身条件，在某一领域能达到的高度，不一定非要当乐队指挥，也不一定非要成为著名舞蹈演员。他们喜欢干什么就干什么，能达到什么高度就什么高度。在我们现实生活中，一些家长对子女成才心切，孩子小小年纪，就给他们报各种特长班、兴趣班，也不看孩子有无兴趣与特长，是不是那块料。也有的给孩子实施超年龄段教育，美其名曰"不让孩子输在起跑线上"。实践证明，这样做效果并不好。强扭的瓜不甜，强行培养的特长也不牢靠。

三、要学会和子女沟通。在父母与子女沟通方面，父母处于强势地位，父母和孩子沟通的愿望、耐心、技巧尤为重要。弗兰克的妻子和儿女善于沟通，儿女们有什么事，包括生活不如意的事，工作和生活中的不顺，甚至有私生子，都只愿意告诉妈妈。妈妈活着时，电话是热线；妈妈去世后，爸爸弗兰克和子女沟通不畅，子女们有什么事都瞒着他，他们生活中的不如意，他也不知道。等他醒悟后，开始较好地和子女沟通，天伦之乐又重新回到身边，家庭聚会也再度实现，圣诞节的全家聚会给弗兰克带来了开心快乐。整个改变过程，就是不断改善沟通的过程，这对我们做家长的很有启示意义。

《天伦之旅》是一部引人入胜、富有人生哲理意义的好影片，其在思想性、艺术性方面，可以给我们电影创作乃至文学创作提供多方面借鉴。我认为主要有以下几点。一是，选择题材要聚焦在人类共同关心和面临的问题上。《天伦之旅》表达的主题思想与蕴含的人生哲理具有跨越时代、跨越地域、跨越种族的普适性。其中蕴含的亲子关系和人生哲理都是人类共同面对的问题和难题。因此，这类题材特别容易击中人们的"软肋"，引起观众心灵上的共鸣。我们的影视文学作品要走向世界，要真正站在人类命运共同体的高度。二是，整个影片没有一句说教，都是具体的情节、细节，是故事画卷的舒缓展开，让人随着一个个镜头去观察去体悟去回味，最后得出自己的结论，而不是像有的文学作品，总要用各种方式去提示主题，去披露作者的观点，生怕观众和读者看不懂、不知道。这其实是不必要的、拙劣的，效果也是不好的，"于无声处听有声"，才是文学作品的最佳境界。三是，这部电影做到了思想性艺术性水乳交融，让人在艺术观赏中受到思想启迪，其思想性不是单摆浮搁的，而是融化在艺术性中的。这部电影当然有思想性，这种思想性不是狭隘的、肤浅的，而是人类共同面对的，又是十分具体的父母子女关系，它体现的是相互尊重和平等。这种思想性依赖艺术性展现，让一个个看似不经意却很有冲击力的细节展示，让看似普通寻常却又有个性的一个个人物来展现，从而达到十分理想的效果。思想性含在艺术性之中，不在艺术性之外，也不在艺术性之上。作为一个写作者，我又有了新的收获。

看了《天伦之旅》，我获益良多，想到"他山之石，可以攻玉"这句成语。任何时候，我们都不能保守、封闭，要放开胸襟，打开眼界，积极吸收外来的有益于我们提高的东西。

94. 人老先从哪里老

我小时候在农村,听到过一段歌谣,不是儿歌,是"老"歌,是说"人老先从哪里老的"。歌词现在还记得几句:人老先从哪里老?人老先从头上老,白头发多黑头发少。人老先从哪里老?人老先从牙上老,顿顿想喝豆腐脑。人老先从哪里老?人老先从腿上老,过个门槛被绊倒。小时候只是唱着玩,现在到了向老之年,这个"老之问"还真得琢磨琢磨。

读报纸,查资料,看到人们说法不一:有说先从眉毛上老的,眉毛白了,就是老了,那长寿眉也不标明长寿,是衰老的标志;有说先从嘴巴上老的,过去嘴巴能说会道,现在老得像捏过的饺子皮,不好看不说,话也少了;有说先从大脑上老的,过去大脑多灵光,现在老糊涂了,小时的事记得清,现在当天吃啥饭,都记不住了;有说先从眼上老的,过去几里远能看见兔子,现在看桌上的茶杯都模糊,再漂亮的美女从眼前过,都看不清人家五官面目;有说先从耳朵上老的,过去听报告一字不落,现在即便有人骂自己,也听不清了;有人说先从鼻子上老的,过去隔街能闻到炸油条的香气,现在把油条放在面前,也"置若罔闻",嗅觉不灵了;有人说先从手上老,过去和人握手,手像老虎钳子,现在和人握手,握像没握,似微风拂过。说了这么多,那么人到底先从哪里老呢?

我个人认为，人老先从心上老。心劲在，人就不老，心劲不在，人就老了。心劲，就是活着有一股劲，有一个追求的目标。心劲的表现是有精神追求，有目标向往，哪怕是一个虚空的目标，也能激发人的能量。一个人心劲在，有个奔向的目标，就不会精神上垮掉，就不会失去好奇心，就不会对一切都不再感兴趣，而是时时会做出努力。因为人生的目标还没有最终实现，还在努着一股劲，不能泄气，这股劲作用于身体，为身体提供正能量，身体就不容易拉垮下来。看看那些长寿之人，哪个不是如此？作家徐怀中的目标是晚年写出一部力作，等写出《牵风记》，获得"茅奖"，他才含笑而去，时年93岁。杨绛先生是我们三联书店老作者，我去她家里贺过她的百岁生日。她有自己的著述目标，而且决心在有生之年把钱锺书先生的手稿整理出版。这些愿望终于实现后，她才撒手人寰，终年106岁。马识途先生在晚年，也有自己的目标追求，续写了《夜谭续记》，整理出版了《马识途西南联大甲骨文笔记》，还有再写一部长篇小说的计划。我去他家里看他，他说，他事先收拾打扮了一下，梳了头，整了装，尽量显得精神些。我和同去的人都笑，说老爷子心不老，因此健康长寿。

综上所述，我认为一个人有精神追求，能延缓衰老。用一句套话，那就是：精神不是万能的，但没有精神是万万不能的。没有了精神，身体也就萎缩了、蔫巴了。当然，衰老是不可抗拒的，生老病死是自然规律，谁也改变不了，就是帝王将相也无可奈何。"纵是千年铁门槛，终归一个土馒头。"我们只是在有限的时空里，进行摸索和探讨。我之所言，也是一家之言。人到底是先从哪里老的，欢迎更多的朋友参与讨论，也期待医学和生命科学专家给出结论。有人说现在专家的话不能信。但，我信。

95. 照片与药片

自忖年纪大了,我开始做减法,清理照片是很费力的一件事。有的老朋友介绍经验说,个人照片先留着,凡合影,不重要的,先把自己的脑袋剪下来(颇似"斩首"行动),然后毁掉。也有的介绍经验说,先把照片泡脸盆里,泡软了便好处理了。总之各有各的高招,可供我借鉴。

我这个人笨,又有些恋旧。拿起过去的合影照片,每一张,都先看看都有谁,什么时候照的,是什么场合照的,和照片上的人,都有什么交往,这样一琢磨就是大半天,临要销毁时又下不去手,不忍心自个儿"斩首",也怕伤及朋友。于是转向清理个人照片,先清理出来,怎么处理再说。

写字台上压着玻璃板,玻璃板下压着一些五十岁前的照片,自认为照得好的、上相的、风华正茂的,都是昔日岁月留下的剪影和纪念。欲动玻璃板,就要清理上面的东西,细一看,都是各种药盒和药瓶,有降糖的、降压的、救心的、补叶酸的、治牙疼的、防治新冠病毒的,等等。于是突发感想:五十岁以前玻璃板下压照片,五十岁以后玻璃板上放药片。照片和药片,就是这样被关联起来了。它们隔着玻璃板融为一体,统一在人的身上,既是不同阶段的标志和象征,又反映了一个人的全貌,如同词的上下阕,也像小说的上下部,相互分割又相互关联，丰富而有意义。

照片是一个人的影像。曾经，我们为拥有一张自己的照片，煞费苦心。我当兵前只有一张个人的照片，放在老家的镜框里，后来也找不见了。当兵后就有自己的照片了，第一张是穿军装寄给家里的，那时没彩照，还是照相馆给上的色。以后到了部队宣传科，近水楼台先得月，照片就多了。

再以后在部队搞新闻报道，学会了照相技术，手中有一台海鸥120，还有一台上海产135，照相、洗相片就更方便了。转业后到地方，在出版单位工作，开会、会见作者，出国考察，加上有了傻瓜相机，照片就越来越多了，合影多，个人照片也多。选不同时期个人照片压在玻璃板下，是想留作纪念，也有"臭美"的意思。年轻时也比较精神，虽不是帅哥，但也英气逼人，中年时显得成熟稳重。从不同侧面反映了自己的工作历程和成长状态。

但五十岁之后，也知道青春和壮年不再，知了天命。玻璃板下不再续压照片，而玻璃板上，药片渐渐多了起来，先是降压，后是降糖、安心，各种门类的药片竞相登场，各占其位。而这又是和身体状况的变化相关联。以前不注意，现在各种病便找上来了，嫌去医院麻烦，就自个儿服药医治。慢慢地，玻璃板上的药片就多于下面的照片，而且形成鲜明的对照：青春和老态的对照、健康与亚健康的对照、成长和衰老的对照、昔日和今天的对照。这些对照，真让人感慨万千啊！

感慨归感慨，我们还是得尊重现实，承认现实。我们老了，我们盛年不再了，连活着的意义，都发生了变化。过去是为事业而活着，现在是为享受、为晚年有个幸福生活而活着，甚至为活着而活着。健康地活着，成了我们的目标和追求。于是我们不再关注照片，而是关注药片，用药片医治我们的疾病、维护我们的健康、调节我们的身体。照片和药片都为我们拥有，都是我们人生的一个阶段。照片否定不了药片，药片也否定不了照片，两者穿越玻璃板握手言欢。二者的共存，才使我们有一个丰富完整的人生。我默默地把照片收起，作为永久的记忆。我把药片放好，它已是我今生今世的咖啡伴侣。

我一边清理照片，一边让思绪飞翔，还写下这么多文字，啰里啰唆，就此打住吧。

96. 体检归来话体检

一年一度的体检，在北京朝阳医院进行。项目还是那些项目，但身体状况却有不同。真个像唐人刘希夷诗句：年年岁岁花相似，岁岁年年人不同。让人颇多感慨。

从医院出来回单位的路上，心情略有些沉重。这自然和体检有关。虽说查出的疾病往年都存在，但颇有加重的趋势。如心律不齐，往年也都有，但这次很确认，心电图显示如此，B超也有发现，描述是心律失常，建议背24小时浩特监测，看来问题严重。再比如脂肪肝，比去年严重，还引起条索回响。血压也不正常，高压偏高，需要关注。当然也有好转迹象，眼压正常、骨密度正常，也都好于以往。其他一些项目有待体检诊断书确认，以上说的是大体情况。总之，问题值得关注。回办公室就此情况和朋友交流聊天，朋友们说，体检查出病很正常，而且这都是老年病、基础病，没有什么大惊小怪的，更没必要谈虎色变，内心忧惧，认真对待，寻医施治，生活上调剂，注意休息，控制饮酒，就没有大问题。朋友们的劝慰让我的心情好了起来，想想他们说得也有道理。朋友们大致讲了以下几条，我把它概括出来，供更多人借鉴。

一、对体检既要重视，也要以平常心对待。体检是检查身体状况和发现早期疾病的重要手段，通过体检，可以发现身体状况的变化，对发现的疾病早日治疗。但体检只是一个检测手段，由于医生经验和医疗监测仪器精密度不同，存在检查结果的不同，甚至误差，因此对体检也不能迷信。有些病能体检出来，有些病体检不出来；有些体检得出的结论存在误差，甚至误诊。体检固然好，有利于身体健康和疾病防治，但体检不是万能的。在广大农村，农民基本上都没有体检过，也不能说他们健康状况就不好。有些山里的老人，终生没做过体检，也有的活百岁以上。因此，重视体检，也不必把体检神化，以平常心对待。

二、对体检结果，既要看重，又要淡定。凡体检，总要出结果。只要出结果，就有好坏之分。发现疾病是正常的，尤其是老年人体检，发现各种病很正常。有一些病本身就是老年病，比如骨质疏松，比如动脉斑块，这就是年岁增长人体器官老化的表现。人年纪大了，骨质能不疏松？新买的塑料盆，用几年还不是手指一捅一个窟窿？那也是"骨质疏松"的缘故。一个人的血管用了数十年，管壁上一定会有黏附物，不可能像《朝阳沟》中王银环唱的"清凌凌一股水春夏不断"。没有堵塞，能正常使用就不错。对不断老化的人体器官，只能改善，但不可逆转，而且会越来越差，直到终老。这是事物发展的规律，是不可抗拒的。有人说，那我换人体器官。这当然可以，但只能换局部，不能换整体。如果连大脑也置换，那人已不是原来的人，便失去了意义。人不会长生不老，人要不老就成了神仙鬼怪。还有些就是常见病。比如心律不齐，比如脂肪肝，这些是可以治疗和逆转的，但也存在治疗效果明显与否的问题。总的来看，老年人的身体状况是每况愈下的，是越来越差的，从健康到亚健康到终老，是一个不可挽回的过程。这疼那痒寻常事，东病西歪老年身。对疾病既要重视又要坦然面对，要抱着"夕阳无限好，只是近黄昏"的心态，去看待事物，面对疾病，处理问题。

三、对疾病要积极诊治，又要耐心对待。对体检已确诊的疾病要积极治疗，不讳疾忌医，要相信现代医学科学，寻医问药，配合治疗。对没有确诊的，要寻医确诊，排除误诊。对一些常见病老年病，如没有异常感觉，不妨"让子弹飞一会儿"，不用那么着急上火。分清缓急，抓住重点，做到综合平衡，有序进行。

四、既要进行医药治疗，又要改变生活习惯，使身体状况得到改善。有些疾病是必须靠药物治疗的，有些则不用。以我为例。因为有家族遗传史，我的高血压病是原发的，已吃降压药多年，目前效果不好，我已决定在医生的指导下换药，把血压控制住，尤其是把高压降下来。虽然没有头晕眼昏等症状，但还得控制好，不敢马虎。对于脂肪肝，其办法是控制饮酒和加强体育锻炼。有一年体检，查到我脂肪肝消失，这就是限酒和锻炼的结果。这使我坚信，有些疾病可以逆转，而且不用借助药物。我相信"十药九毒"，能少用尽量少用。平常不用，到用时还真灵验。用不用药，要从实际出发，要遵从医嘱，不可固执己见。

这次体检之后，结合朋友们的忠告，我总结出以上感悟，供更多的朋友参考。有几句话说得好，成绩是组织的，荣耀是家庭的，财产是子女的，唯有身体是自己的。自个儿的身体自个儿爱护，自个儿维护，自个儿养护，自个儿保护。保住本钱才能分红得利赚钱谋财。没有本钱，一切都是浮云。

97. 生命诚可贵

某年我去新疆乌鲁木齐参加一个会议，住在自治区党校。幸亏住宿时经过安全门留意了一下，夜间突发地震时才顺利从十五楼跑下来。跑到楼下操场上，听说五百里开外的某地发生5.5级地震。虽然虚惊一场，但也积累了一些应急的经验。有此经历，以后外出出差住店时，我都会留意一下安全门和安全通道。以前听说日本人住店时，都要先看下安全通道，我心里还嘲笑他们多此一举，现在我也成了"安全一族"了。去年搬新办公场所，我对单位的同事说，咱们这新地方有个好处，离安全通道最近，有事立马能跑。同事们笑笑说，你这老同志安全意识还挺强。

是的，没有安全意识怎么能行！我也是积累了一些人生经验，才有这个认识的。有些灾难可以防，有些灾难是难以预防的。比如说地震，我就先后经历过几次。一次带三联生活周刊记者去云南彝良地震现场采访，晚上遇到余震，把门框挤得嘎嘎直响，幸好及时撤离。一次去宜宾长宁县看竹海，晚上遇地震，我第一个从房里跑出来。这些经历告诉我，灾害是随时可能面临的。

除了地震、海啸、山体垮塌、山洪暴发等自然灾害，社会上的安全责任事故也时有发生。不久前发生的银川烧烤店火灾即一例。灾害发生后，各地都在紧急排查燃化气可能出现的隐患。事实上，每次出了事故，都会紧急排查，但依然事故不断。由于事故有偶发性、难以预料性、人为和非人为多种原因，无论怎么查，怎么防，事故都只能减少，不可能杜绝。所以，不能把个人安全仅寄托社会重视、有关部门严格管理，而要树立个人安全意识。只有把社会高度重视和个人安全意识强化结合起来，才能把自然灾害和社会安全事故造成的生命财产损失，降到最低程度。

个人是自身安全的第一责任人，必须树立这一观念。因为个人安全，个人受益；个人失去安全，个人受损。如果个人命都没了，赔偿多少有什么用？所以，要注意以下几点。一、安全不要指靠别人，而是经常挂念在心，出入不熟悉或有危险性的场所，要留一个心眼儿。二、把生命安全放在首位，不要傻大胆、乱冒险。不要自恃武艺高强，俗话说，淹死的都是会水的。三、不存侥幸心理，不凭想当然办事。叮嘱家人和朋友，都要把安全放在第一位，尤其是人身安全，钱物是次要的，是可以再生的。

生命诚可贵，一个人的生命只有一次，去而不返，死不复生。身体发肤，受之父母，成之不易，失之遽然。安全第一，须时时谨记在心！

98. 房不怕住牙不怕用

河南农村有省吃俭用盖房的习惯。我父母一生勤俭，加上父亲会木匠手艺，一生给我们子女盖了街房、上房、东西厢房，共四座十二间。父母去世了，我们子女也都离开了，空余四座房在宅院，因为没人住，眼看房子一天天破败下去了。我有个表弟在我们村办企业上班，因离家远，就提出借住我们家，我们自然同意。若干年过去，除了他住的那座房完好外，其余三座都出了状况，不是梁快断了、房檩折了，就是墙塌了，表弟借住的那座房并不比其他房子材料好，却被完好保留下来。事实又一次证明，房是用来住的，住了人才不易毁坏。房子不怕住，就怕空着，空着空着，就垮塌了。

同理，牙也不怕用，牙越用越结实。如果束之高阁，或弃之不用，牙就易毁易坏。一个朋友告诉我，他因牙疼，把一边几个上牙拔了，下边几颗牙没用了，竟然长高了。其实不是长高，而是向上挤压脱离牙槽，快要脱落了。我也有这方面的体会，脱落的、坏掉的牙，大多是没用的，或已经用不了的。而保留下来的那些"骨干"，都是在重要岗位经受锻炼的。可见，牙不怕用，就怕闲着。人的智齿最没有用，但它危害性不小，闹出的动静最大。

推而言之，任何器物都不怕用，都怕赋闲。小时，我家墙上挂的锄头、镰刀、镢头等农具，个个亮光闪闪。现在回家再看，个个锈迹斑斑；过去我父亲用过的斧、刨、锛、锯，曾经威风八面，现在都灰头土脸；过去常用的墨斗，现在线都糟烂了。东西长期不用，也失去了其性能和作用，再也回不到从前了。

　　流水不腐，户枢不蠹。物器只有用着，才能延长它的寿命。人是不是也如此呢？过去有"三天不练手生、三天不唱口生"和"脑越用越勤"的说法。由此可见，人也不能偷懒或不去作为。勤快不一定长寿，但勤快能提升人生价值、有利于生命长寿是肯定的。多用心，多用力，多用脑，勤快人永远年轻。

99. "你好！""你好！"

我早上在北京东交民巷散步，见有一老外在教中国青年武术。我很好奇，便驻足观看。老外冲我看时，我冲他做了一个"拳击"动作。他心领神会，也冲我做一个武术动作，并朗声说："你好！"我也回之："你好！"虽是偶遇中的简单交流，也让人心生暖意，并生发出一些感想。

近几年因为受新冠疫情影响，中外交流少了，老外来中国的也少了。因此，比较少见到外国人。早上偶遇一个，还有交流，颇感新鲜，也挺有意思。中外开展大规模交流，外国人涌入中国，中国人到国外公出和旅游观光，得益于改革开放，或者说是改革开放带来的直接后果。这在改革开放前是不可想象的。1975年4月，我从贵州盘县部队驻地到北京公出，在北京住了一周。一次去天安门路过北京饭店，见到金发碧眼的外国人在北京饭店自动门进进出出，甚是好奇，借着穿军装的便利，还走进饭店自动门，到大堂转了转，为的是把外国人的鼻、脸看清楚。回到部队，我给战友们说见到的外国人，他们像听西洋景一般，有的还说，你小子有福气，俺这一辈子怕是见不到外国人了。谁能想到时势如此大变化，改革开放了，中外交流扩大了，人们现在见到外国人，已是司空见惯、不奇不怪了。

这是社会的进步，是世界的进步。中国改革开放，有利于中国的发展，也有利于世界进步，东西方相互学习，文明互鉴，从学习管理经验，到投资、市场的开放，逐步深入，地球村逐渐形成，人们相互依存度大为增强。在改革开放中获益最多的还是中国。中国开始崛起，极大地增强了国家实力，成为世界第二大经济体，人民生活水平得到明显提升和改善。实践证明，改革开放是正确的。作为基本国策是深入人心的。中央领导一再强调坚持改革开放不动摇，持续推进改革开放深入进行。

坚持改革开放，就要打开国门，欢迎更多的外国人来交流，把中国变成外国人愿意来的"热码头"。现在，世界上有一种逆全球化趋势，一些国外势力肆意打压孤立中国，遏制中国，造成人为阻断，但最终还是阻止不了全球化潮流的。全球化是人心所向、利益所向、未来走向。我们要坚信这一点。"青山遮不住，毕竟东流去"，我们要毫不动摇地坚持改革开放，扩大与外国人员和友好人士的交往。坚持这个既定国策，对中国是有好处的。

国外确实有敌对势力，确实有一些人，不愿见到中国崛起。但是，不是所有西方国家、所有外国人都是我们的敌人。我们要把不对中国友好的国家的政府和人民区别开来，把不对中国友好的那部分人和友好的那部分人区分开来，争取更多的朋友。事实上，许多外国朋友对中国是很友好的。我认识的《邓小平时代》的作者傅高义先生就是如此。他是美国人，长期研究中国，很佩服中国的改革开放。我任三联书店总经理、党委书记时，曾陪同他去南京、上海等城市演讲。他汉语说得好，我和他得以深入交流。他认为中国的发展让人瞩目,中国的未来前途无量,为中国发展进步由衷地高兴。我也和他建立了友谊,听到他去世的消息,我很哀伤。对待外国人要区别对待,不能盲目排外。只有朋友越来越多,我们的国际地位才更牢固,国际形象才更美好。因为这些都是需要国际评价的,不是自个儿评定的。当然,首先还是要把自己国家的事情办好,使自己有实力、有国际威望。

现在在民间,存在一定的盲目排外情绪,这是不好的。一些地方一些人,现时对学英语,都有一些疑虑,这是盲目排外的具体表现。一些地铁的站名,为用不用英语改来改去,一些地方开始忽视英语教学,甚至压缩英语教学时间,我对此不以为然。我考研究生时,吃过英语不好的亏。我因为英语不过关,出国上厕所都困难,怕掉队找不回来,恨不得抓住导游的衣襟走。更因为搞学术研究看不懂英文原版书望而生叹,看人家懂英语的谈版权,如堕五里雾中。英语是一种工具,掌握它方便实用。连毛主席他老人家,在晚年仍学习外语、读外文书呢!我国的改革开放,就是从学外语开始的,方便了交流,借鉴了经验,融通了智慧,英语功不可没。外语只是个工具,谁掌握它,它便为谁服务,何必视它为异类呢!更何况,世界潮流浩浩荡荡,人类交流交往不可阻挡。这是任何敌对势力和意识形态都阻挡不住的。风物长宜放眼量,切忌短视。

"你好!""你好!"愿更多中外友人的问好声在世界各地响起,愿我国的对外开放取得新成果,愿伟大的祖国在改革开放中更加繁荣富强。

100. 对宠物也不能惯着

早起在所住小区散步,听两个遛狗的老太太在聊天。一个说:我家的狗不吃狗粮了。另一个问:为什么呀?那个回答说:我弟弟他们前几天来我家,天天给它吃好的,吃馋嘴了,现在就不吃狗粮了。听的人笑笑说:这事儿整的。我听了产生一点感想:对宠物也不能惯着。

我不养宠物,但年少时也有这方面的经验。我小时,家里养了一只花狸猫,它尽心职守,抓老鼠很卖力气,它也靠抓老鼠维持生计。但我外婆来我家后,情况变了。外婆信佛,对猫很好,我妈给她做的好吃的,她有一半都喂猫了。猫有了好吃的,就不捉老鼠了。我妈被气坏了,一天气得朝猫踢了一脚。我外婆不干了,和我妈吵了一架,说你踢它就是踢我!这猫有我外婆护着,越发不抓老鼠了。我外婆离开我家后,这花猫不几天也跑没影了。我妈气得再不养猫了,她对我说,狗是忠臣,猫是奸臣,信不得。实际上,这是我外婆把猫惯坏了,和忠臣奸臣无关。

宠物不能惯,人也不能惯,尤其是对孩子。现在条件好,多有宠惯孩子的,有的把孩子惯坏了。我在地铁上,看到一个孩子打爷爷,边上的妈妈竟不吱声。还有一次,我看到一个孩子在幼儿园门口,竟然骂奶奶,奶奶还在那里笑脸相迎,我忍不住上前厉声说，小小年纪，竟敢骂老人，再骂，我把你送派出所去！这孩子才害怕了，不吱声了。我心里想：这样的孩子，长大了能学好吗？也许我杞人忧天了。

对大人、对成年人，不管从事什么职业，也都不能惯着，都必须依纪、依规、依法管理。法比天大，人人都必须在法律范围内活动，违法必受惩罚。如此，把人惯坏的事情就不会发生，也会避免一些悲剧上演。

101. 笨蛋与"笨蛋"

某日，我想积极表现一下，散步回来路过菜市场买菜，买了几个西红柿，一袋鸡蛋。妻子问：西红柿什么价？我说：二十元买了四个。妻子问：为什么这么贵？我说：人家说了这是有机肥自然生长的，绿色食品。妻子说：你上当了，这西红柿和别人卖的有什么不一样？我买的十块钱三斤。又问：你买的鸡蛋啥价？我说：人家说是土鸡生的笨鸡蛋，一袋十五个，十五元，一元一个。妻子笑骂道：你才是笨蛋，又上当了。现在鸡蛋六块多钱一斤，你吃大亏了。我说人家说那是土鸡蛋、笨鸡蛋。妻子说：怎么证明？谁来检测？就是专哄你们这些冤大头！我不知说什么好，心中有气，就冲妻子说：你不笨蛋，你不冤大头，不是在网上买东西也上当了吗？她不吱声了。她刚从网上买个刷锅刷子，看着像刷标语的排刷，收到一看，竟小得像一支毛笔。她气得够呛，跟发货方理论，人家说她没看清样品，只好自认倒霉了事。

无独有偶。第二天去单位，有同事说他在网上购物上当了。寄来的东西和样品不一样，去实体店找相同物件一比，亏了四十多元。又一唠扯，知道这种情况还真不少见。不光我"笨蛋"，购物上当，还有其他一些上当的"笨蛋"。"蛋"以群分，我们都是因为轻信别人上了当。

怎么解决这个问题？建言有三：一是买主要提高警惕，睁大眼睛，尽量避免上当。二是工商部门要加强监管，对以次充好的、以小充大的、弄虚作假的，一经发现要严肃处理，以示惩戒，以警效法者。第三，更为重要的，是在全社会加强诚信教育。诚信是社会主义核心价值观的重要组成部分，是市场经济的基石，也是我国传统工商业从业者的美德。过去做买卖讲究诚信为本，童叟无欺，留下很好的口碑。做买卖，尤其是小本买卖，挣的是辛苦钱、良心钱，只有自律，才能有良好的商业信誉。让顾客睁大眼睛，但总有看不清的时候。光靠工商部门去管，也有管不到位的地方。总不能像茅台酒一样，件件都配个检测器，照一照，是不是土鸡蛋，是不是自然生长的西红柿。还得靠经营者自律，讲良心，良心坏了，说啥也不管用。说到这里，我又想起一件让我生气的事。去年疫情防控期间，许多店铺关门，我在单位附近一家小超市，问：有无鸡蛋卖？店主说，有，是从冰箱里拿出来的，共十三个，要十三元钱。我拿回单位一数，才十二个鸡蛋。你说，这个店主是不是良心坏了？故此，我说经营者自律很重要，讲诚信很重要。而这又需要提高全体公民道德素质。看来各级文明办任重道远，工商部门须更加尽责监管。而我辈能做的，是继续睁大眼睛，尤其是眼神不济者。

102. 物有所值心方平

说起购物，我还有话说。某晚上去单位旁边一个超市，拿一双拖鞋、一双鞋垫去结账。一问，一双塑料拖鞋要35元，一双鞋垫要8元。我没好声地说，不要了！然后拂袖而去。售货员把两件物品扔回筐里，还藐视我一眼，意思是：爱要不要！

我转身去了边上的小花园，坐在木椅上平息情绪，想想自个也觉可笑。去超市购物买就买，不买就拉倒，有什么气不顺的呢。自忖自己不是小气之人。请朋友吃饭，一餐千元花去，没心疼过。帮助贫困的朋友，一次拿出几万元，也没犹豫过。怎么买一双拖鞋、一双鞋垫就迟疑了呢？不是下过多少次决心，要善待自己吗？要把大把的钱花到自己身上吗？自己又不缺钱，银行卡在自己身上，手机支付也很方便，甚至都不用密码，人家用扫描器往手机付款码上一扫，钱就划走了。支付越来越便捷，花钱越来越容易，怎么轮到自己付款购物时，就踟蹰不前了呢？不就是一双拖鞋、一双鞋垫吗？这不正是你需要的物品吗？

一直在小花园坐到华灯初上，我才把这件事想明白。原来，每个人心里都有个衡量标准，就是值不值。这个衡量标准，是就某一件事就事论事的，和其他的事物没有关联。一件事值不值，有它的衡量标准。有的老人自己省吃俭用，用攒下的钱给儿子买房子,他认为是值得。有的人省下每一分钱,慷慨捐赠上千万元从事慈善事业,他认为是值得。说到购物,每个人都会有性价比的盘算。再有钱的人,他也要盘算购得的房产、兼并的资产值不值。人人心里有个独特的衡量标准,有时是显性的,有时是隐性的。去商场和超市购物,人人都会衡量值不值,用行动做出选择。我认为一双塑料拖鞋,也就20多元,35元不值。一双鞋垫最多三五元,8元不值!如果说我不知道塑料制品原料的涨幅,对塑料拖鞋的价格不了解,那么对一双鞋垫的工艺和用料还是知道的,就是一般鞋垫,摸着厚一点,就要8元一双,太宰人了吧!于是,我"拂袖而去",是就这件事表明态度,和其他事无关。我宁愿花几万元去做善事,也不掏8元钱去买一双鞋垫,这些都是合理的,都是我发自内心的选择。物有所值,我心里才会平衡。

我还发现,随着今年气温的升高,物价也在悄然飙升,物价部门是否应当加强监管呢?如果是允许涨价,而且涨价幅度还比较高,那就应当增加人民群众的收入,让他们的生活水平不降低才对。让老百姓生活越来越幸福,这是党和政府永远不变的目标追求,应当落实在实际行动上和具体的事体中。

103. 丰宁买杏上当记

我和朋友开车去内蒙古，路过河北丰宁县。在丰宁汽车站前，看到一水果摊，朋友买了一个西瓜，我见有杏卖，十元三斤也不贵，便想买一些尝尝，但看品相不好，个别还有烂的，就有些犹豫。卖主说，好吃，就是长得不好看。这是今年最后的杏，再想要也没有了。我被此话打动，遂买了一些。离开水果摊，朋友说：你买这烂杏干什么？我说：我是挑好的。朋友说：我敢打赌，你这杏掂到车上就得扔！我不服气。到丰宁服务区，去水龙头下把杏洗一洗，洗时，又发现几个烂的。没烂的个个硬邦邦。打开一看，发现这些杏是在冰箱里冻过的，生硬不说，肉是死的，尝一口，没有一点杏的味道，于是连袋子扔到了路边的垃圾箱里。朋友笑道：让我说中了吧？你这方面生活经验太少了。我承认我经验少，事情不大，教训深刻。

概括起来说，我在丰宁买杏上当的教训有如下几条：一是，我忘记了"宁吃鲜桃一个，不吃烂杏一筐"的谚语古训。吃桃吃杏要吃新鲜的，烂的给一筐也不要。结果是不听古人言，吃亏在眼前。二是，挑水果不会挑，人家挑水果都是挑表面新鲜光亮的，我没注意这一点，杏都蔫巴了，个别还烂了，有斑痕，我还去烂中选优，自然吃亏上当。三是，看到此杏品相不佳已经犹豫，却未能就此止步，而是一意孤行，岂能不吃亏上当？四是，没有亲口尝一尝。买水果拿一个尝尝，品品好坏，这是民间惯例，也是卖主允许的。不是有话说：你要知道梨子的味道，就要亲口尝一尝。我没亲口尝，悔之晚矣。

我买杏被蒙骗，还有更深层次的原因。因为我太喜欢吃杏了。我小时，我们老家水果品种不多，只有桃、杏、梨几种。那时市场封闭，很不流通，根本见不到南方等外地水果。除了见过伟人送的杧果样品，其他水果见都没见过，不知长啥模样。我对桃和杏是熟悉的，村里有桃园，也种一些杏树。每年麦收时节，杏就成熟了，当地叫"麦熟杏"。收杏时，每户可分一些，也可低价去买，让农人和我们这些幼童一饱口福。因此，对家乡的杏，我是情有独钟的，它寄托着我儿时的快乐，也有乡愁在里面，无论走到哪里，见到杏都想买想尝。我的感觉是，无论哪里的杏，都没有我家乡的杏好吃，但聊胜于无，甚至连烂杏也不计较了。还有一个原因，是卖主的一句话，说不买杏今年就没有了。这不是忽悠，是事实。但就是这句话，让我动了心，上了当。物以稀为贵，当一种物品稀缺时，最容易以次充好。我就是在这种境况下被蒙骗的。

丰宁买杏，被朋友嘲笑。到了目的地，他拿出在丰宁一起买的西瓜，说，我会挑，看我挑的瓜。打开一看，也让人失望，不仅不新鲜，也没熟透，吃了几口，便扔到一边。一致的意见是：今后不要在汽车站前等地的水果摊买水果，此处客流多，容易上当被蒙骗。此话也许打击面太宽了。是不是这样，请读者朋友自个儿琢磨。

104. 统一店铺招牌为哪般？

我此番去辽宁调兵山参加八一战友聚会，结束后应战友邀请，去内蒙古赤峰市和乌兰察布市游玩，路过河北沽源、内蒙古喀喇沁旗等地时，发现一个奇特的现象，就是某些城镇大街两侧的店铺，无论是干什么的，做什么的，卖什么的，都统一店铺招牌格式。宽窄、长短、字体、字号大小，包括颜色，都是一样的。好像一个厂家生产出来的统一样式产品，整齐划一，中规中矩，一个标准，一个模式。虽然部分颜色有变化，但那是每一长溜招牌的颜色不同，有一长溜黄颜色的，一长溜蓝颜色的，一长溜绿颜色的，一长溜红颜色的，在长街两侧显得五彩缤纷，大概是为了美观吧。但细一看，每一长溜中的招牌都是一样的，所有街上的招牌都长得一个样。我学识浅薄，在读的古书中没有见到有统一店铺招牌一说。我游历不深，但也去过多个国家，在其他国家的城市或城镇，没有见过店铺统一招牌。在河北、内蒙古一些县市见到这种奇观是平生第一次，也想不明白有关方面为什么非要这么做的道理。

是店家主动要求的吗？显然不是。我们在沽源县城平定堡镇一饭店用午餐，专就招牌统一一事问了饭店老板。老板说，不统一不行，是镇政府要求的。每块招牌收五千元，不交不办不让营业。店老板对此显然是不满的。他说，从古至今，店铺招牌都是个性化的,到了我们这里却有了统一要求,不理解也得执行。我个人认为,店家的看法是有道理的,但胳膊扭不过大腿,没有办法。既然有人主张做,又有镇政府统一要求,就应该有他们的道理。看来,城镇中店铺招牌格式要不要统一,还是一个要探讨的问题。

政府是干什么的?政府是人民授权来管理社会的。在实行市场经济条件下,政府管理哪些,不管理哪些,是有界限和分野的。政府该管的如城市规划、财政收支、市场监管、文化事业发展,等等,必须管住,管好,但不属于政府管的,就不要去管,不要把手伸得太长,去管那些本不应去管的事务。店家只要依法依规经营,经营什么,用什么方式经营,就不用去管。包括人家店标大小,店铺名称字体字号如何,这些都不应该去管。这是企业自身的权利和行为,也是从古至今约定俗成的。假如把北京的六必居、步瀛斋、松鹤楼等名牌老店的招牌都统一起来,不仅没这个必要,还会使这些企业的经营特色消失,失去鲜明个性。道理简单浅显,一些人非要那么做,显然是"别有用心"的。

沽源平定堡镇那个饭店老板告诉我们,招牌规范是镇政府要求的,具体操作是当地"赖小"办的。何谓"赖小"?原来是那些当地的霸蛮之徒,老百姓是惹不起的。这些人打着政府的旗号具体操办,哪个企业的老板敢不从?我们不禁要问,这是偶然的组织结构巧合,还是一些人有意为之,中间有没有利益输送?有没有政府的人员在里面上下其手,从中谋利,或为亲属谋取好处？有关纪检监察机关，应该好好查一查。要知道，有些人是无利不起早的。他们做事情总有好处在里面。包括政府中的某些工作人员，他们会以各种名义、借各种机会为自己捞取好处。

当然，我们要相信大多数领导干部和政府工作人员，他们做事的初心是为人民服务，为老百姓办事，包括做统一店铺招牌一事，并不都是为了捞取好处，而是以推进城镇工作和美化环境为目的，是好心办了错事。他们之所以出错，根子是犯了形式主义的错误，是形式主义支配了他们的行为。在他们眼里，把标牌统一起来，多么亮丽，多么整齐，多么好看，不仅美化了环境，而且提振了商户的经营信心。而实际上，这种统一，不仅没有美化，而且给人呆板、缺少生气和活力的印象。一花独放不是春，万紫千红春满园。店家的招牌也是一样，各具特色才显现经营才能和生命活力。支持店家搞好经营，靠的是好政策，统一店铺招牌对企业发展无济于事。须知，在人类社会和企业管理中，有些是需要整齐划一的，有些却并不需要整齐划一，有时候差异化、多样化更有利。同则不继，太相同的事物反而没有活力。管理国家也好，管理社会也罢，该管住的一定要管住，该放开的一定要放开，政府要有所为有所不为，不是管得越多越具体越好。一味严管多管，社会和企业必然缺少活力，对发展不利。

概言之，针对治理统一店铺招牌之类的乱作为，一是要加大监察力度，警惕某些政府工作人员以各种"政治正确"名义,巧立名目,以权谋私,假公济私。二是要加大对形式主义的查处力度。对搞形式主义造成危害的,也要严肃查处。对热心搞形式主义、摆花架子的人,不能信任和重用。现在党中央、国务院强调大力支持民营企业发展,各地各部门要拿出实实在在的办法,再也不要去做那些统一店铺招牌之类的蠢事了。

105. 白开水的味道

　　白开水是什么味道？习惯饮茶的中老年人以及乐于享用饮料的年轻人，似乎已经淡忘，或者已没有什么印象。白开水是有味道的，淡甜、清纯、爽口，就如在各色美女中，属于素面朝天的那一种，素面朝天得有自己的味道。昨天晚上，习惯饮茶的我，因为一时不方便冲泡茶叶，便倒了一杯白开水来解渴。无意间又品到了白开水的味道，一口一口沁入心田。再倒一杯静下心细品，甘洌、淡定，似乎又回到了过去的日子，回到了纯真地喝白开水的年代。记得从小时候开始，我就是习惯喝白开水的。说实话，那时家里困难，能喝上开水就不错了。当时在农村，谁家有暖水瓶可不得了，那可是个稀罕物。没有暖水瓶的家，喝水都是现烧现喝。我家有暖水瓶，是因为我大哥的儿子在城里出生后送回家给我父母带，要冲奶粉就得有热水随时提供，我是借了侄儿的光，才能每天喝上开水。不过，那时烧柴困难，能喝上开水也是不容易的。我们老家没有喝茶的习惯，我在少年时甚至都没有见过茶叶。印象中有人给父亲送过一盒桂花茶，包装是一个长方形纸盒，我父亲把它"束之高阁"，待到有尊贵的客人来家，才舍得用一些，以致后来干枯变质丢弃了。尽管如此，我们也没有觉得可惜。一方水土养一方人，所谓"柴米油盐酱醋茶"的"茶"，在我们那里是不时兴的。有尊贵的客人到来,我们时兴煮鸡蛋茶,一个碗里放五六个荷包蛋,既解渴又充饥,是我们待客的最好东西。一般的客人就是一碗白开水,碗有大有小,也不怎么讲究,能饮之解渴即可。白开水温润、淡甜、清爽,但不同的白开水有不同的味道。如用不同柴火烧出的水,格调就不同。用农村麦秸烧出的水我们叫"麦秸水",喝着就特别解渴。水的来源不同,味道也不同,深井的水甘洌,河中的水淡定,水库中的水醇厚。无论哪一种白开水我都喜欢。回到家自己喝一碗,为一瓢饮而痛快;去别人家里喝一碗,受到尊重。水是生命之源,我们老家乡亲们对水格外看重,待客是大方的。所谓"君子之交淡如水",这个水应该就是指的白开水,在一碗水的交往中结下了深厚的情谊。

我参军入伍到部队时,还一直保持着喝白开水的习惯,只是后来到了部队机关,才逐渐有了喝茶的嗜好。我想其中原因有三:一是受部队环境的影响。部队里的干部战士来自四面八方,许多南方人都有饮茶的习惯。二是人际交往的需要。"同志哥,请喝一杯茶",人家投你茶,你总得回报之,久而久之就成了习惯。三是写作的需要。有人说喝茶能解困,尤其对搞写作的人有刺激兴奋的作用,我以为然,故在写作时便泡上一大茶缸热茶,边品茶边写作,虽不思绪汹涌,但也困意全无。久而久之,就养成了"茶依赖"。虽然彼时津贴不多,但去军人服务社买斤把三级花茶(不知何故,当时部队供应的均是花茶),还支付得起。记得那时是在贵州的深山里,有许多个不眠的夜晚，我都是在面对稿纸、手捧一个大茶缸的情形下度过的。战友们来了，用炉火煮茶，也是一大乐趣。就这样耳濡目染逐渐参与其中，我们一起从河南老家入伍不知茶为何物的战友，竟逐渐都有了喝茶的习惯。一晃几十年过去了，喝茶成了我的爱好。不仅喝花茶，还喝起了绿茶、红茶，懂得了夏季喝绿茶、冬季喝红茶的道理，了解到茶有不发酵、半发酵、全发酵之分。绿茶属于不发酵茶，乌龙、铁观音属于半发酵茶，普洱属于全发酵茶。哪些茶能清肺明目、助消化等也略知一二。也了解到茶的种类繁多，哪种茶在哪类茶中最为有名。几十年下来，喝过的茶有几十种。有的茶盛名之下其实难副，有的茶不合自己的口味，渐渐地锁定几种茶作为自己的最爱。喝茶的茶具也讲究起来，购置了茶台、茶具，煮茶则用纯净水、矿泉水。茶成了生活中的一部分，"柴米油盐酱醋茶"，茶成了开门七件事中的一件。参加会议，边品茶边听报告神清气爽；日常家居，泡杯茶品之怡然自得；接宾待客，倒茶劝茶成了必备的仪式。渐渐地，茶在生活中占据了重要位置，不再喝白开水，白开水的味道也渐渐从味蕾上消失了。

今夕何夕，喝一杯白开水，竟然又回到不喝茶的岁月，品出了白开水的味道，且对此如此钟情！山还是那个山，水还是那个水，人还是那个人，因何竟发生如此大的变化？深思之，方知是因人生的阶段不同，我有了新的感悟。年岁渐长，已过花甲，随着退出工作岗位，对人生对世界的看法、感悟也发生了变化。以前喜爱油大肥甘，今日则喜欢菜蔬清淡；以前喜欢美衣轻裘，现在衣服合身则喜；以前贪车马之舒适，现在以散步走路为乐趣；以前以广收文玩为爱好，现在留一二珍品便满足；以前喝酒饮浮大白，如今饮酒浅尝辄止；以前以狐朋狗友多为荣，而今常叹"人生有一知己足矣"。即使喝了半辈子茶，也渐渐淡然，不像过去那么讲究。自题诗曰"家居坐看日影挪，旧茶且当新茶喝"，不复有当年"诗酒趁年华"的豪迈。随着人生阅历的加深，随着一天天老去，我似乎悟出了更多的人生道理：删繁就简三秋树，一切以简为好。高官不高官不重要，钱财多不多不重要，人长得漂不漂亮也不重要，重要的是身体健康、心情愉悦，一切荣华富贵，一切浓墨重彩，一切声色犬马都渐渐隐去，就像油漆了的光鲜的家具，又回到了木质的本色，给人恬淡、舒适和宁静。

　　就是在这种景况下，在渐渐老去的背景中，我又品尝到了白开水的味道，恬淡、清纯、爽口，细品，有一种纯净，有一种悠长，也给人一种宁静。美酒固然好，高汤固然好，名茶固然好，各式饮料也不错，但是，白开水却是最丰富的养料，因为它是我们人生的底色，它使我们单纯、无忧，无有贪婪之念，它最终会陪我们回归大海，变为大海中的一滴水。我相信，当你像我一样一天天老去，一杯白开水就会成为你的最爱。

106. 战友战友胜似兄弟

某自媒体报道：据统计今年八一建军节，全国退伍军人组织聚会约5786万场次，动用车辆1235万辆，畅饮各类酒水28000余吨，实现内需消费约10.2亿元。具体数字准确与否，我不敢肯定，应以国家有关部门发布的数字为准。但有一点可以肯定，今年八一建军节前后，各地战友聚会的场次、频率、人数，均达到历年之最。仅我参加的基建工程兵第41支队辽宁调兵山战友聚会，就达到300多人。而事后知道，在同一时间同一城市同一部队战友聚会的就有三伙。三伙相加，再加上当地战友参与零散接待而未报名入会的战友，人数应在千人之上。调兵山聚会结束后，我们应内蒙古战友邀请去内蒙古玩，又了解到内蒙古有多起战友聚会。其中41支队404团五中队，一个连的战友聚会就达到百人以上。经初步估算，我所在部队的战友聚会人数有数千人。而从基建工程兵战友之家平台获悉，原先所属基建工程兵的大部分部队，都有战友聚会。推演到全军各个兵种各个老部队，战友聚会的规模人数，一定会大为增加。全国各地战友聚会纪律严明，秩序井然，缅怀青春岁月，回顾战斗生活，发扬优良传统，展现爱国情怀，传递正能量，产生良好社会影响。也为拉动节假日消费做出了贡献。

今年八一战友聚会"井喷式"呈现，有其现实原因。一是新冠疫情三年，耽误了不少场战友聚会。从部队出来的人，是最讲按计划做事和守诚信的，一旦条件允许，就要执行原计划，目前的"井喷"是原计划的"延后实现"。一些主事者为实现原计划而奔走，战友们为原计划的实施而兴奋。二是退役老兵年纪越来越大，多有时不我待之感。都想趁着有生之年和战友见面，叙叙友情。而因三年疫情耽误，一些战友未见面而逝，造成的遗憾加大了战友见面的紧迫感。所以，一有战友张罗聚会就有许多战友响应，使聚会频率、人次大为增加。许多高龄战友为见一面而欣慰，且当"生离死别"看，大大增加了聚会的积极性。我们基建工程兵1982年撤销前的最后一批兵，目前均已退出工作岗位，许多干部战士年事已高，参加聚会的心情尤其迫切。我们战友聚会时，其中一位老兵已80多岁，需要被人扶才能行走，睹之让人感动。三是想传承革命传统，让子女一起参观自己战斗过的地方，了解自己和战友们创造的辉煌业绩、对国家建设做出的贡献。战友聚会期间，正值各地学校放暑假，不少战友携子女前往，目的是使他们受到部队优良传统和革命精神的熏陶，相信聚会对子女正确三观的形成有良好作用。四是广大退役军人响应国家号召，通过战友聚会扩大消费。据我所知，所有战友聚会都是自掏腰包，实行AA制，路费也由个人自理，没有给国家和单位增加任何负担，战友聚会还拉动了当地的消费。所有战友聚会都实行财务公开，尽量精打细算节省开支。我参加的战友聚会，组委会实行严格的财务管理，有公开的明细台账。几百人的聚会，结束时笔笔分明，剩余一两千元，也还要留作给战友寄资料的快递费用。战友们对组委会的安排非常满意，表示期待下一次战友聚会。

战友聚会频繁，气氛热烈，深受老兵们欢迎，更深层次的原因，是战友情深心心相印。几年战友一世情，这是军人们普遍的人生感受。人们常说，战友战友亲如兄弟。依我看，战友间的情谊比兄弟还要亲，还要深。军队是执行特殊任务的武装集团，人民军队是为维护人民利益而建立的人民武装，所有军人在这个大熔炉里严格锻炼，接受考验，在共同完成各项战斗任务中紧密团结、密切配合、生死相依，建立了极其深厚的情谊。这种深厚情谊是在共同生活、共同训练、共同学习、共同执行任务的摸爬滚打中建立起来的。一个人，一旦参军，他就有了一个不一样的人生，也建立了不同于常人的战友关系、战友情感。战友情谊不同于兄弟情谊。兄弟关系是血脉关系，同气连枝，而战友关系却是在战斗和生产建设中成年累月建立起的生死相依的战斗友谊。大家都是一不怕苦二不怕死，在战斗中把死亡留给自己，把生的希望留给别人；在执行任务中，把伤亡留给自己，把安全留给战友。在战场和类似战场的环境中，战友间结下的友谊高于任何友谊。战友情谊不同于同学情谊，它高出任何同学情谊。同学同学，是共同求学。战友战友，是共同战斗。求学是为了取得良好学习成绩早日成才，目标单一，呈现个人奋斗。而当兵却是有着保家卫国的共同目标，长年累月执行同一战斗任务，同欢同乐，共同流血牺牲。为共同目标实现而建立起的情谊是殊为珍贵的，其奋斗的过程，也是常常让人回味的。战友情谊也不同于朋友间的情谊，朋友间的关系值得被珍视，但也有许多是基于利益关系而建立起来的，利来而聚，利去而散。而当兵的人是为了共同的革命目标走到一起，是纯洁纯粹的人间情谊，能为别人牺牲生命，还会看重个人的私利吗？军人情谊不同于一般人际关系之处，还在于他们正值青春年华时，就离开家乡离开爹娘，一起被按班按排按连按营分派在一起，同吃同住同睡同训练同学习，穿着相同的军衣，吃着相同的饭菜，处在同一环境中，长期执行共同的任务，互相了解，互相照顾，互相体谅，互相关照，老带新，新敬老，兵兵相爱，官兵一致，一天天，一年年，一批批，铁打的营盘流水的兵，一旦离开这里，就怀念战友，想念军营，有什么关系比得过在军营中结下的刻骨铭心的战友情谊！

"咱们当兵的人，就是不一样！"不一样的经历结下了不一样的情谊。战友，是我们共同的名字。八一，永远是我们共同的节日。军营，是我们永远怀念的地方。共同的战斗经历，是我们曾经的骄傲。绿色军衣，是我们一世的本色。战友情，是我们珍藏一世的情谊。从辽宁到内蒙古，一路走来和战友相聚，到处是笑脸鲜花美酒歌声，酒醉了一次又一次，醉倒在浓浓的战友深情里……

今天就要告别你们回程，我亲爱的战友！我将记着聚会时的欢笑和泪水，我耳畔仍回荡着蒙古包里的甜美歌声。"一，二，三，四……"我似乎仍唱着《打靶归来》那首歌，行进在日落西山红霞飞的回军营路上。

107. "说出来骂出来"就好吗？

下午散步到北京正义路街心花园，我在条椅上小坐，听到对面椅子上，一个中年女子在劝一个老者。从称呼看，女子是老者的后辈，或是女儿，或是儿媳。女子说，爸，你以后对啥不满意，或是生了气，就说出来，骂出来，不要憋闷在心里，憋闷在心里会生病。老者看着有七十多岁年纪，没吭声，但见他点点头。女子又说，我有个同学的父亲就是这样，不高兴就说，生了气就骂。骂完了，气顺了，该吃吃该喝喝。你生气，人家一点也不生气，都活到九十多岁了。这是举例说明。老者又点点头，说明同意这个看法。他以后会改变否，我不知道。但女子这番话，我倒是记住了。而且在心里掂量：这番话有没有道理呢？

说实话，我心里是存有困惑的。因为，我以前听得更多的是，老年人要有修养，大人不计小人错，要有涵养，宰相肚里能撑船。要按"不气歌"说的"不气不气我不气，气坏身体无人替"。有人甚至把老年人"发火、骂人"归为"为老不尊"之类。我过去比较倾向于遇事想开些、保持平和心态，尽量不生气。我就是以这种心态劝人劝己的。没事不惹事，遇事尽量息事宁人。性格偏软偏面。就像一个夜晚的打更人，敲着锣喊："平安无事啰！"这最能表现我的心态。

听了那女子劝老者的一番话,才知道老年人可以有另一种活法。心里不舒服,想骂人就骂人,骂出来心里就舒坦了,健康长寿了。仔细想想也有一些道理。老年人最怕生气,生了气郁结在心不是好事。我老家有句话,叫"气是杀人贼",气是能杀死人的。一些人的死,不是撑死的,饿死的,而是气闷心中而得病去世的。为此,把气及时发泄出来,不在心中形成堰塞湖,不致形成病灶,这就显得很重要。因此,那女子的话,也有一定道理。记得看过作家蒋子龙写的一篇文章,说的是该生气还得生气,因为生活中,生气是避免不了的,要想不生气是办不到的,故没有必要忍着、让着、憋着。他是从老年人人生态度说的,不是从健康长寿角度说的,但有一点相同,就是有了气,要发泄出来,排泄出来,使气走心安,有异曲同工之妙。

那么,夕阳红的老年人,如何处理心中不快这件事,就有两种思路,两种方法。选哪一种,要根据个人性格和脾性,不能一概而论。你不能让白衣秀士王伦去杀人,也不能让黑旋风李逵静下心来听讲课,因为两人性格有太大差异。在老年人中也有两类人,有的人很有修养,比如北大一些老教授都很长寿,他们是靠想得开长寿,不是靠骂人撒气长寿的。还有一些好好先生,遇事想得开,也不用靠骂人出气增寿。但有些人,确实需要把气出出来,不把气出出来,就不舒服,就影响身体健康。因此,任由他们发泄,或者鼓励他们发泄,那个女子做老者的工作就是如此,是孝顺之举。只要老人家发泄了、快乐了、健康了,身边的人受点气也没啥,真是难为子女们了。但是不是发泄了就健康了、长寿了？似乎也不尽然。我大舅到了晚年，特别爱骂人，生气时骂，满脸怒气地骂；高兴时也骂，慈眉善目地骂。天天骂声不断，但也没有太长寿。在我们河南农村老家，一些老年人都爱骂人，好像是一种生活态度，一种情绪表达。他们中有长寿的，过百岁的，也有短寿的，六十多岁就去世的。可见，任何事都不可一概而论。在如何选择长寿的方式上，也应因人而异，不可生搬硬套强求一律。此为散步中"窃听"一得。

108. 我长得像曹德旺？

前几天我在泉州看了妈祖庙等几个景点，打车回宾馆的路上，司机不专注开车，却盯着我看。我说，你看什么？他说，我看你像一个人。谁？我问。司机说，玻璃大王曹德旺！太像了。我笑了。司机说，你这一说一笑更像了。我说，我不像曹德旺，我若是曹德旺，就不打你车，有专车侍候了。司机说，曹德旺我见过，是我们福建人，发家了还热心慈善事业，受人尊重。我临下车时，司机还在说，你俩真是长得有点像噢！

回到宾馆房间，百度曹德旺，仔细看，有点相似，慈眉善目，快人快语，企业做得很大，也办了不少慈善事业，是成功人士。曹德旺的大名我早就知道，这一查，对其情况有了更多了解。曹德旺，1946年5月出生，福建省福州福清市人，福耀玻璃集团创始人、董事长。1987年成立福耀玻璃集团，目前是中国第一、世界第二大汽车玻璃供应商。他是不行贿的企业家，自称"没送过一盒月饼"，以人格做事；他是行善的佛教徒，从1983年第一次捐款至今，曹德旺累计个人捐款已达80亿元，认为财施不过是"小善"。2009年5月，曹德旺获得有着企业界奥斯卡之称的"安永全球企业家大奖"，是首位华人获得者。还好，司机说我像曹德旺，没说我像许家印，我颇感幸运。

世界上的人，像树叶一样，没有一片和另一片长得一模一样，即使是双胞胎，细看也有差异。但长得像的人是有的。因为有人长得像，生活中也因看错人，闹出过不少笑话。小说、电视剧也以此制造出许多矛盾和冲突。我在生活中也见过长得像的人。正是因为人与人长得有点像，电影、电视剧选特型演员才好选，才看着像，这是大家都知道的。

有人说我长得像曹德旺，这我是第一次听到，也是第一次知道。也许上了年纪，体形容貌都有变化，显得沧桑和老成，才有人说我像曹德旺。其实我年轻在部队服役时，有人说我像《平原游击队》里的"李向阳"。一次我们部队去徐州郊区搞助民劳动，一群少年儿童跟在我后面跑。我莫名其妙，问之，他们笑笑不语。即走又跟着跑，边跑边喊："李向阳！""李向阳！"我才知道是怎么回事。回去照照镜子，似乎也有点像。但我哪像人家"李向阳"那样英武，那么勇敢，那么受人尊敬。后来，我才知道扮演"李向阳"的是著名演员郭振清。说我长得像"李向阳"，实际上是说和郭振清像。我很幸运，没人说我长得像"甫志高"，像"甫志高"就坏了，那就沾了叛徒的恶名了。

我认识到，人的一生是一个变化的过程，体貌特征、思想、三观、爱好等，都在变化着。到老时，连个头也缩短了。发生改变的不仅是这个世界，也不仅是大地、山川、河流，每个人都在变化着，"坐地日行八万里，巡天遥看一千河"，宇宙在变化，万事万物都在变化中。比如我，年轻时像"李向阳"，老来却像"曹德旺"了。既然有人说我像曹德旺，那我也得认真想想，能在哪些方面向曹德旺学习和看齐。相貌是不由个人决定的，拥有的财富也因人而异，但做人是有标杆的。曹德旺就是我学习的标杆。我要学习他历经艰难困苦不怕挫折、不向命运低头的精神，学习他"想过好日子没有错"的坚定信念，学习他敢于搏击风浪在市场上拼搏的劲头，学习他敢为人先、大胆创新的顽强意志，学习他努力把企业做大为国争光的民族自豪感，学习他"人民企业家"的良心，学习他捐助公益事业的菩萨心肠。虽不能至，心向往之。我还有一个心愿，假如哪一天有人拍摄曹德旺的电影、电视剧，如需要，我可以去当演曹德旺的特型演员。我不要片酬，只要曹德旺先生亲手赠我一块汽车玻璃。到时，我会握着曹德旺先生的手说：老哥哥，失散多年的兄弟终于见面了。哈哈！可乐不？

109. 窥一斑而知全豹

我在吉林大学读书时的古汉语老师许绍早,是王力先生的弟子,其古汉语造诣很深。20世纪80年代末,他主编的《世说新语译注》,我到现在才见到,是参与译注的刘家相老师寄赠我的。我得之如见师面,将书置于案头,有空时便读之。今日读到《世说新语·方正》第五十六篇,看到了"管中窥豹"的出处。"王子敬数岁时,尝看诸门生樗蒱(一种赌博游戏),见有胜负,因曰:'南风不竞。'门生辈轻其小儿,乃曰:'此郎亦管中窥豹,时见一斑。'子敬瞋目曰:'远惭荀奉倩,近愧刘真长。'遂拂衣而去。"译成白话,意思是这样的:王子敬只有几岁的时候,曾经观看一些门生赌博,看见他们有输赢,便说"南风不竞"(南边的要输)。门客们轻视他是小孩子,就说:"这位小郎也是管中窥豹,时见一斑。"子敬气得瞪大眼睛说:"比远的,我愧对荀奉倩;比近的,我愧对刘真长。"于是拂袖而去。

王子敬就是王献之,其父是大书法家王羲之。王献之长大后也成为著名书法家,与父亲并称"二王"。这里说的是他小时一件逸事,由此可见他的抱负和性格。

从"管中窥豹"这一成语的原始出处看,它是贬义的。"管中窥豹,时见一斑"连起来理解,就是在竹管中看豹子,看的只是很小一部分，并不全面和完整，于是王献之才会生气，才会拂袖而去。后来，词义发生了分化，不知从何时起，"管中窥豹，时见一斑"变成了"管中窥豹，可见一斑"，一字之变，词义大相径庭。后者说的是可以通过局部看到或推测出全貌，这就有预测学的意义了。甚至演化出了"窥一斑而知全豹"的成语，这完全是正面的、褒义的了。如是用这个成语评价王子献，他不仅不会拂袖而去，还会乐得舞之蹈之了。

渐渐地，不知不觉地，"管中窥豹，时见一斑"就分化为两个成语。一是简化成"管中窥豹"，代表本义。二是转化成"管中窥豹，可见一斑"，又进一步转化成"窥一斑而知全豹"，用来赞扬一些人的聪明、有预见了。而这两种不同含义的后面，代表看问题的两种不同思想方法。前者是片面的、局部地看问题，抓住一点不及其余，当然是反映不了事物本质的，是不值得提倡的，在现实生活中要尽量避免的。后者是抓住事物的本质特征，有联系有预测地看问题，去揭露事实真相，去分析事物的发展趋势。虽然不一定完全准确，也是八九不离十的。这里有观察问题的方法和角度问题，也有观察事物的能力问题。比如，有的人原本就是色盲，你给他什么彩色图谱，他都看不清楚。视力存在问题，你有什么办法！现在互联网上很热闹，人人都在发表意见，从跟帖就能看出每人的看法。有一些人就是管中窥豹，甚至连豹子的影子都没见到，就在那里胡咧咧；而有的人却能抓住事物本质，在那里说得头头是道，让人佩服。两种思维方法、两种分析能力、两种效果，让人高低立判。

我这里重点说一说"窥一斑而知全豹"。有人还在后面加一句,成为"窥一斑而知全豹,观滴水可知沧海"。那么,窥到豹子的一两点斑纹就能知道整只豹子是什么样子吗?知道海水的一部分就能了解到大海吗?观察事物的一部分就可以推测到事物的全貌吗?对此,我们的回答是肯定的。我们说得肯定,是肯定这个成语的合理性、实践性、现实性。在现实生活中,确实有些高人能做到这一点。他们善于抓住事物的一点和几点本质特征去认识事物的本质和面貌,通过风起于青蘋之末、浪成于微澜之间来观察事物的走向和趋势。我们不是高人,但只要是聪明一些的人,都会通过一个个的个体事例进行推演。比如,对一个不孝敬父母的人,人们会认为此人不怎么样。因为他对生养自己的父母都不孝敬,会对别人好吗?比如这个人很自私,处处替个人打算,就会推测到他不会有许多真心朋友。对其他事物的观察也是这样,抓住几个具有本质特征的事件,就能知道它的前途。

我不是什么高人,也不是聪明人,但数十年的人生阅历,也积累了一些观察事物的经验。比如,我到一个城市考察文化建设状况,会主要看新华书店、图书馆和文化设施建设情况。我到一个城市看它的基建和房地产情况,我习惯数塔吊,通过塔吊数量,就知道了大概情况。你看看现在城市里塔吊耸立的有多少,便大体可知房地产的未来了。观察一个组织也是如此。国际上有一个恐怖组织,惯于把妇女儿童放在前面当掩体掩护自己，以达到保命和制造恐怖的目的，就此一点看，这个组织就不是什么"好饼"。不管它自吹有多么崇高的目的，就这个以妇女儿童为盾牌的卑劣行径，就十分残忍且罪大恶极，让人极端鄙视。更不用说其他更加残忍的暴行。若有远大目标，你自个儿勇敢献身就是，像个男人去战斗就是，怎么能把妇女儿童裹挟其中，让弱势群体为自个儿当盾牌挡枪子儿，这些人还有人性吗？还是人吗？这种人组织的恐怖组织就是毒瘤，文明社会必欲除之而后快，其最终灭绝也是必然的了。

读《世说新语译注》有所悟，拉拉杂杂写下这些感想，供有兴趣的朋友们批评吧。

110. 可大可小的鱼

内侄从长春到北京出差，今天到家里拜访。中午宴请安排在大兴的一家川菜馆。这是一个有名的连锁店，信誉和品位都不错，以前来过几次，这次又选这里，出于信任。但在埋单时却出了错。收银员说消费879元。我表示疑问，怎么这么贵，你再算算。收银员又算，这一次是711元。姑娘笑着说，不好意思，刚才算错了。我说，怎么出入这么大？姑娘说，刚才把水煮鱼的重量算错了，两斤算成三斤了。我一看，刚才多算一斤，多出168元。我说，你们这么做太不应该了，这不是蒙骗消费者吗？鱼多大多重是事先称好的，怎么能变大变小呢？刚才算3斤，现在又成了2斤，不是明显糊弄人吗？做买卖能这么干吗？收银员不吱声了，我也就作罢了。回到桌上与妻子和内侄一说，他们都说饭店太不应该了，而且是讲究信誉的名店。我说的是真事，手头有两次开的单子为证。但为了保全店家的名誉，我就不直指其名了。

回家蒙头睡了一觉，酒醒。摸出口袋里的两张菜单，又想起了中午埋单的事，想起了那条可大可小的鱼。越想，越觉得店家是故意蒙人的。如果账单有错，那也应该是多收或少收。当然，多收的时候多，少收基本没见到。多收，一般是重复计算，或者其他原因。这个店家在鱼的分量上做文章，明显有问题。因为鱼的分量,是事先上秤称好的,不能随便变化。我一提出疑问,马上重算,说鱼多了一斤,说明收银员是心知肚明的。顾客无疑问便罢,有疑问就立即纠正。从弄虚作假角度看,这也太小儿科了吧?

当然,问题的实质不是小儿科大儿科,是店家根本就不应该弄虚作假,不该变着花样来糊弄顾客。这样的事,正人君子不为,真正的企业家不为。我确信,这样的错表面错在收银员,但后面一定有老板的授意。因为多收的钱,都在账上,揣不进收银员个人的腰包,得利的必定是老板,是老板支使的,这就更让人心里不舒服。我不是为差点多付一斤鱼钱而不满,而是为某些店家商业道德的沦丧而痛心!

在这里,我善意地提醒存在这方面问题的店家,千万别再这么干了。我们作为顾客,体谅你们的难处。三年疫情开少歇多,现在消费低迷,客人减少,维持不易,挣钱更难,加上各项成本抬升,能开下来就不容易。开下来是为个人生存,也为社会做贡献,亦为顾客衣食住行提供便利。但难归难,苟且之事不为也。同仁堂有联曰:炮制虽繁必不敢省人工;品味虽贵必不敢减物力。这就是这个中华老字号的经营理念,也是其长盛不衰的原因。如果店家经营有困难,勾不回成本,就明明白白地在菜品上涨价,让顾客心中有数,而不是让其莫名其妙地挨宰。如果不光明正大为之,而是躲在后面"小偷小摸",那受蒙的是顾客,最终受伤的还是店家,信誉没了,客人少了,结局也就可想而知了。

我还要提醒一下常到外面消费的顾客，去埋单时要详细看一下单子，仔细核算一下，看有没有算错。这时候，真的是"害人之心不可有，防人之心不可无"。这不仅是钱的事，而是维护消费者的权益。说实话，我以前去酒店超市消费，都是不看单的。一是怕麻烦，二是相信店家不会算错，三是磨不开脸面，不好意思计较。和妻子外出消费，对她每次仔细核对，我还不以为然，面露嘲笑之意。现在"一条鱼"教育了我，让我清醒，让我提高了警惕，不是怕花钱，不是花不起，而是不能花得不明不白。这不是一条鱼的问题，而是事关是非的问题，事关社会公正和道德风尚的问题，如此重大，岂可小视？愿去消费的顾客都能睁大你的眼睛。

有朋友也许会说，社会上不平之事甚多，贪官污吏，医疗腐败，房价虚高，恒大爆雷，等等，你不去关注，却关注一条可大可小的鱼，是不是太小题大做了？非也。我们只有从小事做起，从身边事管起，如此，社会才会清明，天空才会清朗，不知读者诸君以为然否？假如一屋不扫，又何以去扫天下呢？

111. 胆小鬼永远难成气候

"胆小鬼永远难成气候"这句话不是我说的,是著名作家、文学翻译家萧乾先生说的。这是他称赞出版家钟叔河的一句话。他认为钟叔河"是一个勇敢的编辑,不怕自找麻烦",勇于创新,成就不俗。

推演到日常生活和人生事业中,这句话也是成立的。胆小鬼成不了气候,干不了大事,唯有具有胆魄的人才能勇往直前,打出一片天地,创造出前人不曾有过的业绩。这个结论,是历史得出来的,是生活得出来的,是从无数活生生的例子中总结出来的。

这里首先要说清楚,所谓胆小胆大,是从人性格说的,是从符合常理说的,是从符合社会法律和道德规范说的,一句话,是从社会正义性角度论述的。不是提倡"天黑杀人夜"式的大胆,亦不是"人有多大胆,地有多大产"式的大胆,而是遵从社会客观规律的大胆,不是"傻大胆",不是异想天开,也不是不计一切后果的大胆,这不在我们讨论范围之内。

如果细心观察,你就会发现,那些千古英雄,那些流芳百世的人,那些当世的成功人士,他们除了有超人的智慧和能力,有远大的目标和坚韧不拔的意志,还有常人不具备的过人胆略。这种人不安于现状,不拘于一格,在一拨人中,在一群人中，很快就能露出头角，时间长了，就会成为风云人物。这方面例子很多，我在这里举个大家感兴趣的外国例子。

俄国女皇叶卡捷琳娜大帝与波将金的结识，就是由波将金的"大胆"引起的。当刚刚成为女皇的叶卡捷琳娜穿着军服，骑着高头大马，挥舞军刀，准备指挥队伍前进时，突然意识到自己的军刀缺少穗子，不够潇洒和威武，于是四处张望寻找。这一幕被格里戈里·波将金看见并猜想出来了，他急速驰马上前，献上自己军刀的穗子。而且还由于马匹不肯离开，有机会和女皇对话几句，加深了女皇对他的印象。战争大获全胜后，女皇想起那个给她献军刀穗子的人。骑兵团的指挥官建议晋升波将金为骑兵少尉。叶卡捷琳娜二世亲笔批示："必须是中尉。"于是波将金被晋升为中尉，此外还被奖赏一万卢布。波将金在成为叶卡捷琳娜的掌权搭档之后，对一位朋友回忆道，他能"走上荣誉、财富与权力的道路，全都要感谢一匹放肆的马"。其实，真正要感谢的是他自己的大胆。没有他"万人丛中一献穗"，女皇怎能记住并认识他？那匹马只是"很识相"，积极地予以配合而已。波将金的"大胆"使自己抓住了机遇。

在现实生活中，那些胆大的人，不甘于现状的人，往往致富起步比一般人早些。小岗村十八户农民搞分田到户，马胜利承包造纸厂，年广久创卖"傻子瓜子"，曹德旺贩卖香烟、水果，搞所谓的"投机倒把"等，他们都比别人早赚到了第一桶金。河南农村承包责任田后，先富裕起来的，都是打破常规，改种药材和果树的农户，他们比一般农户先富起来了。他们比一般农民敏锐，也胆大，敢于尝试。我们那一带农村流行一句话，叫"撑死胆大的，饿死胆小的"，就是农民对这种现象的一种朴素总结。也可以说，农村一轮又一轮改革，都是胆大之人带起来的。

对于政治家来说，胆大才有作为，胆小是成不了气候的。我们评论一个政治家，多说此人有胆略、有胆识。有胆有略，有胆有识，缺一不可。但胆是第一位的。不大胆就打不破原有格局，就不能创造新世界。而大胆革新，也成就了他们自身，奠定了个人在历史上的地位。反观那些畏缩不前的人，大都无所作为，成为历史天空的匆匆过客。

说了半天人"大胆"的好处，那么生性胆小的人，就无所作为了吗？也不尽然。胆小也有好处，胆小安全，不冒大的风险。胆小能稳步前进，没有大的闪失。胆大有胆大的好处，胆小有胆小的好处，不可一概而论。就像生活中有快节奏、慢节奏，快生活、慢生活，各有利弊。而且最好互相补充。胆大的要心细一些，胆小的偶尔也"一展雄风"。就像老百姓说的，这政策，那政策，能让老百姓过上好生活，就是好政策。这日子，那日子，心里舒坦就是好日子。一切看实际效果，一切让实践检验，一切让历史做出评判，一切让老百姓做出评价。这就不是胆大胆小的简单问题了。"胆小鬼"这个话题已说了许多，也有点扯远，到此打住吧。

112. 读书破万卷，下笔如有神

近些年，我在北京"中华文化大讲堂"和其他一些地方，做过多场"全民阅读与社会发展""阅读与人生"等讲座，比较受欢迎。今年四月在深圳某企业，一些青年员工希望我讲讲阅读与写作、与创作的关系，通过听讲座提高写作能力。他们说，现在要求写的东西太多了，天天写，又不会，很为难。希望得到指点和帮助。

讲阅读与写作，这是一个新课题，我思考后拉了一个提纲，开讲。我说，读书与写作的关系，唐代著名诗人杜甫，讲得最精当、最经典、最生动、最到位，这就是他在《奉赠书左丞丈二十二韵》中的诗句："读书破万卷，下笔如有神。"它深刻揭示了读书与写作的关系，是至理名言。明确无误地说，大量阅读，能提高写作能力。为什么这么说呢？

一、阅读能提高人的素养，而从事写作，良好的素养是第一位的。没有好的素养，写不出好的文章、好的作品。好文章、好作品不是无源之水、无根之木，不是"无土栽培"之果，需要有培育它的沃土。这个沃土就是人的素养，包括思想素养、道德素养、文化素养、文字素养等，而这些素养不是一蹴而就的，是通过参加社会实践和读书炼成的。阅读是提高素养的重要途径，素养高低决定文章的层次、水平和成败。

二、阅读可以熟知各类文章的类型及掌握必要的写作方法。文章分为多种类型，不同类型的文章有不同的要求和写作技巧。按体裁分，有机关公文、新闻报道、法律文书、文学创作。文学创作又分散文、诗歌、小说、纪实文学等。按反映社会现实的方式分，又分虚构类、非虚构类。按文章自身的特点分，又分记叙文、议论文、应用文。说理文章要讲逻辑，文学作品要用形象思维。每类文章都有不同的特点，这些特点，可以通过阅读来把握，写作方法可以通过阅读来领悟。

三、通过阅读可以学习文章的写作技巧。那些教如何写文章的书，读了自然有收获。其他各类书籍，也可边读边琢磨写作技巧，如《红楼梦》的典型环境描写，《水浒传》的人物白描手法，《西游记》的魔幻表现方式等。也可以通过名作家的作品，来看他们如何开头，如何结尾，如何突出重点，如何进行细节描写。阅读名著和名篇佳作，可以向名作家学习写作技巧。

四、通过阅读可以学习借鉴模仿别人写作的表现方式。书读得多了，一类书读得多了、精了，就会看出一些门道。俗话说，外行看热闹，内行看门道。看出门道，就会在写作中自然而然地去学习借鉴模仿了。有句老话说：没吃过猪肉，还没见过猪跑吗？读的书多了，见的猪跑多了，就提高了学习借鉴模仿的能力。要特别注意读精品读名著，因为名师出高徒。和高手过招，才有可能成为高手，更何况许多时候是求乎其上仅得其中呢！

当然，通过阅读提高写作能力很重要，但更重要的是进行写作实践和写作锻炼。任何手艺、任何技巧都是练出来的，写作水平的提高也如此。热爱写作，长期坚持，必有提高，即使写不出锦绣文章，写起文章来也会得心应手，再也不会面对稿纸愁眉苦脸的了。

有人问：究竟什么是好文章呢？这个我答不上来。我用毛泽东同志的一段话来作答，他在给《中国工人》写的"发刊词"中说："我希望这个报纸好好地办下去，多载些生动的文字，切忌死板、老套，令人看不懂，没味道，不起劲。"我个人理解，一篇好文章，应有下列特点：一是标题鲜明、生动、有趣，吸引人眼球（规定标题除外）。二是观点科学、正确，有新意，不老套。三是重点突出，浓墨重彩，横看成岭侧成峰，文似看山不喜平。四是逻辑清晰，层次分明，走街串巷，秩序井然。五是语义明白准确，通俗易懂，读之畅通无阻。六是文字尽量简洁，语言生动活泼有趣，读之引人入胜不忍释卷。

让我们一起为写出好文章、好作品而努力。

113. "酱香拿铁"的启示

前不久，瑞幸咖啡上架与贵州茅台联名的新品"酱香拿铁"，被年轻人纷纷打卡，日销量猛增。据计算，如果以每杯酒精浓度在0.2度到0.3度为前提，那么一瓶飞天茅台可做221杯左右的"酱香拿铁"，而根据瑞幸公布的542万杯首日销量，那么第一天瑞幸就用掉近2.5万瓶茅台。由于走低价路线，每杯"酱香拿铁"售价38元，优惠后价格为每杯19元。办公室热心的年轻同事，在网上抢订一杯送我品尝。我品尝到了不一样的咖啡味道，也品出了其中的不同寻常，这就是勇于创新的魅力。

品着品着，我想到了一个人。此人名叫许国泰，是原基建工程兵报社记者，转业后和我一样进入出版社当编辑。我俩是战友、同行，也是好朋友。我只说一件事，你就能看出此人不简单。他在当记者时，下部队采访发现了现在大名鼎鼎的任正非。当时，任正非是一个普通技术员，但已崭露头角，有一两项新的技术发明。许国泰去采访他，发现他虽然业绩突出，但因为其父亲所谓的历史问题，迟迟入不了党。许国泰把任正非的事迹写成稿件，拿着去找部队领导，反映任正非入不了党的问题。部队领导问许国泰：你是不是党员？许国泰说：是。部队领导同志说，你敢介绍任正非入党，我就敢！结果是许国泰和部队领导一起，成了任正非的入党介绍人。任正非的事迹在报上刊出不久,他入党的消息也刊登出来了。这件事,改革开放初期在基建兵部队被传为佳话。

话扯远了。许国泰不仅胆大,而且有很强的创新思维能力。他转业到地方后,乘着改革开放之风,创造了旨在创新的"魔球理论"。他认真给我讲解过,其实就是个有创意的坐标体系,把横向坐标和竖向坐标上的两种或多种品质相结合,就能创造出新的产品。当然,他讲起来要复杂得多,但我认为实质是不同物质、物品、要素融合起来,或勾兑出来,产生新的创意和产品。他到长春推销过他的"魔球理论",我帮他站过台,也亲耳聆听他讲,很受启发。许国泰后来和我成了"失散多年"的兄弟,他靠"魔球理论"发家没有,我不得而知。但有一点可以肯定,我在创新方面受到过他这一理论的启发。

"酱香拿铁"实质上是一款创新产品,思路和"魔球理论"相一致,不同的是它走高端路线,让两种名饮相互融合。对于白酒界来说,这次茅台和瑞幸合作是一次成功的尝试。之前,贵州茅台已推出"茅台冰激凌",传出未来还会加大力度,研发酒心巧克力、含酒饮料、软冰等产品。市场无限广大,贵州茅台的创新仍在路上。还将有什么新品问世,我们"拭目以待"。

由此,我们说到创新。创新是一项伟大事业,需要许国泰这样专注创新探索的人,更需要人们去进行创新实践,积累创新经验。以往我们有许多好的做法和探索,希望能继续坚持。

创新需要创新思维,需要创新胆略,也需要创新能力。创新的人是不甘于现状的人,是不愿吃别人嚼过的馍的人。他们具有常人不具备的胆略,敢于出圈,不怕打击,有机会就"大胆地试,大胆地闯"。他们同时具备极强的动手能力,想到眼到手到,动手能力很强,实践能力很强,勇于实践,又在实践中获得新知。现实生活中成功的人,往往是踏实肯干又勇于创新的人。干前人没干过的事业,走前人没有走过的道路,出前人没出过的业绩,不怕挫折,勇往直前,永远是创新者的座右铭。

创新者需要良好的社会环境,需要有人为他们鼓与呼,需要有等他们成功的耐心,需要建立必要的容错机制。有的新事物,一开始是不见得能容于社会的。改革开放初期,一些年轻人穿喇叭裤被视为异端,曾有人组织人们持剪刀上街去剪,今天看来已成笑谈。创新首先是思想上的创新,思想上不能保守,不能止步不前,这有赖于继续深化改革,创造良好的社会环境。这是另一个话题,就此打住。

114. 请喝一碗"摔碗酒"

我前年去湖北恩施，战友请喝土家族摔碗酒，那天喝得尽兴，摔得也尽兴，摔的碗用土篮子去装，共摔了一百多个。战友说，摔得越多他越高兴。我们也就乘兴而上，摔酒碗摔得发了疯。今天上午去古城西安永兴坊游玩，又看到喝"摔碗酒"的场面。有店铺专供摔碗酒，一碗五元，有供摔碗的场所。不少游人感兴趣，付款购买后端碗饮了去摔。这里的摔碗酒和恩施不同，因为它被赋予了"意义"，说明"摔碗酒是古代将士出征前，喝了酒把碗摔掉，表示视死如归。现在喝了摔碗酒，能忘掉不快与烦恼，云云"。因为有这样的意义"加持"，喝摔碗酒的人就比较多，店家的生意也就很红火。

我站在一旁看了半天，也琢磨良久。那些来喝酒摔碗的人，显然不是为表示出征时的"视死如归"，因为他们不是军人，不是民兵，也不是任何意义上的武装人员。我们国家边关祥和并无战事，花木兰们都在家织布种地，并无"万里赴戎机，关山度若飞"的战时需要，也没有"朔气传金柝，寒光照铁衣"的战时状态，故人们喝的摔碗酒不是表示"视死如归"的酒，而是"去掉烦恼"的酒。烦恼人人有，来喝摔碗酒，店家以此来号召，生意大赚矣。

但在我看来，人生的烦恼，靠喝"摔碗酒"是甩不掉的。

人这一辈子，烦恼多矣。为儿女不好好学习，考不上好学校而烦恼；为老公或老婆花心，不忠诚自己而烦恼；为职场不受重用，得不到升迁而烦恼；为生意场上不顺，做了赔本生意而烦恼；为运气不好，手中股票屡屡下跌而烦恼；为遭小人算计，人生坎坷不顺而烦恼；为计划不能实现，愿望落空而烦恼；为喝凉水塞牙而烦恼；为到手的鸭子飞了而烦恼；为走路踩了钉子而烦恼……总之，人这一辈子，烦恼多了去了。可以说，人有多少根头发，就有多少烦恼；树上有多少片叶子，人就有多少烦恼。所以古人总结说，人生不如意事十之八九，可见烦恼在人生中占的比例之高。人人皆有烦恼。大人有大人的烦恼，百姓有百姓的烦恼。君子有君子的烦恼，小人有小人的烦恼。老板有老板的烦恼，员工有员工的烦恼。老师有老师的烦恼，学生有学生的烦恼。有钱人有有钱人的烦恼，无钱人有无钱人的烦恼……总之，烦恼无处不在，人人有份，它如影随形地跟着每个人，就像老板的跟班和保镖一样。

故此，人与人之间相区别的，不是谁有没有烦恼，而是对待烦恼的态度和方式。烦恼有什么排除法？没有统一格式。但乐观的人，有乐观人生态度的人，会用向前看、看未来发展来排解；有的人会用看大局、看总体成败来排解；有的人用承认失败、接受现实来排解；有的人在自身找原因，承认谋划不周来排解；有的人长叹一口气，用自认倒霉来排解；也有的人用酩酊大醉、蒙头大睡来排解。方法很多，因人而异。喝摔碗酒也许有效果，但作用不大。

因此，相比而言，我还是更喜欢恩施土家族的摔碗酒，它和出征无关，和解忧无关，就是图个痛快，图个放松，在痛快和放松中放飞自我。如此而已，岂有它哉！

我在西安摔碗酒现场，瞧见人们酒后摔碗时喜笑颜开，看来，他们也不是有什么忧愁要忘，而是图个乐子，图个欢喜。乐喜是人的本性，是什么烦恼也挡不住的。因此，店家大可不必用忘忧来招引顾客。日子好了，幸福多了，心气顺了，喝摔碗酒的人就会增多，经营摔碗酒店家的生意也会越来越红火。

115. 选一条正确的道路很重要

前天上午我在西安七贤庄八路军办事处旧址参观，对这个中国共产党领导的最大的革命"转运站"有了更多了解。这个办事处从1936年创办，到1946年撤离，经历隐蔽、半隐蔽、完全公开三个阶段，存续十年整。十年间有两万余人经过这里去延安，仅1938年一年，就有一万青年经停此处奔赴延安。其中就有我的恩师公木（张松如）先生。当时的许多年轻人向往延安，经七贤庄八办介绍并安排行程，他们或坐汽车，或走路步行，或借助其他交通工具，不惧艰难险阻地奔向目的地延安。我的老师公木先生在卢沟桥事变后和夫人带着孩子，一路颠沛流离来到西安，把女儿白桦寄养在一户好心肠的回族同胞家里后，夫妇二人便奔赴山西参加晋绥军区的抗日战争。1938年8月，为了护送几位不适于在前方工作的女同志回后方，公木先生西渡黄河前往延安。他在七贤庄办事处小住几日，他住的房间，冼星海、郑律成、贺敬之等文化人，都曾经住过。后来，他和郑律成合作创作了《中国人民解放军军歌》，和贺敬之合作创作了歌剧《白毛女》，都产生了重大影响。

我在旧址纪念馆，看到一幅当年从西安到延安的路线图，清晰地表明当时的路线和经过的地方。西安至延安300公里左右，那时可不像现在有高速公路、有高铁，那时全是土石路，且路况不好，还有他军盘查、土匪骚扰等险情。周恩来同志就曾在劳山遇到过险情。去延安的年轻人不怕艰难险阻，走上了坎坷的路，泥泞的路，有风险的路，但这也是一条光明的路，有前途的路，为国家民族效力，也为自己的人生找到了一条正确的路。这些人，在后来的革命战争和建设中，都成了领导者和栋梁之材。他们中也有一些人牺牲了，为自己心中的远大目标献出了生命，他们死而无憾，视死如归。他们化作了金星，在天空照耀人间。公木先生在1950年8月写的《烈士赞》一诗中，就用"金星"这个意象，象征烈士的精神长存。之后在《英雄赞歌》中将这一意象延伸："敌人腐烂变泥土，勇士辉煌化金星"，"为什么战旗美如画，烈士的鲜血染红了它"。这些都旨在表明，烈士们虽死犹荣，他们的献身是值得的，他们对自己选择的道路无怨无悔。

我站在当年西安至延安的路线图前沉思良久。历史证明，许多事实也证明，人生选择一条正确的道路很重要，非常重要，极其重要。去延安的年轻人选择了一条正确的路。这条路是革命的路，光明的路，一条知识分子和热血青年报效祖国的路，他们在救亡图存中挥洒自己的青春和热血。当年不管去不去延安，不管在哪里，只要参加革命，参加抗日，参加救亡图存运动，就是走上了一条人生的正确道路。

从1938年算起，85年过去了，时过境迁，延安已不再是革命中心，人们去延安是工作、旅游，不再成为人生道路正确选择的标志。但一个人人生道路的选择仍至关重要，选择一条正确的人生道路，益于人生，益于发展，对此仍应有明确的认识。现如今道路正确与否的标准，也不像当年那么简单明了，甚至可以说没有标准，也没法制定标准。现在是多元社会，很难有统一标准。每个人目标不一，很难有统一格式，但大体的方向、总体的要求，还是可以描述的。什么是人生的正确方向？比如，爱国、爱中华民族，把个人人生事业和中华民族伟大复兴相结合，比如遵守社会主义核心价值观，比如信奉社会主义荣辱观，奉行"己所不欲，勿施于人"的传统美德。比如，诚实守信，通过劳动创造财富发家致富；实现个人目标时不损害他人，不以邻为壑；与人和睦相处、相互尊重，不目中无人和骄傲自大；有鲜明的原则性和是非观，时刻站在正义的立场上；正确对待成绩、荣誉与过失，做一个光明磊落的谦谦君子；自己成功了，不傲视他人，乐于帮助别人；犯了错误要勇于改正，落后了要见贤思齐。这些不一定就是选择了正确的道路，但我相信，做到上述这些，是有利于走上正确道路的。人走上正确道路，是鉴别、摸索、判断、选择的结果，是眼光、智力、知识、智慧、内因、外因等在起综合作用。遵守事物的发展规律，顺应历史的发展潮流，符合国家利益和人民利益，促进社会发展进步，充分发挥个人聪明才智，实现人生奋斗目标，利国，利民，利己，利人，就是走上了一条正确的人生之路。

正确的人生之路是什么，很难论述，但错误的人生之路却是比较好概括的。比如：投敌叛变，背叛祖国；贪赃枉法，以权谋私；违法乱纪，胡作非为；弄虚作假，坑害国家和人民；等等。这些都是错误的路，也是不归路。还有些错误的路，如现时某些人的"躺平"，年轻人不外出工作在家"啃老"等，这些不智之路应是可以矫正的。

总之，人生选一条正确的路很重要，选对了，即踏上光明大道；选不对，会在黑暗中探索，遭遇挫折。选一条悬崖边上的路，随时都会跌下深渊摔得粉碎。

选对了一条正确的路，并不保证一定就会成功。成功要靠奋斗，靠机遇，还要靠自己处事格物的能力。人生办好每一件事，也都需要正确的思路。思路正确，事半功倍；思路不正确，事倍功半。假如南辕北辙，还会背道而驰，离目标越来越远。一句话，道路正确，目标明确，还要运作正确。但无论如何，选择一条正确的道路最为关键。如果选择一条错误的道路，越努力奋斗，就会在泥潭里越深陷，终至完败，留下终生遗憾尔。

116. 勿干出力不落好的事

我们河南农村有个歇后语，叫老公爹背儿媳妇赶集——出力不落好。此话作何解？大体上是这个意思：公爹和儿媳关系比较敏感，容易让人出说道，所以应该保持距离。如果老公爹背着儿媳去赶集，肯定累得够呛，还会被别人说三道四、指指戳戳，儿媳妇也不一定领情，儿子还会有意见。这是何苦来哉！因此，出力不落好的事，尽量少干。

在现实生活中，没见那个老公爹背儿媳去赶集，但好心没好报、出力不落好的事，倒是常见。比如同事间，有的同事看别人挺忙，或去搭把手，或是主动去分担一些工作，个别当事人不知感激，还散布别人是想抢功，是想表现自己。从主动帮忙一方的角度说，这不是出力不落好吗？再比如，有的邻居老大妈去早市买菜，看菜又便宜又新鲜，就帮老姐妹捎回一些。某些当事人背后说，这定是邻居大妈挑剩下的。邻居大妈听了直叫屈：我这是图啥哩，大老远地捎回来，我这不是出力不落好吗？是的，像这种出力不落好的事，我们也常碰到，让人心生烦恼。因此，出力不落好的事要尽量少干和不干。

检点平生，出力不落好的事，我也没少干。我最近在做"减法"，所谓做"减法"，就是减去不必要办的事务，减掉家中不必要的物品。出力不落好这类事，就在精减的范围之内。在日常生活中，出力不落好的事常见，我也遇过多起。一次去参加年纪大的朋友聚会，我主动带了两瓶高度白酒给大家喝，大家喝得很高兴，有的过了量。其中一个朋友对我说：你就不该带白酒来，这要喝翻一两个，看你怎么交代？我听了想：这不是出力不落好吗？幸亏那天没出大事，一直到老哥们儿都顺利离开饭店，我悬着的心才放下来。回家的路上还在想，我这是何苦来哉！还有一件小事我不吐不快。某日我在单位走廊看见一个打扫卫生的钟点工，就让她把我办公室打扫一下，是需要，也是照顾一下她生意。打扫完，问之多少钱？曰"五十元"。我给一张百元钞票，她说"找不开"。我说那就不用找了，你以后再来时，帮我再打扫一次卫生，就算提前预付了。结果是"黄鹤一去不复返"，再也没有见到此人，打扫卫生也就不存在了。我不是心疼五十元钱，而是有被人蒙骗的感觉。这和出力不落好一个道理、一个结局。我听一个朋友讲过一件事，他欠一个身为领导的朋友的人情，人家帮了他个忙，一直想找机会感谢，好不容易把领导请到了，也请来几个朋友陪客。说好是自己请客埋单，结果被席间一个热心人买了单，喝的酒也是朋友带来的。他原本一个请客的变成了被请的，向领导表达谢意的目的没达到，内心甚是郁闷，并不感激那个主动买单的朋友。从主动买单的那个朋友角度说，这不是出力不落好，又是什么呢？

大凡出力不落好的人和事，仔细分析，都是过分热心，热心得过了头。这和性格有关，也和做事盲目有关。热心有余，清醒不足。自认为好心一定得好报，其实不然。有时费了心出了力花了钱，别人不一定领情。动机和效果不统一，本来是好心，出于帮助别人，但效果却适得其反。种下的是花种，收获的是荆棘，得到的不是感激，而是不满，甚至是仇恨。本来是搭把手帮助别人，却被别人视为"抢功""表现"，有此心态，双方关系还能好吗？推而广之，在家庭成员之间，父母子女之间，也有这方面的教训可总结。看到一个人写的文章，说他恨他的父亲，一直到父亲的晚年他才与父亲和解，原因是他小时候，父亲非按自己意愿培养他成为什么家，而他完全没有这方面的兴趣，后来出国留学远离家门长期不回。从这位父亲方面说，这不也是出力不落好吗？

在社会上，还有一种"出力不落好"很常见。就是路遇陌生人有难，要不要伸手帮助。老人摔倒了，要不要帮扶起来？遇到有人突发疾病，要不要帮助送医院？遇到车祸等发生，要不要主动去救死扶伤？因为以前发生过"出力不落好"的事情，比如有人看老人摔倒帮忙送其进医院，却被赖上了，贴上了医药费，还摊上了官司。这些的确让做好事的人寒心。但我要说的是，这些事情还是要积极去做。一是事关社会风尚、人间正气，必须积极提倡，有人去做。帮别人就是帮自己。自己帮扶了摔倒的人，哪一天自个儿摔倒了，也有人帮扶自己。因此，营造良好的道德风尚，对人人都很重要。二是相信绝大多数人都是正常人，有良知的，他们是会知恩图报的，而不会恩将仇报。即使被个别人渣赖上，相信人们也是会明辨是非的。

几片乌云遮不住太阳的光辉。三是相信善有善报，但行好事，莫问前程。我在吉林省工作时，一个朋友给我讲过他亲历的一件事：一次他去通化市出差，在买回程票时，突然发现钱不够了。正焦急间，他后面一个排队的人借给他十元钱。他问借钱给他的人去哪里，那人说去长春。问那人住哪个酒店，好把钱还人家。那人说了住处，但说不用还了。出门在外，谁还没有一个难处。我那个朋友决心还人家钱，某天就去所言酒店找人。他冒雪穿过南湖向酒店走去，在离酒店不远的地方，看见一个人醉倒在地上，大概是喝酒喝高了。我朋友扶起此人，一看竟是在通化车站借钱给他的那个人。急忙搀扶其送回酒店，一直守护着，等其酒醒后才还钱，并在表示感谢后离去。你说巧不巧？天道公也不公？

我说出力不落好的事不做，但出力落好的事还是要做的，而且多多益善。落好不落好之间的"度"如何把握，那就要靠每个人自己的慧眼了。就此打住。

117. 杂议"民国女子择偶标准"

我在报纸上看到有人撰文，转述90多年前民国女子的择偶标准。据1931年7月6日《民国日报》发布的一篇调查报告《一般女士们对如意郎的标准》，民国女子心目中如意郎君的标准共计八条：

一、面貌俊秀，中段身材，望之若庄严，亲之甚和蔼；

二、学不在博，而在有专长；

三、高尚的人格；

四、丰姿潇洒，身体壮健，精神饱满，服饰洁朴；

五、对于女子情爱，专而不滥，诚而不欺；

六、经济有相当的独立；

七、没有烟酒赌等不良的嗜好；

八、有创造的思想，和保守的能力。

八条标准，包括了对男子从内到外、从学识到能力方面的诸多要求。乖乖，了不得！不知今天的男子，按照那时的标准照照镜子，有多少达到女子们对"如意郎君"的要求？

从这个女子择偶标准，我们首先看到的是时代变迁。到了民国时期，西风渐进，民主、自由、科学、人权等引入我国，人们的眼界大开，思想观念发生了一系列变化，婚恋观念与旧时代大为不同，有见识的女子们也都"嚣张"起来了。过去是"父母之命，媒妁之言"，"嫁鸡随鸡，嫁狗随狗，嫁根扁担抱着走"，有的男女结婚前，都没见过对方长啥模样，弄出了不少"姊妹易嫁""张冠李戴"的"戏码"，许多人成了封建婚姻的受害者。时代的进步反映在婚姻上，就是青年男女可以自主地决定自己的婚姻了，虽然还不普遍，但是时髦的女子们已开风气之先，她们开始唱"巧儿我要自个找婆家了"。你说社会进步没进步？

其次，从民国女子的择偶标准看，当时女子择偶的态度还是很严肃的，标准也是很严格的。既有容貌方面的要求，须面貌俊秀、丰姿潇洒，也有身体方面的要求，须身体壮健、中段身材。既有人格方面的要求，须人格高尚，也有学识方面的要求，须学有专长。既有精神方面要求，须精神饱满，有创造的思想，也有物质方面要求，须经济有相当的独立。不仅有嗜好方面的要求，不赌不烟不酒，更有情感方面的要求，专而不滥，诚而不欺。由此可见，女子对婚姻的严肃和标准的严苛。同时也可见女子们条件优秀，自信心爆棚。在"二严"下有多少男子敢去一试？在当时，合条件的人不会太多。放在今天，标准也不低。你去试试？反正我不敢去。因为我除了"身材中段"（爹娘给的）符合要求，其他都沾不上边，甚至相差甚远。比如，面貌不俊秀，丰姿不潇洒，人格不高尚，学杂不专，虽不抽烟，却有饮酒之恶习，且屡教不改。如此不堪，怎敢近到那些高标准女子面前？别说近前，人家从我面前走过，我都望风而逃了。如果降格以求，或我可以胜任，但又不在那个时段，只能望而生叹了。

话又说回来，这样的标准也有可肯定、可借鉴之处。起码对婚姻是严肃的、真诚的、渴求的，是想和男人成家立业，好好过日子的，不是逗别人玩的。我们当代青年男女也有自己的择偶标准，和民国女子相比，第一条就发生了变化，现在女的不喜"中段身材"，而是喜欢"高富帅"，首先就是个子要高，如我等民国女子喜欢的个头，现在统统是"二等残废"，根本近不了前面。"经济有相当的独立"，现在表述得更实在，是问"是否有房有车有职业有收入有存款"。有一条要求似乎比民国时宽出许多，赌是不可以的，抽烟喝酒似乎没有限制，还满足了社会交际需要。不抽烟，人们怎么套近乎？聚餐时不喝酒，还有什么兴趣？其实自古以来，人们对酒都是感兴趣的。李白斗酒诗百篇，杜甫白日放歌须纵酒，都是明证。清代文学家、美食家沈复说，顶级美食家用餐时"必小酌而行酒令"。他自己新婚之夜竟大醉，未入洞房已不省人事。坦言一次曾饮溧阳乌饭酒十六杯，另一次饮苏州十三白酒十四杯。在民国时期，人们也都是喜欢饮酒的，如鲁迅、郁达夫都是爱饮酒者，"横眉冷对千夫指，俯首甘为孺子牛"的诗句，就是鲁迅在饭局上饮酒后，写赠予郁达夫的。不知民国女子何等见识，竟把饮酒者排斥在外？现在我终于明白，之所以如此，原因是民国女子们是不怎么饮酒的，即使是林徽因等名媛，也没有看见有饮酒记录。现在的女子却大为不同，她们中不仅有抽烟者，而且饮酒的人也很是普遍，只是饮的酒类各有不同而已。真是时代不同了，男女都一样。既然都一样了，谁还嫌弃、挑拣谁呀？无论如何，现在婚恋观念、择偶标准比照民国时期又有新变化，这是肯定的了。

时代在变，一切都在变，择偶观念随时代变迁而变化，并不稀奇。但无论如何变，婚姻的基本属性都存在。为什么要有婚姻？这是人类经过长期演变而做出的自然选择，也是基于现实生存的需要。婚姻是社会的细胞和基石，假设没有婚姻，人们想象不到国家会是什么样子。假如没有婚姻，夫妻就不能亲密无间地互相呵护。假如没有婚姻，人类就得不到较快繁衍。假如没有婚姻，一些年轻人的社会责任感就确立不起来。即所谓：一屋不扫，何以扫天下？没有家庭责任，何来社会责任？现在年轻人因多种因素有多种选择，有的选择不进入婚姻殿堂，这是个人自由，应当充分尊重。但我们不能从总体上否定婚姻对国家、对社会、对个人的必要性。假如没有婚姻家庭，我们每个人都是从哪里来的呢？

既然有婚姻存在，就有择偶的需求，要择偶就会有择偶标准。一个时代，一个群体，有一个大致的标准，但每个人会有自己的具体标准。有一千个读者就有一千个哈姆雷特；有一千个女人就有一千个"白马王子"。民国女子的择偶标准，是经过调查概括出来的，应该是当时知识女性的择偶标准。今天的女子，都受过不同层级的知识教育，水准自然不亚于当时的女性。那么，民国时期的标准对今天女子有无借鉴意义呢？自然是有的。比如要求男性体态容貌端正，要求男性精神饱满，思想有创造力。要有相当的经济自立，而不能靠"吃软饭"活着。这些都是可取的。或者说，人类不同时代择偶标准本身就有一致性一面，只不过不同的时代，有不同的说法而已。那时叫容貌俊美，俗称长得好看，现在叫"高颜值"，对不对？以上拉杂讲来，诸君以为然否？

118. "办不成有办不成的办法"

我晚上出去散步，走在王府井大街上。突然有个女子越过我，边走路边打手机。看着有30多岁的样子，说话杀伐果断，很有魄力。因为通话声音颇大，我无意间听了一耳朵。大概是催促对方办什么事，对方有些犹豫，没有什么进展，可能还提出办不成怎么办。我听这边女子大声说："马上办，抓紧办，不用怕办不成，办不成有办不成的办法！"

从女子通话的口气看，这是个有作为的人，起码是一个想有作为的人。"办不成有办不成的办法"，听了让我心头一颤，立马生出一种敬意。我真想冲到女子面前，当面给她点赞，但又怕黑暗中把人家吓一跳，误认为我是图谋作歹之徒，把我扭送到派出所。罢了罢了，我一路思索着这个话题，决定写一篇文章，为这个不知名的女子点个赞。

"办不成有办不成的办法！"这是鼓舞人努力向前闯的激励，也体现了不怕困难积极进取的精神。"办不成有办不成的办法"的前提是努力去办，大胆去办，不要害怕办不成。这种态度是积极的，不是消极的；是进取的，不是后退的；是努力有所为的，不是无所作为的。因此，这种人生态度是值得大力提倡的。对待工作任务，对待个人谋划的每一件事，都应努力去做。有句话叫态度决定一切，有一个积极的态度，事情才可能办成，或有可能办成。如果立下一个目标，或去办一件事情，首先就畏首畏尾，瞻前顾后，生怕办不成，先顾及办不成的后果，用一句河南老家的调皮话，就是"放屁都怕砸了脚后跟"，那还能成什么事？倒是那些胸怀大目标，又敢想敢干、敢闯敢试、敢于不计后果的人，能打出一片新天地，获得成功。

我国改革开放的进程也充分证明了这一点。当初，党中央做出把工作重心转移到经济建设上来、实行改革开放的伟大决策，邓小平提出"胆子再大一些，步子再快一些"，"要大胆地试，大胆地闯"，"要杀出一条血路来"，这需要多么大的政治勇气，给人民多么大的鼓励！建设经济特区，就是一个大胆的尝试。从一两个，扩展到十四个，极大地推动了沿海的改革开放，其浪潮波及影响全国，形成波澜壮阔的伟大改革开放事业。深圳作为经济特区的"龙头老大"，担当"第一个吃螃蟹"的角色。成功极其不易，历程相当艰难。我为了写作反映两万基建工程兵参加深圳特区初期建设的长篇小说《鹏城飞歌》，阅读了大量反映深圳历史和改革开放进程的文字、图片资料，被当时发生的许多事实所震撼，也留下了深刻印象。现在，深圳成为一个国际化大都市，成为改革开放的旗帜和标杆，经过四十多年发展，获得世人瞩目的辉煌成就。回望走过来的路，看似容易成却艰辛。就连现在看似平常的两句口号"时间就是金钱，效率就是生命"，在当时也引起极大争议，被人攻击为宣传资本主义价值观。连举办一次港澳图书展，都要历尽坎坷。有人到深圳转一圈回去说，深圳除了红旗是红的，其余都是黑的了。你想想，在那样的社会舆论环境下，深圳得顶住多么大的压力！所幸的是，深圳在党中央支持下，在邓小平同志的肯定下，终于挺过来了。能挺过来，就是因为在广东、深圳有一批坚持改革开放的"硬汉"，他们不畏一切、敢闯敢试，终于开拓了一片新世界，迎来了光明的前景。我们难道不应该向这些改革先驱致敬吗？我和洪科先生合作创作的歌曲《鹏城之歌》，是歌唱深圳，也是写给改革开放先驱们的一曲颂歌。"时间就是金钱，效率就是生命。你一声声敲击着沉睡的窗棂。"这传说中的鲲鹏，我们由衷地向它致敬！

在日常生活和工作中，那些大胆试大胆闯的人，也是受人尊敬的。他们锚定目标，不惧困难，有胆有识，往往能取得骄人业绩。我在部队和地方，无论走到哪里，都会遇到这样的人，我对他们充满敬意，也愿意向他们模仿学习。我不喜欢惧怕困难、在困难面前畏首畏尾的人。每实现一个目标，每完成一项工作任务，都会遇到困难。唯其有困难，才需要努力。困难越大，成就越大；顺利实现，成效一般。成功都是在克服困难中实现的。有点"霸蛮"，有点"死磕"，才能攻坚克难，进入新境界。相反，畏首畏尾，胆小怕事，遇到困难"退避三舍"，是没有出息的，也是干不成事情的。我不喜欢天天散布悲观失望情绪的人，也不愿意和这些人交朋友，怕被染上"负能量"。这种人不是给人鼓气、鼓劲，而是专拔自行车"气门芯"，似乎让别人成了"泄了气的轮胎"才高兴，没劲，没意思。我劝有事业心的朋友离这种人远一些。

"办不成有办不成的办法",鼓励人向前努力,并不是让人蛮干,不顾客观条件一味胡来,也是留有充分余地的。其意思是,你先努力去办,实在办不成时,自有办不成的办法。看来打电话的这个女人,虽渴望成功,但对失败也是有准备、有预案的。对人家所办的具体事项我们不知,当然也不知具备什么样的条件,就不做评价了。咱们该干啥干啥,我继续在夜色中漫步远去。

119. 立冬的问候

今天是立冬,今晨发来微信问候的特别多。这些问候让我感到温暖,有雪里送炭般的感觉。

东北和内蒙古的朋友发来雪景的照片,那里的冬天来得早,天已经下雪了。朋友们发的雪景和立冬的问候,让我想起了军旅时的往事。

20世纪70年代中期,我所在的部队在贵州盘县完成战备煤矿施工任务,按国务院和中央军委要求,转战到辽宁铁法矿区执行辽北煤炭基地建设任务。部队调防时正值冬天,因长期在南方执行任务,南方兵多,许多人不知冬天为何物,更没见过冰雪世界。有的临出发时,还被吓哭了,因为东北兵吓唬他们说:咱们那疙瘩冷得很,边尿尿边冻成冰溜子,得拿棍敲,搞不好,把裤裆里那个东西也敲掉了。天冷不说,还可能敲掉身上最宝贵的东西,着实把人吓得不轻。这自然是夸大之词,但东北冬天冷,却是肯定的。

我们部队机关和宣传队等人员,坐的是最后一趟军列。1976年1月10日从盘县红果出发,历时一周,七天后停靠在辽宁法库三家子火车站。时值大雪,地上白雪皑皑,天空雪花飘飘,除了两根铁轨,其余全是白雪世界。几个战友忙着跳下车撒尿,我也在其中,刚解下裤腰带,只听"嗖"的一声,一股风钻进裤裆,那个地方像受了宫刑一般难受。东北的冬天，就像老太太抹口红，立马给南方兵一点颜色看看。及至营区住下，因为新楼刚盖好，墙上都是霜，手一摸冰凉。晚上睡觉，脚蹬大头鞋，头戴厚皮帽，能穿的能盖的全穿上盖上。早上起床，水冷无法洗脸，机关干部战士都打上了暖气管的主意，早起拧开阀门放热水洗脸，致使暖气管缺水爆裂。没办法，后勤部门把大瓶蓝墨水倒进去，一些人早上洗脸，脸都是蓝的。两个宣传队队员早起洗脸，一个对另一个说：今天又不演出，你大清早化什么妆呀？那个说：我化什么妆，你看你脸上，像个蓝色妖婆！及至照了镜子，才嘎嘎大笑，知道是被那帮烧锅炉的兵算计了。就这，也止不住"偷水"，后来暖气管里放了废机油，抹到脸上洗不掉，才止住。

东北的天冷不冷？确实冷，由此可见一斑。但人是可以适应环境的。过了两周，过了一个月，甚或更长一些时间，人们便适应了东北的冬天，喜欢上了漫天大雪，在雪景中照相，成了干部战士的最爱。他们以雪地雪山雪树为背景照相寄给父母，寄给对象，宽慰父母的心，赢来对象的爱。他们在寒冷的东北照样可以立功、提干、入党、成才，在雪野上闯出一条金光大道。

回忆这些，我想说的是，冬天并不可怕，它只不过是时序的一个季节而已。四时轮转，永无停息，春耕夏种秋收冬藏，这是顺应自然规律的选择。

冬天到了并不可怕，多加几件衣服而已。何况，还有英国诗人雪莱的名言在昭示我们：冬天来了，春天还会远吗？谢谢发来立冬问候的朋友们，大家都保重！

120. 评选"书香门第"好

日前，参加第二十四届深圳读书月龙岗区分会场启动仪式。仪式上有一环节，是为2023年"十大书香门第"颁奖。我上台参与颁奖，把证书和奖牌颁给获选者，并与之合影留念，与有荣焉。我和几个北京来的朋友，都认为"书香门第"评选得好，由衷地为主办者点赞，向获选家庭致敬。以前有评"五好家庭""文明家庭""勤劳致富家庭"等，现在又兴出一个评"书香门第"，颇有创意，值得褒扬和提倡。

首先，这是对我国优良读书传统的继承。耕读传家是中华民族的优良传统，耕是农耕，读是读书，二者缺一不可。没有农耕，生活没法延续；没有读书，文化不能传承。一个完美的家庭，是耕与读的结合。数百年旧家无非积德，第一等好事还是读书。古人把读书放在很高的位置。三更灯火五更鸡，正是男儿读书时。劝君莫将油炒菜，留于子孙夜读书。据说"加油"一词最早来源于夜读。传说清朝嘉庆年间，有一举人张瑛，为官三十余载，他一生最为重视教育事业。在任期间，每到午夜交更时分，他都会派两个差役挑着桐油篓巡城。如果见哪户人家有人在挑灯夜读，便去帮他添一勺灯油，而且在临走之前说一句："府台大人给相公添油。"这就是"加油"的由来。张瑛的儿子张之洞天资聪颖，16岁中解元，也就是举人第一名，27岁中探花，即进士第三名。也有说"加油"是张之洞任上所为。无论是谁，给夜读人"加油"，都是值得肯定的。现在评选"书香门第"，也是在给读书人"加油"。

其次，可以促进全社会形成良好的读书氛围。国家间的竞争，本质上是人口素质的竞争，阅读是提高公民素质的重要途径。读书既可提高个人能力、眼界及综合素质，也会潜移默化影响一个人的文明素养，使人保持宁静致远的心境、砥砺奋发的情怀。读书不仅事关个人修为，国民的整体阅读水准，也会持久影响到整个社会的道德水平。因此，党的十八大以来，党和政府更加重视全民阅读，从上到下采取各种措施努力推广。评选"书香门第"是一个有力抓手，可以促进全民阅读蔚然成风。

再次，发挥榜样和标杆的引领作用。一个社会提倡什么，反对什么，发挥典型的引领作用非常重要，评选"书香门第"，就是一个强力的宣传和无声的引导。它告诉民众，社会是倡导读书的，"书香门第"是令人向往、受人尊敬的。从而使人们产生向往之心和奋进动力。在我们中国，"书香门第"是有传统、有根基的，是让人高看一眼的。书香门第春常在。书香门第不是现在才提倡，是古已有之的，是绵延不绝的。历代的书香门第，从来就受人尊崇。人家不是谁评选出来的，是自然形成、事实证明、百姓赞誉的。书香门第在文化传承、文化传播、文化普及中发挥了重要作用。由于重视文化和教育，书香门第对社会风气的影响，也产生很大作用。今天评选"书香门第"，就是树立一批标杆，让社会大众向他们看齐，这些

"书香门第"也会对良好社会风气产生积极作用。

前不久我去山东临沂圣陶中学做"读书与做人"讲座,顺道参观银雀山汉墓竹简博物馆,发现一个奇特现象,就是在发掘的400多座同一时期汉墓中,只有1号墓、2号墓发现竹简,出土了《孙子兵法》等多部典籍,其他墓一只竹简也没有,遍寻不见。我想,这说明当时的读书人还是极少的,读书是少数人的专利,而多数人是不读书或不识字的。我们何其幸运,现在个个都有文化,人人都可以读书,都能在读书中分享快乐。我们要珍惜享有读书的快乐时光。"书香门第"就是珍惜这种快乐的家庭,他们营造了家庭读书的范围,享受到了阅读的成果和成功的喜悦。现在的阅读条件是人人具备的。见贤思齐,应有更多的家庭向"书香门第"学习仿效。

最后提一点建议,对"书香门第"的评选要严格、严苛。书香门第是享有很高社会荣誉的,是不易获得的,应是让人心服口服的,因此应高标准严要求。评出来的个顶个,让人服气,才能发挥对读书风气的引领作用。愿龙岗区乃至全国有更多的"书香门第"涌现出来。

121. 观深圳中心公园非典纪念雕塑有感

  我到深圳参加深圳读书月活动，住在花园格兰云天酒店，旁边就是深圳中心公园。空闲时常到公园走走，市中心有这么大一个公园，交通便利，设施完备，给市民提供了极佳的休闲活动场所，让人震撼。公园显著位置，有一组抗击非典纪念雕塑，雕刻深圳医生护士抗击非典群像，背后有文字说明和用浮雕形式展现的当年抗击非典的一些场景。仔细看来，心灵颇受震撼。受到震撼的是英雄的感人事迹，还有在公园显著位置矗立的这组纪念雕像。这组雕像似一道墙，它是纪念墙，也是记住墙，让我们记住当年非典如何肆虐，以及在困难和危险面前，深圳医护人员做出的卓越贡献和付出的巨大牺牲。碑文中说：瘴疠烟消，始信生灵真无价；劫波平复，方知大爱弥足珍。当此天朗气清之际，蓦然回首，思绪遄飞。非典岁月，曷敢轻忘？登山而观海，勒石以明志。仰群英之高标，铭恩德于后世。愿神州更昌盛，祈斯城永康宁。这段话直接点明了建立这组纪念雕塑的旨归，让人读了为之动容。2003年抗击非典，至今已过去整20年。面对这组雕像，我的思绪一下子又被拉回到过去。

  由这组非典纪念雕塑，我认识到深圳是一座有记忆的城市。市政府门前广场立有拓荒牛雕像，是让人们记住当年拓荒者筚路蓝缕的艰辛。深南大道上立的邓小平巨幅画像，让人记住老人"基本路线一百年不动摇"的嘱托。莲花山上的邓小平塑像，是让人们永远缅怀这位改革者的伟大功绩，等等。一个有记忆的城市，是知道感恩的城市，是包容的城市，是勇于改革、勇于探索的城市。一个城市、一个地方的记忆里，不仅有曾经的辉煌、英雄的赞歌、成功的记忆，也应当有受到的挫折和教训、失败的经历和交过的学费，这样的记忆才是完整的，才能在不断总结成功的经验和失败的教训中努力前行。

古人说：前事不忘，后事之师。列宁说过，忘记过去就意味着背叛。为了更好地前行，总结失败的教训甚至比总结成功的经验更重要。而要总结历史的教训，就要记住历史，不罔顾历史，不淡化历史。既不能忘记历史上的功绩，也不能忘记历史上的教训，两种历史虚无主义均不可取。所谓"前事不忘，后事之师"，是说我们应该从过去的经历中学习，以避免再犯相同的错误，并为将来的决策提供指导。如此方可不断进步，避免重复犯错，更好地适应环境和未来的挑战。这里特别强调的是"前事不忘"，如果忘了前事，"后事之师"也就不存在了。

在现实生活中，"忘了前事"的情况并不鲜见，所谓"好了伤疤忘了疼"，就是这种现象的形象总结。一个国家、一个城市、一个人善于从失败中汲取教训，就会不断进步。比如治水的大禹，他就是不断总结防堵失败的教训，改为疏导的明智方针的。如果忘记失败的事实和教训，或者有意掩饰，就会一错再错，酿成更大的祸端，历史上和现实中这方面教训并不少见。个人亦是如此。我们常说某某人"吃一百个豆不嫌腥",就是说此人不接受教训。失败是成功之母,如果连失败都忘记了,还何言成功?

立身蒙蒙细雨中,我在深圳中心公园非典雕塑群像前站立良久,有了上述一些想法,不揣冒昧,说出来就教大家。

122. 木头三年也成精

前日下午，深圳读书月活动组委会邀请我参加贾平凹新作《山河传》分享会，我欣然答应了。我和贾平凹不算老朋友，但也熟识，我20多年前在吉林人民出版社任总编辑时，出版过他的《我是农民》。10多年前，我在三联书店任总经理时，在西安和他一起主持过陕西作家朱鸿作品研讨会。我答应来参加分享会，还是想听听老贾谈对创作和读书的新感受。他的发言，确实让我受到启发。内容现场有媒体报道，我就不转述了。只举一例。贾平凹讲到环境对人的影响时说了一段话。他说，他过去多次到过北京故宫，感到那里很神奇，就是一根木头，放那里三年也成精了。又说，深圳书城有这么多书，这么多来读书的人，一个人到这里待三年，就是不读书，也成精了。这句话给我印象深刻，他形象地揭示了环境对人的深刻影响作用。下面我把这话题展开谈一谈。

木头三年也成精。为啥成精，是因为其处于特殊环境中。我国古人历来重视环境对人成长的影响，为此创造了不少词语。如，近朱者赤，近墨者黑。如，蓬生麻中，不扶自直。荀子《劝学》：蓬生麻中，不扶而直。兰槐之根是为芷，其渐之滫，君子不近，庶人不服。其质非不美也，所渐者然也。故君子居必择乡，游必就士，所以防邪辟而近中正也。译成今天的话，就是：蓬草长在麻地里，不用扶持也能挺立住；兰槐的根叫香艾，一旦浸入臭水里，君子下人都会避之不及，不是艾本身不香，而是被浸泡臭了。所以君子居住要选择好的环境，交友要选择有道德的人，才能够防微杜渐保其中庸正直。由此可见，环境对人的影响，古人早就注意到了。

这里所说的居住要选好的环境，不是自然环境，不是说环保多么好，不是指山川明秀，而是指人际关系、人际环境。环境好，对人成长有利，反之亦然。孟母为何三迁？就是要为孩子提供良好的成长环境。

人不是生活在空中，鲁迅说过，谁也不能自己手提自个儿头发离开地球。只要生活在地球上，就会处于一定的社会环境、生存环境和人际环境中。一个良好的社会会给人提供好的生存环境，这是为政者的责任。我们提倡社会主义核心价值观、倡导社会主义荣辱观等，就是要创造良好的社会环境，让人在正直、善良、公平、正义、道德的社会氛围中生存。一个社会善良，向善的人就多。一个社会罪恶，犯罪的人就多。空气污染了要治理，社会环境的污染更要治理。前者污染的是空气，后者污染的是心灵。不治理不得了。治理社会污染是要建设良好的社会，需要民众参与，是人人有责的。比如我们现在倡导全社会读书的风气，这就是营造重学崇文的社会氛围，营造之，人人受惠，家家得益，而要实现它，须社会公民普遍参与。

人是离不开环境的，但人有选择环境的权利和能力。同在一片蓝天下，环境也会有不同。这就是所谓大气候下有小气候，有不同的气候，可以适应人们选择的需要。如果不能选择，孟母就不会三迁，深圳也就不会成为著名的移民城市。现代社会、改革年代，人们选择的机会更多。有句老话，叫此处不留爷，自有留爷处，似乎不太文明，但说的道理是不必在一棵树上吊死。因为环境不理想，一些人"用脚投票"做出自己的选择，这无可厚非。

各种环境对人都有影响，影响最大的是人际环境，亦即处在什么样的人际环境中，和什么人接近，交什么朋友，受什么人熏陶，这些对青年人有很大影响，即或是成年人，也会受到不小影响。跟着好人，为人善良；跟着坏人，为恶一方。跟着凤凰成为俊鸟，跟着英雄成为勇士。我们老家有句话更形象：跟着好人学好人，跟着巫婆学跳神。这都说的是，和什么人交朋友就会受什么人影响。在日常生活中，天天沉湎酒池肉林，势必交一帮酒肉朋友。天天和心胸狭隘的人在一起，自己的格局也不会太大。爱和斤斤计较的人拱一起，自己处事也不会大气。爱和不读书的人打连连，自己也不会成为书香门第。对此，从古至今都有比较一致的认识。孔子曰："益者三友，损者三友。友直，友谅，友多闻，益矣。友便辟，友善柔，友便佞，损矣。"意思是：有益的朋友有三种，有害的朋友有三种。结交正直的朋友、诚信的朋友、知识广博的朋友，是有益的。结交谄媚逢迎的人、表面奉承而背后诽谤人的人、善于花言巧语的人，是有害的。要想形成良好的人际环境，孔夫子这一告诫应当铭记。

木头三年也成精，强调的是环境对一个人的长期作用。"三年"是一个概数，强调长期性，指人或物长期在同一环境中浸淫。如果用主观能动性来说，就是要在一个有利于自己的环境中长期坚持，不懈努力。玩文物的人都知道，时间长了，老物件上会长出包浆，更何况是有灵性的人？熟读唐诗三百首，不会作诗也会吟。只要爱读书，能坚持，受到书香的熏陶是必然的。能否长期坚持，考验一个人的耐力和坚忍。认定一个好的方向，处身一个好的环境，长期坚持矢志不移，"成精"便是可期待的了。

我们强调环境对人的长期影响作用，但我们不是单一的环境论者。因为人有主观能动性，对环境是可以打破、改造和重置的。我们就曾经打破一个旧社会，创造一个新社会，这是人人皆知的。一个人"成精"不"成精"，环境是一个重要原因。若真想"成精"，还得发挥自己的主观能动性，让"内因"起作用。贾平凹是作家，他的"成精"说，是一个形象比喻。我的阐释，也是"抓住一点不及其余"。因为不是写高头讲章，没必要"既要""又要"。到此打住。

123. 寒衣节有感

我早上打开手机，翻到朋友圈，看到有人发图，说今天是寒衣节。有说要给父母送寒衣的，有悼念亲人的，我心亦凄凄然。寒衣节是农历每年十月初一，据说起源和孟姜女哭倒长城有关。在我国北方比较受到重视，因为北方冬天天气寒冷，人们在冬来换季时，想起逝去的亲人，便送衣服给他们御寒，这也是追念亲人的一种形式。

说心里话，一年里追思亲人的几个节日，除清明节我比较重视外，对其他几个节，包括寒衣节，我都比较淡然。不是不孝顺，不是感情薄，而是经历使然。17岁远离家乡当兵，军旅10年。而后转业到地方工作，长春22年，北京18年，故乡不相见，"动如参与商"，很难应时应节地回家祭奠老人，一次"送寒衣"也不曾有过。一次回故乡，我就上坟事请教村中一个德高望重的老人。我说：农村上坟要随时随节，有各种禁忌和规矩，也有许多不宜，我该怎么办？老人家说，农村的规矩是给在农村的人制定的，不适合你们离开老家在城里工作的人。你们给公家干事，咋能说回来就回来？你们回故乡探亲，给老人上坟，啥时都合适！啥时去，地下的老人都高兴！他这么一说，我解除了顾虑。只要回老家，就去父母的坟上看看。如有可能，也尽可能赶在清明节回去上坟，渐渐地，把另几个节就淡忘了。

突然知道今天是寒衣节，是给逝去亲人送寒衣的日子，自然也就怀念起了父母，想起逝去的亲人，也想起了父母生前的种种往事。既然是寒衣节，那我就说说二老生前的衣着吧！

在农村，我们家条件算是好的，全家人都能穿得整整齐齐、干干净净，但也尽量简朴。我就捡哥哥的衣服和姐姐的裤子穿过。那时女式裤子是侧开口的，开口用扣子在边上扣住，俗称"边开口"。我穿上如厕很不方便，有些捣蛋鬼知道我穿女式裤子，就用各种方式嘲笑我、戏弄我，弄得我很不好意思，但是还得穿，因为不穿，就丢掉浪费了。逢年过节，父母都要给子女做新衣服，让我们排排场场齐齐整整地站在人前面。而我父母却很少穿新衣服，二老不是不穿，而是没有。我父亲是农村中的木匠，不是在田里劳作，就是在盖房架屋，天天干活，穿不了新衣服。我印象中母亲只有一件新衣服，是一个天蓝色的外罩，是过年过节回娘家时穿的。因为保管得好，虽然是旧的，看着却似新的一般。父母舍不得吃，舍不得穿，口挪肚攒，给儿女们盖了四座十二间瓦房，办了每个人的婚事。他们节俭了一辈子，一辈子很少穿新衣服，只是在去世后，才里外三新地穿上一套新衣服入土。父亲去世44年了，母亲去世也31年了。二老临走时穿的新衣服，也要破旧了吧，也该要给他们送寒衣了吧？我某年某天晚上梦见父亲，看见父亲身上的衣服破了。又一天晚上梦见母亲，母亲说缺钱花了。我打电话给在故乡的妹妹，让她去坟上给父母送衣送钱，也不知二老收到没有。我这个不孝顺的儿子呀，在父母生前不曾尽孝，在他们死后也不常来祭奠，内心愧疚得很！

我父母都是在75岁上去世的，生前身体都很好，都是因突发疾患不治而亡。父亲由急性肝炎引起肝硬化，母亲是脑血栓引起心肺衰竭，按照现在医疗条件，他们如果得到很好的救治，不应该走那么早。我母亲患病后几年才去世，我远在外地，也没有照顾得上她，现在想起来，内心无比地后悔与自责。

寒衣节到了，想起父母，又起无尽的思念。烧纸祭奠也好，送寒衣也罢，体现的都是思念之情。若在父母生前多加孝敬，使他们得享幸福美好生活，比现在做什么都强，也不会追悔莫及。人生最后悔的事，是"子欲养而亲不待"。做子女的生前未尽孝道，死后的伤悲亦是徒伤悲耳。

宋代高翥有《清明》诗：南北山头多墓田，清明祭扫各纷然。纸灰飞作白蝴蝶，泪血染成红杜鹃。日暮狐狸眠冢上，夜归儿女笑灯前。人生有酒须当醉，一滴何曾到九泉！说的是人死后，世事尽成空，即使有再丰盛的祭祀，终归无用。所以，尽孝须趁早。我在诗作《小车牛肉谣》的结尾写道：我劝天下众儿郎，美味先送父母尝。能够送时多多送，莫教日后悔断肠！诗里讲的是吃的，是美味，穿的何尝不是如此呢。老人健在时，把钱花在他们身上，让他们吃好穿暖食美衣鲜，寒衣节送不送寒衣也就不重要了。

124. 读书改变什么？

我和原国务院参事王京生、张抗抗，一起在全国推广全民阅读，共同话题较多。这次深圳读书月安排我们做"在历史天空下"高端对谈，就"阅读与文明"进行研讨。这场在深圳中心图书馆南书房进行的对谈活动获得圆满成功，现场观众反响强烈，我也在对谈中获得启发。其间王京生讲到对文明以及文明与文化关系的理解。文明"无边无界至大至尊"，是一种形象描述。他认为文明是文化的凝固和积累，文化是活跃和流动的文明。此说让我大开眼界。张抗抗讲，她的阅读史就是写作史，其阅读与写作同步。她认为，写作改变不了命运，但写作可以改变人，使人提高品质，生活得更有质量。她这个主张和我历来主张有异，我感到新鲜，特就此话题展开，做一些辨析。

我历来主张读书可以改变命运。这有大量事实为证。在长期实行科举制的封建社会，许多下层人士就是通过读书参加科考入仕改变命运的。头悬梁，锥刺股，三更灯火五更鸡，留下许多佳话。云南有名的过桥米线，就是娘子为苦读的秀才送饭，害怕米线凉了伤胃而发明的。熬上一碗上好鸡汤配上伴料，即烫即食，遂成美味。因为送时要过一道小桥，取名过桥米线。发源地在蒙自南湖，我去看过。即使以后科举制度荒废了，靠读书出人头地的人也不少。我国1977年恢复高考，许多人就是靠读书改变了命运。深圳改革开放初期，许多年轻人从全国各地拥来，他们中不少人就是靠读书改变了命运，拿到了文凭，谋到了职业，提高了技能，从而开始了人生新阶段，也为深圳的发展贡献了一份力量。

现在，我仍然相信读书可以改变命运。但细品张抗抗的观点，她说的也有道理。她主张读书不必有那么强的功利目的。读书不是为了当官，也不是为了改变命运，而是生存的一种需要。她认为，对大多数人来说，读书是改变不了命运的。她的中篇小说《把灯光调亮》里的女主人公，就没有因读书改变命运，而是改变了自己，改变了对世界的看法，使自己的内心更加充实。触发张抗抗写这篇小说的，是我们一次在贵阳一家书店搞调研。那是一天夜晚，我们到了闹市区一家民营书店，调研离开时，我们中有人对女店主说，你店门口招牌灯太暗，还可以调亮一些。张抗抗受到触发，于是写了这部书店题材的小说。我对张抗抗赞叹说，同是作家，一起调研，我就写不出来，还是你厉害！张抗抗说：你以为我调研一次书店就能写出来？我几年时间调研几十家书店，接触不少店老板，了解他们的酸甜苦辣，在突然受到触动时，才写成这篇小说。无意间，我听到了这位著名作家的创作谈，有了一份意外的收获。

继续说读书改变什么这个话题。具体一点说，读书对有的人来说，是可以改变命运的，而对有的人则不然。在科举制度下、在社会大变革的情况下，读书改变命运的情况比较显见。在社会局面平稳风和日丽的日子里，大家都有读书的需要和便利，很难说读书改变了谁的命运，它只是改变了读书者自己的人生。在这种情况下，张抗抗的观点是成立的。人们读书的目的性不强，只是为了提升自己的素养和能力。在今天，我们倡导读书，也不是鼓励人去当官，去改变自个命运。而是加强个人修为，提升个人素质，从而提升全社会文明程度和道德水平。让读书在全社会形成风气，变成人们生存生活的一种需要，像吃饭穿衣一样日常，目的就达到了。今天"提倡"是为了今后不再"提倡"，如果读书成了全体公民每个人的自觉行动，还需要天天"提倡"吗？

细想想，我和张抗抗的观点并不抵牾，所谓"命运"，无非是好的前途、好的机遇，这需要自己去争取和把握。读书目的性不强的人们，通过读书提高了素养和本领，在机遇来临时便会较好把握，在没有机遇时能创造机遇，也会使自己的生活更美好。无论如何，读书有益于人生，会让人有一个不一样的生活，这是确定无疑的。如此一来，读书到底改变了什么，就没有必要争论了。

125. 试冬

看了这个题目,不少人会觉得有点搞笑。因为听说过试吃、试喝、试穿、试用的,没听说过试冬的。试冬?冬天怎么试?但这是我的亲身体会,不容你不信,且听我道来。

前天从深圳飞回北京,从气温上说,那真是热冷两重天。在深圳还穿着短袖,到了北京,就要棉袄加身了。下飞机时,我穿上羊毛衫,套件棉背心。有个从深圳来的年轻人更夸张,穿着羽绒服,把棉裤也带北京来了。凡下飞机的人,都换了装,加上了厚衣服。但等下了飞机,似乎并没有那么冷。我因坐车直接到住处,也无冷热的切身体会。及至深夜,才感到寒冷袭来,真正觉得冬天到了,气候和深圳有天壤之别。

昨天下午4时左右,我按惯例外出散步,一时不知穿什么衣服好。掂量一下,穿上棉背心,加件外套,下身运动裤。不知冷不冷,到外面走两圈试试吧。边走边想:这是干什么呢,是试冬吗?是试试初冬的温度?想想自个儿也觉好笑。

据我所知,天下有许多可试的事物。"且将新火试新茶,诗酒趁年华"说的是试茶,"试将旧日弓弯看,箭入弦来月样齐"是试弓箭,"试上超然台上望,半壕春水一城花"是试游,"妆罢低声问夫婿,画眉深浅入时无"是试妆。总之,试什么的都有。丢一块石头到水里,是试试水深;少数民族青年男女对歌，是试试有没有缘分。据说现在爱情也是可以试的，怎么试不知道，因为没有体验过，缺少这方面的经验。

我衣着整齐地在室外走两圈，行有千余步，发现穿少了。上身没穿棉袄，两只胳膊有点凉。腿上只有一条裤子，不经冻。头上没戴帽子，头皮凉飕飕的。再看人来人往的人流，人人身着棉袄，我知道自己穿少了，对北京的天气误判了。"试冬"已有效果，我便毫不犹豫地回房间"增衣"，穿上棉袄，加上厚裤，找出帽子戴上。再回到街上时，身上不冷了，心情也好多了，眼中蓝天更蓝了，黄叶更黄了。有一种惬意涌上心头，为自己对冬天的试尝，也为尝试后的调整。适者生存，人就得如此，容不得半点虚伪和骄傲。

试冬，是试试冬天的气温，以便适应它，并不是害怕它。冬天是季节轮换，必然要到来，不用怕，怕也没有用。冬天的到来，是一个过程，一个由浅入深的过程。要不断适应它，就得试。为了生存，不能和冬天对着干，而是通过御寒来解决。御寒的过程就是抗争的过程，也是不断增强信心的过程。没有一个严冬不会过去，不管多么寒冷，它也不会四季永驻。冬天来了，春天还会远吗？时序轮转，人们终将迎来"七九河开，八九雁来"的春天。

冬天就像暗夜，与其畏惧，不如提灯前行；冬天就像困难，与其心生惧怕，不如努力克服；冬天就像大海，与其望而生畏，不如造船航行；冬天就像改革，与其畏首畏尾，不如大胆地试，大胆地闯，杀出一条血路来。我很欣赏张元济先生为中华职教社三十周年纪念的填词："敢云有志竟成，总算楼台平地；从今以后更艰难，努力还需再试。"在严寒的冬天到来时，录与诸君共勉。

126. 过度努力也是"病"

我在三联书店工作过十个年头，曾兼任《三联生活周刊》总编辑，故对这份刊物有感情。但有几年不怎么看了，因为字号小，眼神不济了。偶尔看到其他报刊转发周刊的文章，便似见故人，很是亲切。这不，刚从《作家文摘》看到转发周刊的文章，不仅亲切，而且还引发了一些感想。

文章的题目是《过度努力，其实是一种"浪费"》，作者杨璐。文章中阐述了"过度努力是一个时代病""过度努力有时候也因为达不到目标""需要不努力的勇气"三个观点，作者认为："如果超出了一个人身心的承受能力，就是过度努力。努力过了头，就会导致身体和心理出现问题。"我赞成作者的观点。在我看来，"过度努力"有以下几种具体表现。

一是不顾客观条件苦干。一件事情的成功，需要具备利于成功的各种条件。有的人明明很努力却得不到想要的结果时，会单纯地认为是自己不够努力，认定自己必须更加努力，其实是客观条件不具备。

二是不尊重事物客观规律蛮干。事物是有自身发展规律的，比如春夏秋冬，比如寒来暑往，对这些规律，我们可以认识和利用，但无法改变。硬要改变规律，或置规律于不顾，虽然很努力，但效果却不彰，甚至事与愿违。

三是不顾身体状况拼命干。目标是人定的，事是人干的。努力学习、努力工作才能有幸福生活。但获得幸福的努力，不应以损失身体健康和牺牲生命为代价。有的人过度努力，天天加班加点，夜以继日地劳作，最终损坏了健康，患上了严重疾病，甚至过早离开人世，这是不值当和令人遗憾的。

四是退了休加油干。退休退休，是退下来休息。有的人却退而不休，目标更远大，志向更恢宏，布局更宽泛，操作更具体，由于努力过度操劳过度，使自己过快衰老，甚至"出师未捷身先死"。

五是为了子女当牛做马地干。有句古话道：儿孙自有儿孙福，不为子孙当马牛。但现实中，不少人甘愿为儿孙当马牛。一天到晚拼死拼活地干，为挣银两供子孙使用，或投入大量精力为子孙操心，出力不落好也乐此不疲。一方面憎恨"啃老族"，一方面甘愿让儿孙来"啃"，这种"两面性"岂不怪哉！

我们反对"过度努力"并不反对努力。只要"努力"不过度，都是值得提倡的。人和人智力差不多，谁努力谁优秀、谁领先谁胜出。宝剑锋从磨砺出，梅花香自苦寒来。天上不会掉馅饼，地上不会长鸡蛋。一切靠努力得来。成都市有个老餐馆，叫"努力餐"。创始人是共产党人车耀先，1931年创办。朋友带我去过。我理解，"努力餐"不是努力吃饭的意思，其寓意是：努力工作和劳动才有饭吃。也有说名字取孙中山"革命尚未成功，同志仍须努力"之意。无论如何，"努力"都在其中。通过努力，国家才能强盛，民族才能兴旺，个人才能享有幸福生活。一句话,过度努力不可取,努力不够也不行。

不提倡过度努力,也不是某些人躺平的理由。过度努力是作为不当、效果不好,躺倒放平是无所作为、无所事事,二者不可同日而语。一些年轻人放弃肩上的社会责任和个人奋斗目标,试着去躺平,既不应当也不可取。人生前进道路是不平坦的,但任何挫折和磨难,都不应成为躺平的理由。好在这只是个别人的心态和行为,他们也必将在大部分人努力的洪流中被裹挟前行。

在现实生活中,任何形式任何方面的极端行为都是没有出路的。比如,过度追求高效会扼杀高效。这是另一个话题,我们就不展开谈了。

127. 见识

查《现代汉语词典》，看到对"见识"一词定义很简单。一是指接触事物，扩大见闻。二是指见闻；知识。其实，见识在日常生活中的含义很宽泛。"见识"是指一个人的知识和经验的总和，涵盖多个领域，如文化、艺术、历史、科技和社会等。其主要含义包括：接触事物并扩大对世界的理解；对事物的明智和正确的判断及认识能力；智识、主意或决策能力等。拥有丰富的见识可以使个体具备更广泛的视野和深厚的人生体验，有助于更好地理解和适应不同的环境和人群。在社交场合中，这样的见识也能增强个人的自信和交流能力。总之，见识对一个人很重要，对一个人事业的成功很重要。

见识既复杂也简单，说白了，就是一个人经见的事情多不多，见得多了，见识就广了。有的人爱说，我走过的桥比你走过的路还多，我吃过的盐比你吃过的饭还多，就是自诩自己见多识广。有人说，现代社会，一个人有没有见识，关键看两条，一是见没见过大人物，二是见没见过大钱。见过大人物，说明经见过大场面。见过大钱，见过几亿、几十亿、上百亿，说明做过大买卖，也算见过大世面。这话说得有点绝对，没见过大人物、大钱，不一定就没见识。但也说明一个道理，一个人接触面越广越宽，见识就比较宽广。

见识多少，有主观原因，也受客观条件限制。因为受客观条件限制，有的人开始时见识很少。城里的孩子和农村的孩子相比，见识就大不一样。现在有电视、互联网，有现代物流，差距比我们小时大为缩小。我生长在河南农村，小时自然见识就少。当兵到了部队，才知道有啤酒、皮蛋、土豆这些东西。开始不敢吃皮蛋，以为是鸡蛋放坏变黑了。一些农村兵闹出过不少笑话。我听某位指导员讲过真实发生的一件事。某一天，饭做好了，一些云南、贵州兵不吃，说米饭生了虫子。指导员来看，那有什么虫子，是米饭里放了小虾米。这是炊事班一个山东烟台兵探家带回来的，做饭时好心放了一些。指导员是青岛人，一看就明白是怎么回事，他带头吃了一碗，那些兵们跟着也都吃了，发现鲜美可口。这才知道那些"虫子"是虾米，是受人欢迎的海产品。由此可见，受生存、生活条件的限制，人们的见识是不一样的。见识多或少，没有高低贵贱之分，没有聪明愚昧之分，是客观条件限制了人的眼界。夏虫不可语冰，夏天的虫没见过冬天，自然就不知道冰是什么样子了。所处环境使然，这很正常。

人的见识是可以扩大、增长和改变的。事实上，一个人从小到大、从大到老，都是处在不断增加见识的过程中。人人都在增长见识，但增长多少却不同。没有一个人的见识和另一个人完全相同。所谓"英雄所见略同"，也就是差不多相同，不可能完全相同。这里有主观努力的因素，也有所处客观环境影响和限制。人的见识是不断增长的过程，见识的增长主要通过三种渠道。

一是社会实践。实践出真知。你要知道梨子的味道,你就要亲口尝尝;你要获得某方面的知识,就要亲身干一干。你种过小麦,你就知道小麦的生长周期;你当过木匠,你就会知道各种木性;你是一个作家,你就会掌握一定的写作技巧;你当过小贩,你就领略了贩卖物品的艰辛。你干的行业、工种越多,见识就越广,其中道理不言自明。

二是读书。读书能开阔人的视野,增长人的见识。人受自身生命长短的限制和所处客观条件的限制,不可能把天下所有事亲历亲见。但可以通过读书增知识广见闻。那些传留于世的图书,尤其是典籍,无论国内的还是国外的,都是宝贵的精神财富,它是人类经验的总结、历史的记录、智慧的结晶、文明的延续。通过读书,你可以和孔子、孟子"对话",可以和孟德斯鸠、歌德"交流"。那一本本好书,都是良师益友,"转益多师是汝师",可以从中获取的知识、见解、力量,都是无穷无尽的。一个人要想广见识,遨游书海是最便利的办法。

三是旅行。古人讲,读万卷书,行万里路。光读书还不行,还要远行。司马迁之所以写出《史记》,和他出行实地观察和考证有关,他在当年旅行条件那么困难的状况下,曾数次远足,足迹远达云南、贵州,以及福建泉州和河北蓟州等地。《徐霞客游记》是徐霞客旅行的实地记录。他曾到过我当兵的偏远的贵州省盘县,考察那里的一个溶洞,现在此地成了一个旅游景点。旅行之所以广见识,是由旅行特点决定的。旅行开阔眼界、增加阅历和人生体验,这种体验是别的活动不可替代的。十里不同风,百里不同俗;千里之外、万里之外呢?其他民族、其他国家呢?"世界这么大,我想去看看。"这是一个女教师在辞职信中说的。她说得有道理,到处走一走,看看外面的精彩世界,有收获是肯定的。我就尝到过这方面的甜头。多年的国内游览和国外考察,确实增长了我的见识,使我有了独立思考的能力。假如一个人不主动去增加见识,既不读书,也不旅行,天天囿于己见,如同"坐井观天"一般,那见识如何就可想而知了。看问题也会"矮子看戏何曾见,随着他人论短长"。这种人、这种现象现今在互联网上并不少见,我们就不费文字论说了。

王之涣《登鹳雀楼》云:"白日依山尽,黄河入海流。欲穷千里目,更上一层楼。"相信登上更高一层,一定能看到更美好的风景。见识又何尝不是如此呢?

128. 幽默

我看刘庆邦短篇小说《刘老师》，其中有一个细节至今不忘。刘老师去南京转了一趟，回来给学生讲了许多见闻。一次在南京一辆公交车上，由于车子急刹车，一年轻男子没站稳，一下子撞到了一位穿裙子的女子身上。女子以为男子是故意耍流氓，骂了一句：德性！男子对女子说：对不起，是惯性，不是德性！我看到这里，差点笑到喷饭，只因当时口中无饭，才没有喷出来。读者朋友，你看此人幽默不幽默，有才也没才？

幽默，《现代汉语词典》的定义过于简单，指有趣或可笑而意味深长。举了"言辞幽默"和"幽默画"两例。"幽默"一词最早出现于屈原《九章·怀沙》中的"昀兮杳杳，孔静幽默"，然而这里的释义是安静，现在所指的"幽默"则是英文"Humor"的音译，最早由国学大师林语堂先生于1924年引入中国。一般一个人的幽默能力和其情商成正比关系。幽默有广义与狭义之分，在西文用法中，常包括鄙俗的笑话在内……在狭义上，幽默是与郁剔、讥讽、揶揄区别的，但这四种风调，都含有笑的成分。这说得比较复杂，但大体把含义说清楚了。

在我看来，幽默是一种语言表现形式，是把情感用一种特殊的搞笑方式表现出来。幽默这个词是后来发明的，但这种表现形式在人类有了语言之后就发生了。"幽默"是人的天性，是人们骨子里就存有的。它是人类面对苦难、困境等采取的一种乐观态度，借助语言这个工具表现出来。人类有语言之前，有没有"幽默"，这个我不大清楚，比如肢体"幽默"。但作为语言的一种表现形式，它一定是有了语言之后，是在困苦、困窘等面前的一种乐观心态，或是解除尴尬的一种语言形式。骨子里宣传的是乐观主义，带给人的是欢笑，是解颐后的快感，也可能是黑色幽默，以特殊形式释放痛苦。比如庄子在妻子亡故后竟"鼓盆而歌"。庄子妻子死了，庄子失去了相依为命的伴侣，亲人亦余悲戚，生者唯长歌当哭，可他却安慰儿女鼓盆而歌。歌曰："生死本有命，气形变化中。天地如巨室，歌哭作大通。""鼓盆而歌"表示的是对生死的乐观态度，也表示丧妻的悲哀心情。

　　幽默既然是人的天性，人类在产生语言之后，就有了幽默这种语言表现形式，那么，无论哪个民族，只要有语言文字，都不乏幽默感。这在我读的外国典籍中，完全能感受到。而"幽默"一词，就是从国外翻译过来的。词虽从国外翻译来，但中华民族的幽默感是从来不缺乏的，看看四大古典文学名著，读读"三言""二拍"，这都是古人生活的文字记录，有许多幽默藏在其中。现今社会中幽默随处可见，有许多幽默段子可供人鉴赏。有人问：是不是东北人更幽默，河南人更幽默？这个不好论定，因为没有数据支撑。但是否因为有特殊生活环境，某些地方的人比别的地方的人更幽默，这个可以研讨。从个体说，一个会制造幽默、富有幽默感的人，一定是一个有乐观生活态度的人。

　　幽默使人生更加快乐和充满乐趣。社会上如此，家庭也是如此。一个母亲对女儿说：别小看你妈，你妈年轻时颜值高得很，是中学校花。女儿说：妈妈真了不起，你们中学就你一个女生吗？说罢母女俩相视而笑。你说好笑不好笑？幽默是一种愉快的情感表达方式，它不仅将笑声带入大家的生活，还体现了人类文化的一个角度。在工作、学习和生活中，适当地运用幽默，可以减轻情绪负担，增强人和人之间的联系，并提升生活品质。相声、小品等，就是集中表现幽默的艺术形式，它给我们的生活带来了多少乐趣！马季在相声中讽刺一个爱吹牛的人，说他上嘴唇顶着天，下嘴唇顶着地。那脸呢，脸在哪儿？捧哏的问。马季说，不要脸了。吹牛的人都不要脸了！满场哄堂大笑。既讽刺了不良现象，又让人们开心一笑，其乐无穷。

　　幽默无处不在，幽默就在你我身边。我们要珍惜它、包容它。因为它的存在让我们的生活更加丰富多彩。

129. 汉人

某天晚上与一帮老友聚会，甚欢。席间一个朋友讲到对"汉人"一词的理解。说以前"汉人"的说法是来源于汉朝，现在有新说，说是来源于中国在太空银汉中的对应位置。听了很是新鲜，也觉得有几分道理。请教在座的研究历史学的专家，专家说"也是一说"。既然"也是一说"，我们就不能轻易否定。

"汉人"在《现代汉语词典》中有两条解释：一是汉族人。二是指西汉、东汉时代的人。对汉人名称的起源没有阐释，这给我们留下了许多想象空间。一般来说，任何一个民族的称谓在民族形成初期就已产生。那么，我们为什么叫"汉人"，而不叫夏人、商人、周人或秦人呢？以前的说法是，"汉人"这个称谓最早来自我国第一个统治时间较长的封建王朝——汉朝。汉朝为刘邦所建，前后存续400余年，又分西汉、东汉，是中华民族鼎盛时期之一。说汉人称谓源于此朝代也有道理，我们历来都沿用此说。

现在有了"银汉"说，就让我们有了更多的思考。我不是历史学家，也不是天文学家，对汉人来源的辨析，贡献不了什么意见。我想说的是，像这些类似学术争议的问题，应该容许探讨，容许有争议。除了已被事实证明的真理和众所周知的常识之外，应该有广泛的讨论空间。改革开放初期主张过"读书无禁区"，现在看来，讨论上打破禁区也是有必要的。

首先，人们的认识有时代的局限性。每个人生活在地球上，不管年龄大小，都只是生活在一定时间段的社会生活中，即一定时代。中国有中国通史，也有断代史。人就生活在一个个断代中，或断代的一个时间段。除了秦朝比较短暂，一些人或许能全部经历，其余封建王朝各代，一个人是难以完全经历。盖因朝代历史长而人生短暂也。人生活在具体朝代中，就必然受当时条件限制。孔子、老子、孟子、庄子等，都论述过天、天空、天宇，但他们对"天"的认识，是朴素的，是肉眼观察到的，不可能像今天借助天文望远镜、"天眼"观察得出科学结论。古人说月亮中有吴刚、嫦娥、桂树、玉兔，那是文学想象和神话故事。只有今天实现登月，才知道月球上存在真实物质的成分。这不能苛求古人。因为古代科学技术没有发达到那种程度。同时，我们也要认识到古人的认识有局限性。对他们得出的识见，重新审视也是有必要的。

其次，作为个体，人的认识也存在局限性。除了时代的局限性，还有个人认识能力的局限性。在世间万物中，人是第一可宝贵的。人是社会实践主体，在具体实践和对社会认识中，人是一个个单个存在的。人们认识社会的成果用典籍、口述、故事、谚语等方式流传下来。因为个人的学识、智能、眼界、环境等受到限制，在对事物的认识、总结、描述上，会有欠缺，或不准确的地方。许慎的《说文解字》、徐霞客的《徐霞客游记》，都有欠准确的地方，我们不能苛求之，但指出其不足也是必要的，甚至是必须的。所以，不能尽信书。"尽信书，则不如无书"这一观点源自孟夫子，其意思是，过于依赖或盲目信任书籍，可能会导致错误的决策和不良的结果。

最后，因为有新的典籍发现和新的科学发明产生，纠正了人们原有的错误认知。临沂银雀山汉墓竹简中有《孙子兵法》《孙膑兵法》两部兵书，使我们知道孙武、孙膑并非一人。在银雀山汉简出土之前，这件事情在学术界一直存在争议。因为从汉末开始，《孙膑兵法》就散失了，世间只有《孙子兵法》一部兵书流传，有人据此认为孙武和孙膑是同一个人。银雀山汉简的出土让这一千古疑案得以破解。两部兵书证明历史上确实有孙武和孙膑两个人，并且各有兵书传世。这样的事例尚有许多，就不一一列举了。

总之，读书存疑是一个好习惯，是求真知的表现。遇到不解的事，多问几个为什么，积极去寻求答案，以求正解，应该受到鼓励。我们强调工作中要有问题意识，以问题为导向，发现问题解决问题，才能推进工作深入。同理，在读书和社会实践中，善于问疑和破解疑问，才能求知，才能创新，才能有所作为。让我们录陈云同志的"不唯上、不唯书、只唯实"来共勉。

130. 平视

一个朋友对我说,他第一次领孩子去幼儿园,就被幼儿园老师的行为所感动。当时幼儿园女老师屈膝半蹲在孩子面前,和蔼地问孩子叫什么名字呀,几岁了,愿不愿到幼儿园来呀?立刻就让孩子第一次来幼儿园的紧张感消失了。我的这个朋友突然领悟到,这个幼儿教师之所以屈膝半蹲在孩子面前,是要和孩子形成"平视",以朋友的姿态来接纳小朋友,所以对孩子的效果就好。

朋友的一席话,让我震撼到了,原来高深的道理就隐藏在看似平常的细节中,幼儿园教师以自己的行为显示了平凡中的伟大。我不知道这位幼儿教师的这个细节,是因受到规范教育,还是自己领悟做出的选择,但如此做确有好的效果。因为降低了姿态,和孩子形成了平视,就让人觉得她平等待人、和蔼可亲,有了一种亲近感。这不仅是一个方法和姿态的问题,而是从心灵深处涌出的对孩子的一种情感。这是值得肯定和赞扬的,也是值得在全社会倡导和发扬的。

我不是呼吁社会上的高者、尊者、强者向那位幼儿教师学习,向低者、卑者、弱者半屈膝下蹲,更不是让大家都去学习人家的姿态,那是"小儿科",没必要模仿,但是幼儿教师降低身段、与孩子平等相处的态度,也确实应该为大家学习,尤其是那些貌似尊贵却不怎么尊重他人的人。幼儿教师的言行为他们上了一课。

幼儿教师的行为之所以值得被肯定，就是她奉行人与人平等的原则。在她的眼里，教师和孩子是平等的，大人和小孩是平等的。她遵从"人人平等"的法则，这个法则就是不论民族、年龄、性别、家庭出身、社会地位的"人人平等"。平等是中国近现代最有分量的价值观之一，也写进了社会主义核心价值观，是我们必须遵守的。平等通常和博爱是联系在一起的，因为若要人人平等，就需要博爱，博爱是实现人人平等的方法和手段。平等和博爱在大多数国家享有崇高的位置，它衍生出和平共处、相向而行等大格局大智慧。

有人会说，人与人本身就是不平等的，林黛玉和焦大能平等吗？这确实是个问题。但是这不应成为人们追求平等的障碍。正是因为人与人存在事实上的不平等，就应当去努力争取人人平等，即使达不到理想境界，也应该尽量争取相对平等，而且这是可以办得到的。在封建社会，男女配偶双方是不平等的，是女人服从男人的，嫁鸡随鸡嫁狗随狗的。但新中国成立后，这种状况得到了根本改变。这有制度的原因，也是广大妇女努力争取的结果。"巧儿我要自个找婆家呀"，这是多么大的社会进步。可以说，在婚姻上，我国当代男女是完全平等的。虽然某些地方也有"农药残留"，但已是江河日下溃不成军了。

婚姻中男女双方的不平等已无太大问题，但社会上还存在着许多不平等，而且有些还比较严重。如某些官员和百姓的不平等，某些富人和尚不富裕人群的不平等。从根本上与人格上说，人和人之间是平等的。但某些人因为权力和财富的"加持"，他们就得意扬扬，自认为高人一等，傲视群雄。一旦他们失去权力和财富，其下场就可以想而知了。

在这里我特别希望我们的公务员队伍和各级政权的管理者，向那位幼儿教师学习，放下身段、放低姿态，用"平视"的眼光去看被管理者，去看老百姓。因为你们手中的权力是人民赋予的，你们是人民的公仆、人民的勤务员，不是天生就拥有权力，也不是在人民头上作威作福的官老爷。这是中国共产党的性质决定的，党的宗旨是全心全意为人民服务；这是人民政权的性质决定的，人民政权的权力属于人民。如果人民公仆和管理者都不能平视被管理者、平视百姓，那必然就会导致其高高在上的心态。作为人民公仆，谁把百姓放在心里，谁无视百姓，谁优，谁劣，老百姓心里是有杆秤的。谁把老百姓放在心上，老百姓就会把他铭刻在心里；谁对老百姓施恶，老百姓就会把他掀翻马下。水可载舟，亦可覆舟，历史的教训不可不察。

放下身段和百姓"平视"，平等待人，所有公务人员都应该这么做，这是公务员的性质、职责、职分所决定的。"平视"是应尽的义务，应该遵守的要求，而不是额外加上去的负担。强调"平视"，就是无论他是什么人，都要"平视"下级、下属和百姓，和大家平等相处。但这并不是提倡物质和其他方面待遇的绝对平均主义。20世纪70年代初我当兵时，所有穿四个兜的部队干部，都尊重我们穿两个兜军装的士兵，我们士兵也尊重他们，视他们为父母、兄长。虽然他们享有军官待遇，但他们身上的四个兜并未成为官兵相处的隔阂。我们得到的不仅是"平视"，而且是眼中的微笑和亲切的鼓励。那时官兵关系真好啊，风气真正啊，我一个小豆豆兵，就是在这种良好的风气中成长的。我很怀念过去，也很希望今天风清气正。我期望各级公务员在良好风气中带个好头，就像那个幼儿教师一样，用"平视"的眼光看待服务对象，用自己精细周到的服务，去赢得人民群众的赞誉。